中国特色金融文化

董昀 著

中信出版集团 | 北京

图书在版编目（CIP）数据

中国特色金融文化 / 董昀著 . -- 北京：中信出版
社 , 2025.4. -- ISBN 978-7-5217-7482-5

Ⅰ. F832

中国国家版本馆 CIP 数据核字第 2025B91E12 号

中国特色金融文化

著者：　　董昀

出版发行：中信出版集团股份有限公司

　　　　　（北京市朝阳区东三环北路 27 号嘉铭中心　邮编　100020）

承印者：　北京通州皇家印刷厂

开本：787mm×1092mm 1/16　　　　印张：17.5　　　　字数：200 千字

版次：2025 年 4 月第 1 版　　　　　印次：2025 年 4 月第 1 次印刷

书号：ISBN 978–7–5217–7482–5

定价：79.00 元

目录

推荐序

2023年10月，中央金融工作会议召开，强调要在金融系统"大力弘扬中华优秀传统文化"，坚持诚实守信、以义取利、稳健审慎、守正创新、依法合规。2024年1月，在省部级主要领导干部推动金融高质量发展专题研讨班开班式上，习近平总书记发表重要讲话，首提"中国特色金融文化"，提出"五要五不"：诚实守信，不逾越底线；以义取利，不唯利是图；稳健审慎，不急功近利；守正创新，不脱实向虚；依法合规，不胡作非为。颇为巧合的是，2023年10月，党中央召开全国宣传思想文化工作会议，正式提出并系统阐述习近平文化思想。

一个是以金融为主题的会议，一个是以文化为主题的会议，二者的同时召开，隐含着金融与文化的碰撞和结合。可以说，中国特色金融文化既是习近平经济思想"金融篇"的重要内容，也是习近平新时代中国特色社会主义思想"文化篇"的重要内容。理解中国特色金融文化的要义，离不开金融与文化这两个重要维度。

文化是一个国家、一个民族的灵魂。习近平总书记强调："如果没有中华五千年文明，哪里有什么中国特色？"中国特色金融发展之路的"基因密码"正是中国特色金融文化。董昀研究员这部题为《中国特色金融文化》的著作，应时而作，直奔主题。全书一方面从文化维度把握中国金融发展之路的特色，另一方面又基于中国特色金融发展之路的探索来把握中国特色金融文化的塑造，是一部较早对中国特色金融文化开展系统深入研究的学术著作。

全书突出了几个"结合"，特色鲜明，可圈可点。一是"两个结合"。全书紧紧围绕"两个结合"（即马克思主义基本原理同中国具体实际相结合、同中华优秀传统文化相结合），特别是"第二个结合"，来展开对中国特色金融文化的剖析。二是经济思想与文化思想的"结合"。强调习近平经济思想与习近平文化思想的结合，以习近平总书记提出的"五要五不"为基本要义展开分析，逻辑框架严整，学理基础扎实。三是金融与文化的结合。金融文化著作由于各种原因，容易落入就文化论文化、就金融论金融的窠臼。而这本书则将文化和金融的关系置于中国式现代化的宏阔历史背景中进行了全面分析，并将这种分析贯彻到了后续的各章节之中，使二者获得了统一，减少了"割裂感"。四是史论结合。这本书把故事作为说理和分析的鲜活载体，辅之以丰富的文献和史料，从诚实守信、以义取利、稳健审慎、守正创新和依法合规五个维度讲述中国古代、近现代和当代的货币金融故事，有史有论，令人信服。

对于金融文化的重要性，还要从习近平总书记关于文化自信的角度来把握，"走自己的路，不仅仅是坚持经济、政治上的独立自主，也要实现精神上的独立自主"。我们之所以坚定不移走中国特色金融发展之路，就在于"中国有坚定的道路自信、理论自信、制度自信，其本质是建立在五千多年文明传承基础上的文化自信"。这恐怕是我们在阅读这本书时必须牢牢把握的精髓要义。

张晓晶

中国社会科学院金融研究所所长、

国家金融与发展实验室主任

第一章

理解金融文化

一、金融、文化和金融文化：概念界说

准确界定研究对象的内涵与外延，是开展理论研究的必备前提。若要撰写一本讨论中国特色金融文化的专著，作者要做的第一件事情应当是立足中国实际，把握一般规律，从学理上厘清金融文化这一概念的内涵，进而探讨中国特色金融文化的含义，由此明确全书的研究对象。

不过，学理性的概念界说从来都不是易事。经济学家温特在为著名的权威工具书《新帕尔格雷夫经济学大辞典》撰写词条时曾经感叹道："重要的理论概念往往不能给出令人满意的定义，但与它们有关的理论又需要用它们来加以说明。同时，这些概念也必须能够灵活地对变化的环境作出反应，以维护不断变化的知识帝国的秩序。"这段话表明，从不同的观察视角着眼，在不同的时空背景之下，人们对某个事物或概念的看法往往是大相径庭的。概念界说工作就像盲人摸象，对概念的各种界定都有其特定的观察视角，也都捕捉到了某个局部的信息，具有"片面的真理性"，却未必能反映事物的全貌。而且，越是重要的概念，研究和关注的人就越多，其定义往往越是五花八门、难有定论。

更进一步聚焦于"金融文化"，对这一跨学科概念进行界说还有其特殊的困难之处。说起金融文化，金融理论与实践工作者的感觉通常是似曾相识，但又并不那么熟悉。说它似曾相识，是因为在金融活动当中，文化的影响无处不在，通过影响金融从业者的价值观、伦理观和思维方式，润物细无声地影响着金融活动的目标、准则、取向、动力和效果，大家或多或少能够感知到文化因素对金融活动的影响。说它并不那么熟悉，是因为学术界对金融文化的研究还不够深入：受经济学帝国主义思维方式影响，经济与金融研究者在分析金融现象时很少深入探究其文化意蕴；而文化研究者受其掌握的经济与金融专业知识所限，对金融领域的诸多文化现象也大多暂付阙如，少有深度分析。这样一来，要对"金融文化"这一跨学科的概念进行准确的界说可以说是难上加难。笔者曾纵览经济金融类和文化研究类的权威工具书，却始终难觅"金融文化"一词的踪迹。

破解难题的思路何在？仔细剖析"金融文化"概念，"金融"这一定语的概念边界相对清晰，而"文化"这一主语的界说则相对复杂。既然本书的研究对象是中国特色金融文化，那么我们必须立足当代中国发展实际，结合中国金融发展的基本特质，对金融活动所涉及的文化现象进行专门界定和讨论，方可明确作为一个专门术语的"金融文化"之内涵。

先看"金融"一侧，经过长期发展，现代金融学的研究对象和研究范式已经较为成熟，中国金融学在经历几轮西学东渐大潮洗礼之后，亦迎来了构建中国自主金融学知识体系的新阶段。根据经济思想史学者的考证，近代以来，中国"金融"一词的内涵随着经济社会实践的需要不断扩展，形成了包括货币流通、银行、保险、金融市场、国际金融等在内的宽口径金融概念。[1]

总体而言，当代中国金融学研究者一般认为，金融活动是"既涉及货币，又涉及信用，以及以货币与信用结合为一体的形式生成、运转的所有交易行为的集合"[2]。在中国的传统中，金融活动的要义，在于"集中社会分散之货币资本，并从而融制信用，使充分为扩大生产而流通之谓也"[3]。换言之，金融活动就是通过货币的跨主体、跨时空转移来动员资本、促进资金融通，进而在风险可控的前提下引导实体资源要素的优化配置，推动交易成本的降低、生产的扩大和经济的发展。充分利用金融的资源配置媒介功能，人们不仅可以实现跨期平滑消费，更可以聚集资源从事创新创造活动，消除生产性融资的约束，推动经济结构跃升和国民财富增长。一言以蔽之，就是国人常说的"金融服务实体经济"。

再看"文化"一侧，情况就要复杂得多了。英文世界中，Culture一词是一个内涵丰富、外延宽广的多维概念。在社会科学研究中，"文化"是一个十分宏大的跨学科研究主题，涉及面广，覆盖范围

① 孙大权. 术语革命：中国近代经济学主要术语的形成［M］. 北京：社会科学文献出版社，2023.
② 黄达，张杰. 金融学［M］. 5 版. 北京：中国人民大学出版社，2020.
③ 刘攻芸. 发刊词［J］. 金融知识创刊号，1942.

宽，影响极为深远。哲学、文学、史学、社会学、人类学等学科都将文化作为本学科的重要研究对象。这就导致学术界对文化的定义种类繁多，令人眼花缭乱。有学者认为，从英国学者泰勒（E. Burnett Taylor，1832—1917）算起，对于文化的定义已出现两百多个，以至于美国文化人类学家洛威尔（A. Lawrence Lowell，1856—1942）感叹道："在这个世界上，没有别的东西比文化更难捉摸。我们不能分析它，因为它的成分无穷无尽；我们不能叙述它，因为它没有固定的形状。我们想用文字定义它的意义，这正像要把空气抓在手里似的。当我们去寻找文化时，除了不在我们手里，它无所不在。"①

　　既然我们的研究对象是中国金融文化，那么不妨从中国的传统入手，先探讨汉语世界中"文化"的大致内涵，再结合与之关系密切的一些重要提法，对本书所涉及的文化概念进行比较具体的界说。一般认为，汉语中的"文化"一词出自《周易·贲卦·象传》："刚柔交错，天文也；文明以止，人文也。观乎天文，以察时变；观乎人文，以化成天下。"在这里，"人文"与"化成天下"相连接，蕴含"以文教化"之义。西汉的刘向首次将"文"与"化"放在一起使用，提出"凡武之兴为不服也。文化不改，然后加诛"，可见"以文教化"的含义更加鲜明。《现代汉语词典》对文化的定义之一是，"人类在社会历史发展过程中所创造的物质财富和精神财富

---

① 余秋雨.文化到底是什么［N］.光明日报，2012-10-14（9）.

的总和，特指精神财富”①。由此看来，汉语世界中的“文化”一词侧重于刻画那些可以从精神层面影响人的思维、认知和行动的价值系统。

文化虽然看不见，也摸不着，但确实存在，而且直接规范着人们的思想和行为，也深刻影响着经济、社会、政治诸领域的制度演进、战略方向和政策取向，进而改变物质世界、实体世界的运行状况。正如时任浙江省委书记的习近平同志在2005年8月12日的《浙江日报》“之江新语”专栏中所说，“文化的力量，或者我们称之为构成综合竞争力的文化软实力，总是‘润物细无声’地融入经济力量、政治力量、社会力量之中”。文化对于国家发展和民族振兴有着重要而深远的意义，经济、政治和社会发展都离不开文化的支撑和推动，文化的力量的确不容低估、不可或缺。一言以蔽之，“文化关乎国本、国运”②。

我们先来看几个有代表性的文化定义。英国人类学家马林诺夫斯基在其名著《文化论》中提出，“文化是包括一套工具及一套风俗——人体的或心灵的习惯，它们都是直接地或间接地满足人类的需要”③。马林诺夫斯基还强调，这些满足人类需要的工具或风俗涵盖物质、精神、语言和社会组织等四个层面。马林诺夫斯基的中国学生费孝通进一步指出，相较于社会和个人等可见的实体，文化“是看不见的抽象的生活方式，是一种看不见的力量，这种力量驱

---

① 中国社会科学院语言研究所词典编辑室.现代汉语词典［M］.7版.北京：商务印书馆，2022.

② 习近平.在文化传承发展座谈会上的讲话［J］.求是，2023（17）.

③ 马林诺夫斯基.文化论［M］.费孝通，等译.北京：中国民间文艺出版社，1987.

策着人接近它"①。美国历史学家戈兹曼则认为，文化是由相互联系的机构、语言、观念、价值、信仰和符号组成的系统，会随着人类社会历程的丰富、多样化和复杂化而持续发展。②

诚如前文所述，在现实生活中，政治、经济、文化是相互联系、相互影响的，甚至有时候是浑然一体的，但是文化毕竟是一个相对独立的领域。对以上几个定义进行抽象后不难发现，文化是一个系统，它植根于社会之中，为了满足人们的需要而存在和发展。文化是人类在改造自然世界的过程中获得的人文世界，由人创造出来，为人服务。用费孝通的话说，"文化"就是四个字"人为，为人"③。虽然我们很难完成对文化的精确界定，但能够很容易地分辨出生活周遭的文化因素，如经验、感受、发现、知识、道德、伦理、价值、观念、信仰等。相对于可以满足人们生物层面需求的各种物质力量而言，文化力量能够满足的是人们的社会需要和精神需要。不同的文化反映出不同民族的生活方式，尤其是精神生活的特质。

文化的核心是一整套完备的价值系统。不同的民族生活在不同的自然环境中，具有不同的民族特性，由此形成了不同的价值系统。因此，每一个民族、每一个民族国家都有其独特的文化，在世界观、价值观上各具特色。例如，在人与自然的关系、人与人的关系、人对自我的态度、人对生死的看法等基本问题上，不同文化传

---

① 费孝通. 文化的生与死：经典珍藏版［M］. 上海：上海人民出版社，2013.
② GOETZMANN W H. Beyond the Revolution: A History of American Thought from Paine to Pragmatism [M]. New York: Basic Books, 2009.
③ 费孝通. 费孝通论文化自觉与学科建设［M］. 北京：商务印书馆，2021.

统有不同的态度和不同的处理方式。

既然文化的核心是价值系统，那么我们不妨将金融文化的核心大致理解为在金融系统中决定或影响人们的金融行为选择的价值系统，其中蕴含道德观、伦理观、世界观、价值观以及方法论等内容。

金融文化总是弥散于金融发展的点滴细节中，融入人们的日常金融活动，似乎看不见摸不着，实际上却是一张无形的网、一种活生生的力量，既制约着每个金融消费者和金融从业者的选择，也影响着每个金融机构、各类金融业态的发展路径。金融文化对金融乃至经济发展的作用，看起来不及政策、制度等因素的效果那样直接、明了，但其影响更加深入、更为持久，对金融发展往往具有决定性作用。在此处，我们可基于学术界的已有理论成果，从货币和金融两个层面分别来看金融文化对金融发展与稳定的重要影响力。

首先，货币经济学家哈尤（Hayo）1998 年在经济学期刊《欧洲政治经济学杂志》上发表的一篇论文证实，人们对价格稳定的偏好是一个国家经济文化的组成部分，反映其社会成员对经济制度和经济政策持有的态度和价值观。一旦社会的稳定文化占据主导地位，公众就会偏好于低通胀状态，就更加愿意承受通货紧缩的成本，同时更加反感通货膨胀带来的冲击。这不但使中央银行控制通胀的工作变得更加容易，也更有利于保持中央银行的独立性。[①]

其次，英国银行家贝尔（Bell）2020 年出版的专著《银行业的

---

① HAYO B. Inflation Culture, Central Bank Independence and Price Stability [J]. European Journal of Political Economy, 1998, 14(2): 241–263.

文化、行为和道德》以伦理学理论为基础，着重探讨了 2008 年金融危机之后全球银行业的行为与文化的新变化，展现了专业精神与职业道德对银行竞争力的关键支撑作用，以及银行文化变革对客户体验提升的重要影响。根据这本书的研究结论，银行应当有效且合乎道德地运行，这对于客户、金融机构自身、监管者和立法者等银行业利益相关者而言是至关重要的。①

令人遗憾的是，对金融文化的理论研究远远滞后于金融文化实践的发展，特别是绝大多数主流金融学理论文献无法为我们理解金融文化提供有价值的帮助，上述两项研究只是少数例外。

20 世纪 70 年代，时任美国经济学会会长的肯尼斯·博尔丁教授直言不讳地指出："走进货币、银行与公共财政领域之后，我们会发现自己对形式化程度较高的机械模型的依赖程度越来越高，但是对文化矩阵中的所有规律几乎完全失去兴趣，而货币与金融机构正是在这一文化矩阵中运行的。"② 这一状况至今并未发生根本性改变。这样的状况就导致货币金融学研究者只能根据公开数据展开分析，试图探究数据之间的关联，却并不了解中央银行、金融监管部门、金融机构以及银行家的世界观、价值观和偏好，也无从知晓文化层面的各类因素究竟通过什么样的方式影响货币金融体系以及实体经济体系的运行。研究深度的不足导致金融文化研究者手中尚缺乏足够生动的金融故事和足够丰富的金融行为细节，我们还不能系

---

① 贝尔. 银行业的文化、行为和道德［M］. 中国人民银行营业管理部青年翻译组，译. 北京：中国金融出版社，2021.

② BOULDING K. Towards the Development of Cultural Economics [J]. Social Sciences Quarterly, 1972, 53(2): 267–284.

统地、全面地认识真实世界中的金融文化现象。

二、金融发展道路植根于金融文化

美国金融史学家戈兹曼在其名著《千年金融史：金融如何塑造文明，从 5000 年前到 21 世纪》中梳理了数千年来金融对人类文明的重要作用后发现，金融不只是一种抽象的跨时空配置资源的工具，更是深深植根于人类文化当中的一种行为，人类需要将金融置于道德和文化的背景中去理解。[①]既然文化是金融活动背后的深层次影响因素，那么，我们对各国金融发展模式或发展道路的理解和分析也应当从追溯它们各自的文化根源开始。

美国是当今世界的超级大国和金融强国。因此，20 世纪 80 年代以来，以英美为代表的发达资本主义国家所实行的自由市场经济模式——"英美模式"，被全球各国视为金融发展模式的"标准样本"。然而，2008 年全球金融危机的爆发对美国自由市场经济模式和金融制度造成了沉重打击，以美国经验为基础构建起来的西方主流经济金融理论也备受质疑。事实上，不同的市场经济类型设定了不同的金融发展路径，在一种市场经济类型中被证明有效的金融发展路径未必在另一种市场经济类型中适用。

因此，世界上并不存在一条普适的最优金融发展路径。其根源在于，不同国家有各自的文化传统和价值系统，这就导致不同国

---

① 戈兹曼.千年金融史：金融如何塑造文明，从 5000 年前到 21 世纪 [M].张亚光，熊金武，译.北京：中信出版社，2017.

家、不同民族对金融的功能定位、金融与经济的关系、金融业的发展目标和路径、金融风险对社会的危害等重大问题的看法也各不相同。价值系统决定理念，理念决定行为，行为的结果就是发展道路和发展绩效。可见，金融文化观的系统性差异带来了金融发展道路的差异和金融发展逻辑的区别。下面列举的几种有代表性的金融发展模式，便是明证。

首先看以美国为代表的自由市场经济模式。美国信奉个人主义价值观，强调个人利益至上，强调通过个人奋斗和自我实践，追求个人价值的实现。因此，美国文化推崇自由竞争，鼓励创新和冒险。这种价值观之下的金融发展模式由市场机制驱动，金融监管相对宽松，资本市场和投资银行业高度发达，金融自由化和金融创新速率极快，市场中充斥着种类繁多、复杂程度极高的金融衍生品，产品设计与实体经济日益疏远化。强大的金融创新活力在带来高额利润的同时，也埋下了金融危机的种子。肇始于 2007 年 3 月的次贷危机最终导致美国金融体系出现系统性崩溃，大量系统性金融机构的破产带来了实体经济的深度衰退。

然后看以德国为代表的社会市场经济模式。德国文化讲究秩序感，注重平衡经济与社会、政府与市场、经济与金融的关系，注重追求和维护稳定的秩序。首先，在经历 20 世纪初叶的恶性通胀之后，人民对通货膨胀的恐惧促使德国逐渐形成了一种稳定文化，比其他国家更加坚定地维护货币稳定和物价稳定。德国的货币政策制定者深信："一种稳定的货币不是一切，但一切都是由于有了一种稳定的货币。"[1] 换言之，没有稳定的货币，就没有一切。其次，在这种文化熏陶之下形成的金融发展模式并不强调个人价值最大化，而是倡导在自由竞争机制下开展合作。德国的大部分银行需要严格遵循区域经营原则，不能跨区经营，甚至连并购也只能发生在地理位置邻近的银行之间。这就给中小银行提供了"保护地带"，避免了银行业的过度竞争，维护了德国银行体系的多样性。最后，德国推行"管家银行制度"，即每家企业选择一家主办银行，主办银行既是企业的主要融资提供者，又参与到企业的公司治理活动中。在长期互动中，银行可以获取许多企业的"软信息"，有效解决了银行与企业之间的信息不对称问题；即便在经济下行周期中，德国的银行也能做到逆周期放贷。这就意味着德国的银行能够对企业"雪中送炭"，而不是"雨天收伞"。[2]

再看独具特色的伊斯兰金融体系，它是伊斯兰教规各项原则在金融领域的应用。《古兰经》中有禁止人们放债取利或以一切不正当手段聚敛财富的思想，受其规范的伊斯兰金融的核心要义是禁止利息以及利润共享、风险共担和社会公正。伊斯兰金融机构虽然也发挥着配置资源、管理风险等金融的一般功能，但受制于伊斯兰伦理观和法律规定，金融机构不得收取利息，也不得向存款者和投资者支付利息，而是采用变通的方式获得利润。因此，伊斯兰金融机构虽然禁收利息，却创造出了许多特殊的金融工具，允许在一定原

---

① 伊辛.经济政策目标冲突下的货币政策［M］//周弘，荣根，朱民.德国马克与经济增长.北京：社会科学文献出版社，2014.

② 对德国金融特质的详细刻画参见：张晓朴，朱鸿鸣.金融的谜题：德国金融体系比较研究［M］.北京：中信出版社，2021.

则和条件下收取费用、酬金和佣金。在伊斯兰银行中，以存款形式提供的资金不是被借出，而是被引导到相关的投资活动中，从而获得利润。在银行扣除管理费后，储户通过分享该利润获得回报。此外，伊斯兰金融还格外强调对道德和伦理的考量，鼓励投资于符合伊斯兰教法的领域，如可持续发展、社会责任和公益事业等。

除以上几种模式外，在世界范围内有代表性的金融发展模式还包括更加注重普惠性、包容性和突出集体性风险共担的北欧模式，以及政府强力干预型的日韩模式等，它们也有其深厚的文化根源，在此不再赘述。

无论是美国金融文化的自由化与推崇创新，德国金融文化的秩序感和稳健，还是伊斯兰金融文化的禁止利息和风险共担，说到底，各式各样的金融文化就是这些国家和地区的金融发展之道，为它们的金融发展道路熔铸了深深的文化烙印，从而形成鲜明的国别特色。有学者已经注意到，金融是具有社会属性的经济活动，由具有社会性的人来进行，涉及社会资源的配置、社会财富的分配、社会关系的调整。因此，不同文化背景、不同社会制度、处于不同经济发展阶段的国家，其金融发展运行自然会呈现出不同特点。[1] 可以认为，各国的金融发展道路均植根于自身的金融文化，金融文化是金融发展道路的根脉和魂脉所在。

中华文化源远流长，中华文明博大精深。在五千多年中华文明深厚基础上开拓中国特色金融发展之路，必然要大力弘扬中华优秀

---

[1] 梁朋. 大力弘扬中华优秀传统文化 积极培育中国特色金融文化［N］. 光明日报，2024-02-02（06）.

传统文化。习近平总书记在中央金融工作会议上强调，要在金融系统大力弘扬中华优秀传统文化，坚持诚实守信、以义取利、稳健审慎、守正创新、依法合规……守好中国特色现代金融体系的根和魂。[①] 这一重要论断表明，文化是金融的根，文化塑造金融的魂，中华优秀传统文化是中国特色现代金融体系的根基和魂脉所在，在大力弘扬中华优秀传统文化的基础上积极培育中国特色金融文化，是走好中国特色金融发展之路的必然要求。

三、从文化视角理解中国特色金融发展之路

纵观世界千年金融史，古代中国的金融发展可圈可点；但近代以来的落后使得中国金融发展落入"以西方为师、向西方合流"的窠臼。中国共产党领导下的金融工作突破了上述窠臼，推动形成了独立自主的货币金融体系。新中国成立以后，特别是改革开放以来，中国金融助力创造了举世瞩目的"两大奇迹"——经济快速发展奇迹和社会长期稳定奇迹，最终突破了从分流到合流的演进逻辑。上述两大奇迹的实现过程，绝不是照搬照抄西方理论和经验的过程，而是立足当代中国具体实际，基于我国历史文化传统，借鉴吸收人类文明一切优秀成果，并将外来学说理念与本土思想文化进行有机结合的创新发展进程。

特别是党的十八大以来，以习近平同志为核心的党中央带领全

---

① 中共中央党史和文献研究院.习近平关于金融工作论述摘编［M］.北京：中央文献出版社，2024.

国各族人民积极探索新时代金融发展规律，不断加深对中国特色社会主义金融本质的认识，不断推进金融实践创新、理论创新、制度创新，积累了宝贵经验，逐步走出一条中国特色金融发展之路。2023年10月召开的中央金融工作会议首次系统阐述了中国特色金融发展之路的基本要义。2024年1月16日，习近平总书记在省部级主要领导干部推动金融高质量发展专题研讨班开班式上发表重要讲话进一步强调，中国特色金融发展之路既遵循现代金融发展的客观规律，更具有适合我国国情的鲜明特色，与西方金融模式有本质区别。

习近平总书记强调："如果没有中华五千年文明，哪里有什么中国特色？如果不是中国特色，哪有我们今天这么成功的中国特色社会主义道路？"①金融是国民经济的血脉，是国家核心竞争力的重要组成部分，是当之无愧的"国之大者"。毫无疑问，中国特色金融发展之路理应是中国特色社会主义道路的重要组成部分。因此，我们可以说，如果没有中华优秀传统文化的孕育和滋养，就不会有中国特色金融发展之路。我们只有立足波澜壮阔的中华五千多年文明史，才能真正理解中国特色金融发展之路的历史必然、文化内涵与独特优势。

文化对于中国金融发展之路的重要性，在2023年中央金融工作会议新闻稿中的一段提纲挈领式的关键表述当中可见一斑："党中央把马克思主义金融理论同当代中国具体实际相结合、同中华优

---

① 习近平. 在文化传承发展座谈会上的讲话［J］. 求是，2023（17）.

秀传统文化相结合，努力把握新时代金融发展规律，持续推进我国金融事业实践创新、理论创新、制度创新，奋力开拓中国特色金融发展之路，强调必须坚持党中央对金融工作的集中统一领导，坚持以人民为中心的价值取向，坚持把金融服务实体经济作为根本宗旨，坚持把防控风险作为金融工作的永恒主题，坚持在市场化法治化轨道上推进金融创新发展，坚持深化金融供给侧结构性改革，坚持统筹金融开放和安全，坚持稳中求进工作总基调。"①

以上重要论断表明，马克思主义金融理论同中华优秀传统文化相结合，让中国特色金融发展之路有了更加宏阔深远的历史纵深，筑牢了中国特色金融发展之路的文化根基，从而形成了上述"八个坚持"。这"八个坚持"明确了新时代新征程金融工作怎么看、怎么干，是体现中国特色金融发展之路基本立场、观点、方法的有机整体。②仔细体会"八个坚持"，每一条都是"两个结合"的结晶，是马克思主义基本原理与中国具体实际以及中华优秀传统文化相互激荡的产物。下面我们从"八个坚持"中选择几条进行简要分析。

例如，坚持以人民为中心的价值取向，体现了中国特色金融发展之路的基本立场，是马克思主义人本观同"民惟邦本，本固邦宁""治国有常，而利民为本"等中华传统民本思想相结合的产物。自古以来，中国的先贤一直强调要爱民恤民富民，重视人民生活的

① 中央金融工作会议在北京举行 习近平李强作重要讲话 赵乐际王沪宁蔡奇丁薛祥李希出席［N］.人民日报，2023-11-01（1）.
② 习近平在省部级主要领导干部推动金融高质量发展专题研讨班开班式上发表重要讲话强调，坚定不移走中国特色金融发展之路，推动我国金融高质量发展，赵乐际王沪宁丁薛祥李希韩正出席，蔡奇主持［N］.人民日报，2024-01-17（1）.

保障和改善。中国共产党人在开展金融工作的过程中继承和发展了中华优秀传统文化中富民厚生的经济伦理，把实现人民对美好生活的向往作为一切金融工作的出发点和落脚点，更加注重金融发展的普惠性，让广大人民群众共享金融发展成果。这是中国特色金融发展之路与西方金融发展道路的显著区别，是金融工作人民性的充分体现。

又如，坚持把金融服务实体经济作为根本宗旨，早已成为中国古代思想家的共识。仅从汉字的构成分析，"货"字底下的"贝"，就是我国早期的货币形态，"化"与"贝"组合在一起构成的"货"，包含了物品交换和货币贸易的内容。南怀瑾先生认为，"贸"字上面是"卯"，下面是"贝"，意思是早晨的卯时（五点到七点），人们在集市上以货币为媒介买卖物品。[①] 在其中，货币的功能与实体经济的交易活动紧密相连、水乳交融。进一步看，司马迁在《史记》中的名言"农工商交易之路通，而龟贝金钱刀布之币兴焉"则更加完整地表明，货币金融的发展植根于实体经济的发展和人民的交易需要，服务实体经济是货币金融体系的本源。马克思在《资本论》（第三卷）中深刻指出，金融一旦脱离为实体经济服务的根本宗旨，就会患上"企图不用生产过程作媒介而赚到钱"的"狂想病"，进而引发金融风险。马克思主义金融理论同中华优秀传统文化相结合，形成了"经济金融共生共荣"重要论断，以及经济和金融一盘棋思想：经济是肌体，金融是血脉，两者共生共荣；金融活，经济活；金融稳，经济稳；经济兴，金融兴；经济强，金融强。

---

① 南怀瑾. 漫谈中国文化：金融·企业·国学［M］. 北京：东方出版社，2022.

再如，坚持把防控风险作为金融工作的永恒主题，同样是对中华优秀传统文化中居安思危、未雨绸缪、防患于未然等忧患意识的继承和发展，体现了稳健审慎的鲜明风格。在这种理念的指引下，中国的宏观调控部门在经济繁荣时期总是实施有效的宏观调控，防止经济泡沫的扩张和经济的剧烈波动。反观美国等西方国家，只是在萧条来临之后才采取反周期政策，而在繁荣期却无所作为，导致经济中的泡沫持续积累，而泡沫的破灭又带来经济的深度衰退。其中的理念差异和文化差异显而易见。

　　关于中国特色金融发展之路的上述几方面要义，我们在第二章中将会重点阐述。需要着重强调的是，从以上几个例子中可以看出，中国特色金融发展之路是在中华大地上孕育并形成的金融发展道路，中华优秀传统文化赋予中国特色金融发展之路以深厚底蕴。只有从文化视角全面感受、深入理解和准确把握这些底蕴，我们才能够真正洞悉金融发展道路中蕴含的"中国特色"，并将其与其他国家的金融发展道路区分开来。而一旦把握住中国特色金融发展之路当中的"中国特色"，就找到了中国特色金融发展之路的文化基因，就能准确把握它的文化属性。

　　从这个意义上说，我们所谈的中国特色金融文化，就是旨在确立当代中国金融发展道路之文化属性的一套价值系统，是将中国特色金融发展之路与其他各式各样的金融发展道路区别开来的根本标识。面向未来，在推动金融高质量发展和加快建设金融强国的进程中，我们要在大力弘扬中华优秀传统文化的基础上，坚持独立自主、开放包容，立足国情，植根于中华优秀传统文化，吸收国外金融文化精华，沿着"两个结合"这一根本途径，积极培育中国特色金融文化，为中国特色现代金融体系建设提供强大精神动力和鲜明价值取向。

2023年10月，习近平总书记在中央金融工作会议上强调，要在金融系统大力弘扬中华优秀传统文化，坚持诚实守信、以义取利、稳健审慎、守正创新、依法合规（即"五要"）。2024年1月，习近平总书记又在省部级主要领导干部推动金融高质量发展专题研讨班开班式上将"五要"扩展为"五要五不"，即"诚实守信，不逾越底线；以义取利，不唯利是图；稳健审慎，不急功近利；守正创新，不脱实向虚；依法合规，不胡作非为"，为中国特色金融文化的培育指明了方向，擘画了蓝图。

本书余下部分首先将从金融文化助力形成中国特色金融发展之路的大逻辑入手，分析积极培育中国特色金融文化的初心使命、根本途径和核心要义。随后，本书还将围绕"五要五不"这一主体内容，细致地剖析中国特色金融文化的基本架构，着重通过讲述一个个生动的中国金融故事，帮助读者走进中国特色金融文化的价值系统，并体会其在推动形成中国特色金融发展之路进程中的重要作用。最后，本书还尝试探讨运用思想文化资源推动中国自主的金融学知识体系构建的可能路径。

第二章
中国特色金融文化的核心特质

通过第一章的初步讨论，我们已经看到，金融与文化之间有着极为紧密的联系：一方面，金融是文明演进的重要支撑；另一方面，金融又植根于文化传统之中。一国的金融文化是其金融发展道路的深层次决定因素，金融文化通过影响人们的思维方式、价值取向和行为规范塑造金融发展道路的底层逻辑，通过影响人们的行为逻辑深刻影响金融发展乃至经济社会发展的绩效。

从这个角度入手，我们可以形成一个基本判断：中国特色金融发展之路背后必然有着深厚的文化根基和底蕴作为支撑；这条金融发展道路之所以具有鲜明的"中国特色"，与中华优秀传统文化的浸润滋养是分不开的。甚至可以说，没有中华优秀传统文化，就不会有中国特色金融发展之路，正如习近平总书记反复强调的："如果没有中华五千年文明，哪里有什么中国特色？如果不是中国特色，哪有我们今天这么成功的中国特色社会主义道路？"①

---

① 习近平.在文化传承发展座谈会上的讲话［J］.求是，2023（17）.

完整地梳理并呈现中国特色金融发展之路当中蕴藏的文化因素，在此基础上对其进行系统化、学理化分析，是我们积极培育中国特色金融文化的"必修课""必答题"。只有搞清楚中国特色金融发展之路的历史逻辑，才能找到决定这条道路方向的文化基因。本章将以"先归纳中国特色金融发展之路的特色，再提炼中国特色金融文化的特质"为思考和写作主线，从中国特色金融发展之路的初心使命及文化意蕴、中国特色金融文化的培育途径与基本要义等四个方面入手，对中国特色金融文化的核心特质进行初步梳理和总结，作为全书的内核。

一、助力中国式现代化：中国特色金融发展之路的初心使命

（一）现代化视域下的金融发展道路

建设一个现代化国家，是近代以来中国人的梦想；建设社会主义现代化强国，实现中华民族伟大复兴，是中华民族的最高利益和根本利益。中国共产党甫一成立，就肩负起探索中国现代化道路的重任。回首我国社会主义现代化建设历程，中国共产党始终将实现社会主义现代化作为战略目标，对建设社会主义现代化国家战略目标，在认识上不断深化，在内涵上不断丰富拓展，在战略安排上层层递进，推动现代化建设的蓝图一步一步变为现实。

随着理论和实践两个层面的探索日渐丰富，我们越来越清晰地

认识到，文明是丰富多彩的，现代化道路也并非只有一条；历史上那些成功的现代化，都是有选择性、自主性的现代化，而不是模仿、抄袭的现代化。虽然现代文明有其共同特征和趋势，但并非只有西方那一种模式，而是有多种形态，现代化≠西方化。多样性是现代化走向成功的保证，每一个国家根据自己的国情探索现代化道路，恰恰是现代文明的标志性特征。①

党的十八大以来，以习近平同志为主要代表的中国共产党人在新中国成立特别是改革开放以来长期探索和实践的基础上，进一步深化对中国式现代化的内涵和本质的认识，概括形成中国式现代化的中国特色、本质要求和重大原则，初步构建中国式现代化的理论体系，使中国式现代化更加清晰、更加科学、更加可感可行。中国式现代化，深深植根于中华优秀传统文化，体现科学社会主义的先进本质，借鉴吸收一切人类优秀文明成果，代表人类文明进步的发展方向，展现了不同于西方现代化模式的新图景，是一种全新的人类文明形态。

关于金融与中国式现代化的关系，习近平总书记作出过精辟概括：金融是"国之大者"，关系中国式现代化建设全局。任何一个国家的现代化建设，无论是经济建设、政治建设、文化建设，还是社会建设、生态文明建设，都需要大量的资金，都离不开金融体系的有力支撑。在现代化进程中，所有国家都需要破解如何为本国的

---

① 详细论述参见：罗荣渠.传统与现代化问题的理论思索［J］.北京大学学报（哲学社会科学版），1989（3）：7-9；钱乘旦.文明的多样性与现代化的未来［J］.北京大学学报（哲学社会科学版），2016（1）：8-12等文献。

现代化建设提供充裕、稳定、可持续的资金支持这一难题。从历史经验看，大国崛起离不开强大金融体系的支撑，荷兰、英国、美国等世界性经济与金融强国的崛起进程便是明证。反过来看，如果金融搞不好，现代化进程可能迟滞甚至中断，譬如，不少拉丁美洲国家为金融危机所累，至今仍陷入中等收入陷阱的泥潭中难以自拔。真可谓"国家兴衰，金融有责"。

从晚清到民国，中国金融试图走的是以西方为师的道路，努力把西方发达国家行之有效的理论、制度和实践经验"搬运"到中国来。但这种"西天取经"思路主导之下的各种移植并不成功。新中国成立以来，中国共产党在成功推进和拓展中国式现代化的进程中，带领全国人民开拓形成了一条既遵循现代金融发展的客观规律，更具有适合我国国情的鲜明特色的中国特色金融发展之路。由此，中国特色金融发展之路的历史逻辑内嵌于中国式现代化的大逻辑。

推进中国式现代化是一项前无古人的开创性事业，中国特色金融发展之路是一条前无古人的开创之路。中国式现代化道路既是马克思主义基本原理同中国具体实际相结合的道路，也是外来学说与中华优秀传统文化相结合形成的道路。同理，中国特色金融发展之路则是马克思主义金融理论同当代中国具体实际相结合、同中华优秀传统文化相结合的产物。

中国共产党人在革命和建设的各个历史时期始终不忘本来、吸收外来，致力于探索符合国情的现代化道路，以及内嵌于现代化道路之中的金融发展道路，从而突破了此前的以西方为师、从分流到合流的演进逻辑。

为了更加深入地把握金融在中国式现代化进程中的重要支撑作用，我们不妨对中国共产党人探索中国特色金融发展之路的百年征程做一个简要的分阶段回顾。

（二）新民主主义革命时期，红色金融服务革命斗争、根据地经济和工农大众

新民主主义革命时期是中国共产党百年奋斗历程的开端，也是党带领人民探索中国现代化道路的起步阶段，肩负着为实现现代化创造根本社会条件的重任。为了配合革命斗争的开展，这一时期党的金融工作核心特质是独立自主运用货币信贷工具，推动形成革命与生产相互促进的发展格局。

正如毛泽东同志所说，"战争不但是军事的和政治的竞赛，还是经济的竞赛"[①]。在这一时期，我们党在革命斗争形势极为复杂严峻的情况下确立了"发展经济，保障供给"的经济工作总方针，充分调动广大劳动人民的革命和生产积极性，努力推动革命与生产相互促进：经济实力的不断增强为军事斗争胜利和革命成功奠定了物质基础，军事斗争和政治斗争的胜利反过来有力地推动了社会生产。

与经济工作的步调相一致，这一时期党的金融工作主要服务于革命斗争、根据地经济和工农大众。

井冈山革命斗争时期，为了解决根据地经济困难，中国共产党

---

① 毛泽东.毛泽东选集：第三卷［M］.北京：人民出版社，1991：1024.

就发行了"工字银元",上面印有"全世界工人阶级联合起来"的字样,代表着中国共产党的根本立场。苏维埃时期,中国共产党在中央苏区实行统一的币制,设立国家银行,通过货币信贷管理活动为实现"供养和装备红军"和"为贫苦农民解燃眉之急"[1]两大经济目标服务,并取得积极成效。

在革命斗争中,中国共产党人逐步认识到包括金融在内的财经工作的极端重要性,货币发行、信贷管理等工作的战略性、系统性不断加强。毛泽东同志指出:"认识贸易、金融、财政是组织全部经济生活的重要环节,离了它们,或对它们采取了错误方针,全部经济生活就会停滞,或受到障碍。"[2]

党中央和红军安家延安后,为了打破敌人的军事包围和经济封锁,实现根据地经济自给自足,党领导的各革命根据地正确处理发展、安全与稳定的关系,通过独立自主发行货币、坚决开展对敌货币斗争、创新货币供应机制、优化信贷资源配置等手段,为根据地军民的生产活动注入了宝贵的资金血液,有力支撑了热火朝天的大生产运动,在旧中国十分薄弱的自然经济基础上创造出支撑革命胜利的经济力量,从而有效支持了抗日前线。同时,中国共产党领导的货币斗争也粉碎了日伪企图控制中国货币体系的阴谋,捍卫了我国的货币金融主权。

其内在逻辑是,货币斗争的胜利,是发展生产的前提条件。只有在根据地内完成停用法币、禁用伪币的工作,才能扩大本币的流

---

[1] 斯诺. 西行漫记 [M]. 董乐山, 译. 北京: 解放军文艺出版社, 2002.

[2] 中共中央党史和文献研究院. 毛泽东年谱: 第 2 卷 [M]. 北京: 中央文献出版社, 2023.

通范围，增加本币信用，同时阻止敌伪倾销法币伪币以套取根据地宝贵的物资。在对敌货币斗争初战告捷后，重要物资得到保护，本币流通范围扩大。随后，各根据地发行的大量本币得以顺畅地投入生产事业当中。在资金活水的支持下，"发展经济，保障供给"的总方针得以落地。随后经济得到发展，供给保障能力提升，同时，货币投放较多也不可避免地带来了一定的通货膨胀压力。在根据地经济实现自给自足和财政危机解除之后，中国共产党在一个相对安全的政治经济环境中着手解决通胀压力较大的问题，以实现金融稳定。相对于国民党政府法币超发、币值缩水和通胀加剧的被动局面，中国共产党领导的各根据地发行的本币币值较为稳定，为军事斗争的最终胜利提供了有力支持。

解放战争时期，中国共产党的金融机关继续坚持"发展经济，保障供给"总方针，把扶助和保护国民经济发展、增加解放区内部的财富作为基本任务。货币发行首先保证生产建设需要，其次保证战争需要，同时还努力掌握发行数量，避免物价急剧上涨。在战争后期，解放区的各种货币配合着战争的胜利，迅速扩张它们的流通范围，并将法币驱逐出去。1948 年 12 月 1 日，中国人民银行正式成立，开始发行人民币，在华北、华东、西北各解放区流通。

（三）社会主义革命和建设时期，构建与计划经济体制相适应的"大一统"金融体系

国民党政府长期滥发纸币，导致物价飞涨、市场混乱、投机盛

行，给新中国留下了一个烂摊子。从 1949 年 11 月到 1950 年 2 月，物价涨幅超过 150%。新中国成立面对的第一个经济难题是控制过高的通胀率，把经济形势稳定下来，使得我们党在经济上进而在政治上站住脚跟。正因如此，中央政府把保持物价稳定视为比经济发展更加重要的经济政策目标。1950 年，应朝鲜政府的请求，志愿军入朝参战，党中央确定了"边打、边稳、边建"战略方针，并提出了"抗美、稳定、建设"，将其作为抗美援朝开始后我国经济工作的基本方略，政策目标的优先序为国家安全、经济稳定、经济发展。

新中国成立伊始，中央人民政府组织了"银元之战""米棉之战"，有力打击投机资本，有效平抑物价，迅速统一财经，稳定了新中国经济金融秩序。与此同时，我国成功进行货币改革，人民币成为法定纸币，实现了货币主权的完整和货币制度的统一。在斗争中，政府规定人民币为唯一的合法货币，严禁金条、银元和外币在市场上自由流通，并在上海果断将 200 多个金融投机商逮捕法办。当投机商转向哄抬粮食、棉纱、煤炭等物资价格后，中央人民政府又在全国范围内组织了大规模的物资调运和集中。根据中央统一部署，各大城市一致行动，在物价上涨最猛之时敞开抛售，使物价迅速下跌。同时，金融机构收紧银根，从而导致投机商资金链条断裂，稳定市场的主动权牢牢地握在党和政府手中。这一系列政策有效发挥了平抑物价、稳定预期的作用，使得新中国在艰难的条件下实现了物价稳定。1954 年政务院（现国务院）《政府工作报告》指出，"过去几年来我们在改善人民生活方面的一个重大收获，是稳定了金融和物价，保证了广大人民生活的稳定"。

20 世纪 50 年代，国际环境错综复杂、云谲波诡。西方资本主义国家对中国实行了政治上孤立、经济上封锁、军事上包围的战略，切断中国与西方世界的经贸往来。中国共产党人意识到，必须迅速改变旧中国落后的面貌，这就需要从苏联的社会主义建设实践中学习借鉴有益经验，尽快建立起一个独立的、比较完整的国民经济体系，特别是重工业体系。这一方面有利于捍卫国家主权，维护国家安全，避免受制于人，为现代化建设创造适宜环境，奠定政治前提；另一方面有助于推动国民经济快速增长，尽快实现对发达国家的经济赶超，从而为现代化建设奠定物质基础。从 1953 年开始实施"一五"计划，到 1964 年着手推进三线建设，这一时期的现代化建设始终注重在维护国家安全的前提下推动发展，以发展巩固国家安全。

与之相对应，这一阶段金融工作的核心特质是构建"大一统"金融体系，为安全和发展服务。即建立一个与重工业优先发展战略相契合的"大一统"金融体系，形成金融信贷资源的计划配置方式，从而有力地动员分散在国民手中的资金等生产要素，来支持重工业部门的优先发展。

具体而言，在计划经济体制下，生产、资源分配以及产品消费等经济活动都按照政府的指令性计划展开。计划经济体制全面形成之后，党和国家也已接管了官僚资本金融业，并对民营金融业进行了整顿和改造，国家预算、银行信贷和国营企业财务并存的社会性资金的分配和使用体系也相应形成。在财政和金融的关系上，呈现"大财政、小银行"的格局，金融体系高度简化。财政部门是计划体系中负责配置资金的部门，而金融部门只是计划体系的一个辅助性部门，配合财政体系在国家计划的控制下进行资金筹措和配置，监督和调控资金使用。这套"大一统"的金融体系具备很强的资源动员能力，为建设独立完整的重工业体系提供了有力支撑。

（四）改革开放时期，逐步建立党领导下的中央银行体制和以银行、证券、保险为主体的金融体系

1978 年 12 月，党的十一届三中全会胜利召开，重新确立了解放思想、实事求是的思想路线，做出把党和国家工作中心转移到经济建设上来、实行改革开放的历史性决策，实现了具有深远意义的伟大转折。邓小平同志指出："社会主义基本制度确立以后，还要从根本上改变束缚生产力发展的经济体制，建立起充满生机和活力的社会主义经济体制，促进生产力的发展……"[①] 也就是说，我们不仅要在社会主义条件下发展生产力，而且要通过改革解放生产力，清除发展生产力的障碍。改革开放就是要革除病症，消除一切阻碍提高社会生产力、增强国家综合实力和改善人民生活水平的体制障碍与弊端。

与之相对应，这一阶段我国金融发展的核心特质是从计划转向市场，从封闭走向开放。邓小平强调指出："金融很重要，是现代经济的核心。金融搞好了，一着棋活，全盘皆活。"[②] 在充分认识金融对经济发展的重要推动作用基础上，我们在坚持独立自主方针的

---

① 邓小平.邓小平文选：第三卷［M］.北京：人民出版社，1993：370.
② 邓小平.邓小平文选：第三卷［M］.北京：人民出版社，1993：366.

基础上打开国门，借鉴各国金融发展的经验成果，注重更多发挥市场机制在金融资源配置中的作用，同时更好发挥政府在宏观调控和金融监管中的作用，逐步建立起党领导下的中央银行体制和以银行、证券、保险为主体的金融体系。改革开放时期中国金融发展的重大历史意义在于，它在一个以"一穷二白、人口众多"为基本国情的发展中大国里，有效地冲破了长期困扰发展中国家经济起飞的致命瓶颈——发展资金短缺问题，创造出了有效的动员和分配储蓄资源的体制机制，为经济高速增长奇迹的实现提供了充裕的资金保障（李扬等，2018）。这个极具说服力的金融故事彰显出中国金融发展的巨大成就。

一方面，政府主导的金融体系在支持经济赶超中发挥了关键作用。1997 年以来，在金融改革发展的重要关头，党中央多次召开金融工作会议，研究解决金融领域带有全局性的重大问题，采取一系列重大举措防范金融风险，推动金融更好为经济社会发展服务。此外，政府的主导作用还体现为创造性地利用了国家信用推动经济发展（Arezki et al.，2017）[①]；以主导信贷配置方式加速了储蓄—投资转化；以政府兜底方式有效应对各类风险，成功应对 1987—1988 年严重通货膨胀、1993—1996 年经济过热、1997 年亚洲金融危机、20 世纪 90 年代中后期银行困境和 2008 年全球金融危机带来的挑战，避免了危机发生。

---

① 包括斯蒂格利茨在内的多位学者对中国开发性金融的贡献给予了高度评价，详见 Arezki, R., P. Bolton, S. Peters, F. Samama, and J. Stiglitz (2017): "From Global Savings Glut to Financing Infrastructure", Economic Policy, 32(90), 221–261。

另一方面，改革开放有力推动了经济主体的多元化、要素价格的市场化和资源配置的媒介化进程，大大提升了金融服务实体经济的效率。第一，长期被压抑的利率（即资金价格）随着市场化推进逐步得以纠正，使得广大经济主体的储蓄积极性相应地持续提高。第二，为发展社会主义市场经济，对原来高度集中的国家银行体制进行改革。在借鉴西方金融业发展先进经验和管理技术手段的同时，不断探索符合中国国情的金融发展道路，逐步建立中央银行体制和以银行、证券、保险为主体的金融体系，重建资本市场。因此，分属于银行、证券、保险等业态的各类金融机构、金融市场、金融产品和金融服务如雨后春笋般地成长发展，推动金融资源的配置活动越来越多地由各类金融机构、金融市场、非金融部门的分散决策共同决定，为微观主体提供了日益宽广的"摆布"自己储蓄的渠道。第三，金融对外开放进程也从 20 世纪 80—90 年代起开始破冰。我们充分利用两种资源两个市场，借由开放推动改革，金融开放与金融改革相互促进，促进了金融资源配置效率的提高，并通过"物随钱走"的机制引导实体要素配置效率的提升，支撑了中国经济的持续高速发展。

（五）党的十八大以来，立足中国实际走出中国特色金融发展之路

党的十八大以来，中国特色社会主义进入新时代，我国社会主要矛盾已经转化为人民日益增长的美好生活需要和不平衡不充分的发展之间的矛盾。发展的不平衡不充分，归根到底是发展质量不

高。这一问题是我国经济社会发展面临的主要矛盾，在金融领域也广泛存在。因此，推进金融供给侧结构性改革，提高金融服务实体经济质效，推动金融高质量发展，便成为新时代中国金融发展的主攻方向。简言之，这一阶段中国金融发展的核心特质是坚持经济和金融一盘棋思想，推动金融高质量发展。

围绕金融高质量发展这个主题，以习近平同志为核心的党中央积极探索新时代金融发展规律，不断加深对中国特色社会主义金融本质的认识，先后提出了"经济金融共生共荣""把经济发展的着力点放在实体经济上""避免脱实向虚"等一系列重要理论范畴和战略判断，明确了"健全具有高度适应性、竞争力、普惠性的现代金融体系"这一战略目标，指明了防控风险这一金融工作的永恒主题，围绕"深化金融供给侧结构性改革"这一主线部署我国金融改革发展稳定各项工作。在科学的方法论和系统的政策框架指引下，新时代我国金融发展取得了以下新的重大成就。

一是党的领导方面，党中央对金融工作的集中统一领导不断强化，党委领导金融工作的制度、机制和方式进一步优化，党领导下的金融监管体系日趋完善。

二是金融宏观调控方面，中国特色金融宏观调控体系逐步形成，现代中央银行制度建设平稳推进，货币信贷政策工具的总量和结构双重功能得到有效发挥，货币金融政策与财政政策等各类宏观调控政策工具的协调机制更趋完善，我国在不稳定不确定的国际国内环境中实现了宏观经济和金融的总体稳定。

三是金融改革开放方面，股票发行注册制改革、利率市场化改革、人民币汇率形成机制改革等一批重大金融体制改革举措平稳推进，市场在金融资源配置中的决定性作用得到进一步发挥；金融开放的大门越开越大，金融市场准入大幅放宽，金融营商环境持续优化，人民币国际化稳中有进，多层次的"一带一路"金融合作网络初步形成。

四是金融服务实体经济方面，在新一代数字技术的驱动下，金融科技高速成长，金融产品日益丰富，金融服务普惠性增强，绿色金融发展全球领先，金融服务经济高质量发展的能力和效率大幅提升，经济与金融之间的循环更加畅通。

五是金融风险防控方面，金融监管制度得到加强和改进，金融法治不断健全，对重大金融风险精准"拆弹"，防范重大风险攻坚战取得重要阶段性成果，牢牢守住了不发生系统性风险的底线。

新时代的中国金融改革发展有力促进了经济平稳健康发展，支持打赢了脱贫攻坚战，为如期全面建成小康社会、实现第一个百年奋斗目标作出了重要贡献，具有高度适应性、竞争力和普惠性的现代金融体系建设取得了显著成效。目前，我国已拥有全球最大的银行体系，第二大股票和债券市场，规模较大的保险体系，普惠金融、绿色金融和金融科技发展走在世界前列，金融业运行总体平稳，金融体系展现出更为开放的姿态。在2024年7月英国《银行家》杂志发布的2024年度全球银行1 000强榜单中，按照一级资本排名，工商银行、建设银行、农业银行、中国银行位列前四。这是国有四大行连续第七年包揽该榜单前四名。国内银行在排名前十的银行中已占据超过一半的席位。回首改革开放40多年，我国始终保持了经济快速发展和社会长期稳定，没有发生金融危机，这在全球大国中是唯一的，堪称世所罕见的两大奇迹。当前，中国正以金融大国为新起点，向着加快建设金融强国目标奋力前行。

总之，党的十八大以来，我们在已有的基础上继续前进，立足新时代我国发展实际，围绕解决金融支撑现代化建设中存在的突出矛盾和问题，持续不懈探索，全面深化改革，不断加深对中国特色社会主义金融本质的认识，不断推进金融实践创新、理论创新、制度创新，积累了宝贵经验，逐步走出一条中国特色金融发展之路。这条道路是党和人民历经千辛万苦奋力开拓出来的，是一条遵循金融发展规律，适合当代中国国情，具有鲜明中国特色的道路，被实践证明是行之有效、成就卓著的，必须坚定不移走下去。

（六）小结：围绕中国式现代化开展金融工作

从以上历史回顾中可以看出，从新民主主义革命时期红色金融保障革命斗争，推动根据地经济发展，为实现现代化创造根本社会条件，到社会主义革命和建设时期"大一统"金融体系推动建立独立的国民经济体系，为现代化建设提供物质基础；从改革开放时期金融业高速成长助力经济快速发展和社会长期稳定，为中国式现代化提供体制保证和物质条件，到新时代统筹推进经济和金融高质量发展，支撑强国建设、民族复兴伟业，为中国式现代化提供更为完善的制度保证和更为坚实的物质基础；各个历史时期的金融工作目标侧重有所不同，但都围绕推进现代化这条主线展开，服从于中国式现代化这个大局，服务于我国现代化进程中不同阶段的重点任务和关键环节。百余年来，中国共产党人总是根据不同历史时期推进现代化面临的主要矛盾来制定金融工作方针，为破解前进道路上的关键难题提供有效手段。这充分表明，开拓中国特色金融发展之路的征途是推进中国式现代化伟大征程中不可或缺的重要组成部分。

回望来路，中国非但没有亦步亦趋地走西方国家几百年来走过的老路，而且坚持独立自主的方针，采取因地制宜的办法，创造性地利用了国家信用，提高金融服务实体经济能力，有力推动经济社会发展，走出了一条富有本国特色的金融发展道路。有效市场与有为政府协同配合的中国金融体系在快速动员资源、促进储蓄—投资转化、支持经济赶超方面发挥了关键性作用，并有效应对各类风险，避免了危机的发生。

简言之，在中国共产党早期探索的基础之上，自新中国成立以来，特别是改革开放以来，党和人民立足国情独立自主进行金融理论和实践双重探索，由此形成的中国特色金融发展之路助力创造了经济快速发展和社会长期稳定两大奇迹，为中华民族伟大复兴开辟了广阔前景。展望未来，中国金融还将持续为中国经济社会发展注入澎湃动力，为推动强国建设、民族复兴伟业提供有力支撑，中国特色金融发展之路必将越走越宽广。

二、中国特色金融发展之路的文化意蕴

习近平总书记以"八个坚持"对中国特色金融发展之路的基本

要义作出精辟概括，即坚持党中央对金融工作的集中统一领导，坚持以人民为中心的价值取向，坚持把金融服务实体经济作为根本宗旨，坚持把防控风险作为金融工作的永恒主题，坚持在市场化法治化轨道上推进金融创新发展，坚持深化金融供给侧结构性改革，坚持统筹金融开放和安全，坚持稳中求进工作总基调。这"八个坚持"是中国共产党人奋力开拓中国特色金融发展之路的规律性认识和学理化总结。其中丰富的金融文化意蕴是对中华优秀传统文化的继承和发展，是从价值观和方法论层面对中国金融发展规律的探索与总结。

我们可以从以下三个层面对"八个坚持"当中蕴含的中华优秀传统文化元素进行总结提炼。

（一）中国特色金融发展之路的根本遵循

1. 坚持党中央对金融工作的集中统一领导

党的领导是中国特色社会主义制度的最大优势，也是中国特色金融发展之路最本质的特征；坚持党中央对金融工作的集中统一领导是中国特色金融发展之路的根本遵循。历史雄辩地证明，中国人民和中华民族之所以能够扭转近代以后的历史命运，成功地以中国式现代化推进强国建设、民族复兴伟业，最根本的是有中国共产党的坚强领导。中国共产党秉持的科学社会主义主张，同我国传承了几千年的优秀历史文化和广大人民日用而不觉的价值观念相互融通，受到中国人民的热烈欢迎，最终扎根中国大地并开花结果。

坚持党的领导，最关键的是要坚持党中央集中统一领导。维护党中央权威，坚持党中央集中统一领导有着深厚的文化根基，这也是我国古代治国理政的实践经验给今天提供的重要启示。

我国自秦代开始实行中央集权制，其管理体制的关键特征是"事在四方，要在中央"①，这就表明确立和维护中央政府的权威对于治理中国这样一个大国而言是至关重要的。作为一个大国，中国疆域辽阔，人口众多，文化多元，区域之间发展不平衡，民族与宗教问题错综复杂。为了应对以上诸多挑战，中央政权与各个利益阶层在漫长的历史进程中不断博弈，建立起一系列的有效治理机制和稳定持续的制度安排。其基本方式是，明确界定和强力保证中央的权威，中央政府通过制定推行大政方略，指导地方政府的实际工作，同时也给予地方政府在执行过程中因地制宜的灵活性。

历朝历代的实践证明，如果中央有权威，便有利于形成举国体制，有利于社会动员和资源整合，从而为推动社会经济发展、维护国家统一、促进民族融合等提供有力的制度保障；一旦中央权威得不到保证，政府势必难有作为，甚或局面失控，出现纷扰动荡、兵连祸结的局面。②

进入现代社会之后，维护中央权威仍是我国发展与治理必须坚持的一个重大原则。在当代中国的国家治理体系当中，党中央居于中心，负责研究、决定和解释涉及全党和全国的重大方针政策问

---

① 这句话出自《韩非子·扬权》，表明在复杂系统中，无论其规模多大，都需要一个明确的核心来指导和协调各方面的活动，以确保整体的和谐与效率。
② 夏春涛.中国历代治理体系研究［M］.北京：中国社会科学出版社，2023.

题，发挥着定于一尊的领导权威作用，政府、人大、政协等各国家机构在党中央领导下分工协同、各司其职，不折不扣执行党中央的决策部署。党中央之所以能够发挥决定性作用，一方面是因为党中央能够突破局部利益的束缚，从全局和整体考虑问题，最大限度地增进全体人民的福祉；另一方面是因为中国共产党拥有严密的组织体系、庞大的党员群体、丰富的治国理政经验，党中央能够有力地把握国家发展方向，克服国家治理中存在的分散主义、部门主义、地方主义，确保政令统一。①

在长期的革命和建设中，中国共产党在各个历史时期始终高度重视金融工作，不断加强和改进党对金融工作的领导。新民主主义革命时期，中共中央明确指出"党应该领导一切其他组织，如军队、政府与民众团体"，党中央领导各根据地建立有效的货币金融体系，为生产建设和对敌斗争提供了有力支撑。社会主义建设时期，毛泽东同志进一步强调，"各中央局主要负责同志必须亲自抓紧财政金融经济工作，各中央局会议必须经常讨论财经工作"②。党中央对金融工作的领导确保了党的政策在金融工作中得到有力的贯彻落实，我们打赢了"银元之战""米棉之战"，有力地平抑了物价，维护了经济秩序的稳定。改革开放时期，我们党更加重视金融工作，在金融改革发展的重要关头，党中央多次召开全国金融工作会议，研究解决金融领域带有全局性的重大问题，推动金融更好为经

① 杨雪冬. 事在四方，要在中央［N］. 北京日报，2019-09-23.
② 中共中央文献研究室. 毛泽东年谱（1949—1976）：第一卷［M］. 北京：中央文献出版社，2013.

济社会发展服务。特别是 1997 年亚洲金融危机爆发后，党中央决定成立中央金融工作委员会，领导金融系统党的建设工作，防止少数领导借口"党票"在地方（大型国有金融机构党的组织关系在地方）而干预金融机构业务经营。[①]

进入新时代以来，我国金融改革发展稳定面临的国际环境更加复杂多变，国内发展不平衡不充分矛盾依然突出，对金融工作的系统性、权威性、协同性提出了更高要求。中国的金融调控与监管必须统筹两个大局，通盘考虑政治、经济与社会，平衡把握改革、发展、稳定与安全。因此，只有更加充分地发挥党中央总揽全局、协调各方的核心作用，才能破除既得利益的藩篱，突破部门与地方能力局限，避免金融政策和金融体制改革的碎片化和执行不到位，从而确保各大金融管理部门、各类政策工具和各级党委政府朝着党中央确定的金融发展目标协同发力，确保政策的权威性，确保中央政令畅通。

2023 年 3 月，中共中央、国务院印发了《党和国家机构改革方案》，决定组建中央金融委员会，加强党中央对金融工作的集中统一领导，负责金融稳定和发展的顶层设计、统筹协调、整体推进、督促落实，研究审议金融领域重大政策、重大问题等，作为党中央决策议事协调机构。同时，决定组建中央金融工作委员会，统一领导金融系统党的工作，指导金融系统党的政治建设、思想建设、组织建设、作风建设、纪律建设等，作为党中央派出机关，同中央金

---

① 戴相龙. 回顾 1997 年中央金融工作会议［M］//欧阳淞，高永中. 改革开放口述史. 北京：中国人民大学出版社，2018.

融委员会办公室合署办公。新机构的建立为坚持和加强党中央对金融工作的集中统一领导提供了新的治理机制和组织方式，更加有力地统筹经济和金融高质量发展，更好服务和支撑中国式现代化建设。

总之，进入新时代，推进中国式现代化是最大的政治。作为中国式现代化的重要支撑力量，金融具有鲜明的政治性。坚持金融工作的政治性，意味着必须始终坚持党中央对金融工作的集中统一领导，不断把政治优势、制度优势转化为金融治理效能，推动我国金融高质量发展，使金融更好服务于中国式现代化，确保我国金融事业始终沿着正确方向前进。

2. 坚持以人民为中心的价值取向

中国共产党来自人民，依靠人民，坚持党的领导必然要求坚持以人民为中心的价值取向。进入新时代，以习近平同志为核心的党中央把马克思主义的群众观同中华优秀传统文化中的民本思想有机结合，形成了人民至上的根本立场。

民本思想是中华传统文化的重要组成部分，是古代中国治国理政的核心理念。在《尚书》中就有"民惟邦本，本固邦宁"的经典表述。孟子提出的"民为贵，社稷次之，君为轻"的观点更是深入人心。为了巩固政权，中国古代思想家强调治国要充分考虑到人民的利益、人民的感受，视民众为国家的根本、政权的依托。

中国共产党人以马克思主义的立场、观点、方法为指导，把人民群众是历史创造者的马克思主义基本观点同中国传统的民本思想相结合，确立了人民的主体地位和人民至上的原则，形成了以人民为中心的发展思想。在金融工作中坚持以人民为中心的价值取向，既是全心全意为人民服务宗旨的生动写照，更是中国特色金融发展之路同以资本为中心的西方金融发展道路的显著区别。我们党领导的金融事业须臾离不开人民的支持、帮助和推动，归根到底要造福人民。新中国的金融发展始终把为人民谋幸福、为民族谋复兴摆在最高位置，切实为提高民生福祉提供高质量的金融服务。

这一鲜明的中国特色从中华人民共和国的货币与中央银行的名称上就能看出端倪。大家都知道，新中国的货币是人民币，新中国的中央银行是中国人民银行。它们于 1948 年诞生于解放战争的硝烟中。在酝酿中央银行名称时，中共领导人认为，拟议中的中央银行是全国性的，是长远存在的，以取"人民"二字为好，它可以表明银行的性质是人民大众的，不同于官僚资本家的或金融寡头的银行，人民银行要永远为人民服务。此外，"中国人民银行"这个名称，也能够有力支撑起将来新中国国家中央银行的大格局。[①] 与中央银行名称相对应，新中国的货币也被命名为人民币，1948 年发行的第一套人民币的票面图案也充分反映了解放区生产建设和人民生活的情景。从货币制度层面看，人民币并不与美元、英镑等发达资本主义国家货币挂钩，也不以金银等贵金属为准备资产，而是植根于中国共产党和人民政府的信用，依托中国人民对人民政权的拥护和信任，以解放区的土地上产出的粮食、棉花等实物资产为准备资

---

① 关于中国人民银行命名的来龙去脉，可参见：许树信. 中国革命根据地货币史纲 [M]. 北京：中国金融出版社，2008。

产。中国人民银行和人民币的故事生动体现了中国共产党人以人民为中心的金融观。

进入新时代，金融工作的人民性得到了更加充分的彰显。从2019年召开的十九届四中全会起，以习近平同志为核心的党中央采用"具有高度适应性、竞争力、普惠性"这一定语来刻画中国特色现代金融体系的基本特征。也就是说，让广大人民群众平等地、充分地享受金融服务，是中国特色现代金融体系的基本特征之一。如果说高度的适应性与竞争力是现代金融体系的共同特征，那么，高度的普惠性就是社会主义制度的本质要求，也是对中华优秀传统文化的继承和发展，具有鲜明的中国特色。要使我国的金融体系具有高度的普惠性，就必须认真践行以人民为中心的金融发展观，加强党中央对金融工作的集中统一领导，更好满足人民群众多元化的金融服务需求，既持续增强金融服务的可得性、便利性、包容性，又有力维护国家经济金融稳定和人民财产安全，促进全体人民共同富裕。

（二）中国特色金融发展之路的中心任务

坚持把金融服务实体经济作为根本宗旨，坚持把防控风险作为金融工作的永恒主题，指明了走好中国特色金融发展之路的两个核心任务：提高金融服务实体经济质效，牢牢守住不发生系统性风险底线，两者是辩证统一的。金融是实体经济的根基，金融服务实体经济质效提高了，就有利于推动经济实现质的有效提升和量的合理增长，从而为防范化解风险提供坚实的物质基础。反过来，有效防范化解金融风险，可以为实体经济发展创造稳定、安全、可预期的货币金融环境，确保金融血脉畅通，有助于提高金融服务实体经济质效。

具体而言，党和政府根据不同历史时期推进现代化面临的主要矛盾来制定金融工作方针，为破解前进道路上的关键难题提供有效手段，助力创造了经济快速发展和社会长期稳定两大奇迹。奇迹自然是非同寻常的，不易出现的。这两大奇迹之所以能够产生，其原因并不在于中国发展进程中没有产生风险隐患，而在于中国政府一直居安思危，把推进中国式现代化作为最大的政治，正确处理改革发展稳定关系，一手促经济发展，一手防金融风险，同时注重通过深化改革的办法激活发展动能，优化风险防控机制，在发展和安全的对立统一过程中把握经济和金融发展规律，协同推进体制转型、经济发展和宏观稳定，克服极端化、片面化、短视化。

这种系统观念和辩证思维既是马克思主义理论体系中具有基础性的思想和工作方法，同时也是中华优秀传统文化的重要方面。中华民族自古以来就注重从整体上思考世界本原和人生意义，中国传统哲学蕴含着许多关于系统观念的朴素思维。中国古代以"天人合一"和"阴阳五行"为代表的理念，注重把宇宙、自然、人类社会看成一个有机的整体系统。老子提出的"道生一、一生二、二生三、三生万物。万物负阴而抱阳，冲气以为和"的宇宙观，庄子崇尚的"天地与我并生，而万物与我为一"的自然观，周敦颐阐述的无极太极生成、阴阳五行四时演化的世界观，等等，都体现了系统观念。

　　　　　　　　　　　中国特色金融文化

"不谋万世者，不足谋一时；不谋全局者，不足谋一域"，强调局部与整体的关系，体现了整体与部分的辩证统一。习近平新时代中国特色社会主义思想吸收借鉴中华优秀传统文化中的系统观念，科学把握事物各要素之间相辅相成、相互促进、互为补充的关系，为应对各种复杂问题提供了思想武器。

新时代的中国共产党人在开展金融工作的过程中传承和弘扬中华优秀传统文化中的系统观念，用普遍联系的、全面系统的、发展变化的观点观察分析经济与金融、经济发展与金融风险的关系。习近平总书记指出："金融活，经济活；金融稳，经济稳。经济兴，金融兴；经济强，金融强。经济是肌体，金融是血脉，两者共生共荣。"① "肌体"与"血脉"的生动比喻表明，经济与金融之间有着休戚与共的紧密联系，必须树立经济和金融一盘棋思想，以系统观念来把握二者的关系。具体地看，金融之于经济，显然是第二性的，它发挥的是服务性、支撑性的作用；而经济对于金融则有着决定性作用，是决定其能否兴、能否强的因素，发挥的是主导性、基础性的作用。

首先，在经济和金融的循环流转中，实体经济发展是根本，金融服务是支撑，两者之间相互联系、相互依存、休戚与共，统一于中国式现代化进程之中。经济兴，金融兴；经济强，金融强；一国的经济是决定金融能否兴旺强盛的第一性、主导性、基础性因素。雄厚的经济实力、科技实力和综合国力能够为金融强国建设提

---

① 防范金融风险，推动金融业高质量发展 [M] //.习近平.论把握新发展阶段、贯彻新发展理念、构建新发展格局.北京：中央文献出版社，2021.

供坚实的物质技术基础和广阔的市场空间。没有雄厚的实体经济基础和稳定的经济运行作为根基，金融发展便无所依托，就成为无本之木。

在重视经济之于金融的基础性作用的同时，我们也要看到，金融活，经济活；金融稳，经济稳；金融是国民经济的血脉，持续不断地作为国民经济"血液"的货币资金输送到经济"肌体"当中，服务于经济社会的持续发展。金融发展对经济发展发挥着不可或缺的服务性、支撑性的作用。服务实体经济不但是金融的天职和宗旨，也是防控金融风险的根本举措。马克思主义政治经济学基本原理表明，在经济循环中，由生产、分配、流通、消费四大环节构成的实体经济供求循环发挥着基础性作用。这一循环畅通，就不会出大问题。

秉持经济金融共生共荣理念，也有利于理解金融强国与中国式现代化之间的辩证关系。习近平总书记强调："坚持经济和金融一盘棋思想，认真落实中央金融工作会议的各项决策部署，统筹推进经济和金融高质量发展，为以中国式现代化全面推进强国建设、民族复兴伟业作出新的更大贡献。"[①] 一方面，建设金融强国的根本目的是服务中国式现代化。以中国式现代化全面推进强国建设、民族复兴伟业，是新时代最大的政治。金融强国建设与社会主义现代化强国建设密不可分，并且服从服务于中国式现代化，二者是局部服从于整体、具体目标服务于总目标的关系。另一方面，现代化强国

---

① 习近平在省部级主要领导干部推动金融高质量发展专题研讨班开班式上的重要讲话 ［N］．人民日报，2024-01-07.

必然是金融强国，全面建成社会主义现代化强国离不开强大金融体系的关键支撑，金融强国也只有在推进中国式现代化的伟大进程中才能建成。中国式现代化是最大的政治，高质量发展是新时代的硬道理。推动金融高质量发展，助力中国式现代化，是金融强国的内在要求。作为中国经济体系的重要组成部分，中国特色现代金融体系建设必然要深度融入中国式现代化的历史进程之中。以金融强国为目标、推动金融高质量发展的逻辑内嵌于中国式现代化的大逻辑。

总之，系统观念强调，在推动经济发展进程中，要有大局观、全局观、整体观，坚持经济和金融一盘棋思想，平衡好经济发展和金融风险防控。从两个大局出发，统筹经济发展和金融风险防控，就是要运用辩证唯物主义方法，从事物的内在联系去把握风险特性，抓住关键，辩证看待经济发展和金融风险防控的关系。发展是我们党执政兴国的第一要务，是解决中国一切问题的关键。没有经济发展，就不可能实现国家长治久安、社会安定有序、人民安居乐业。维护金融安全是国家生存发展的基本前提，是安邦定国的重要基石。没有金融安全做支撑，就不可能实现经济社会可持续发展，已经取得的成果也会失去。归根到底，安全是发展的前提，发展是安全的保障，经济发展和金融风险防控之间存在辩证统一的关系，必须把两者统一到中华民族伟大复兴战略全局中加以系统谋划，不可有所偏废。

一方面，面对前进道路上的风险挑战，要树立底线思维，增强忧患意识，高度重视经济、金融、社会、政治等各类型风险之间的互动、传染、叠加和放大，密切关注那些有很大危害性、连锁性的重大风险事件，坚持标本兼治，持续优化风险监测、识别和处置机制，牢牢守住不发生系统性风险的底线，为经济发展创造稳定的经济金融环境。

另一方面，必须坚持把发展作为最大的安全，抓牢经济发展主动权，在守住底线的前提下着力推动经济高质量发展，通过做大蛋糕、积累资产，为化解金融风险隐患提供充足的弹药。抓住这个根本，我们在现代化建设中就能不断积累资本、技术和财富，为抵御各类风险挑战提供雄厚的物质技术基础，实现主动安全和动态安全。

（三）中国特色金融发展之路的重大原则

在很长一个时期内，中国是一个人口多、底子薄的落后农业国。我国经济的现代化进程需要在确保宏观稳定的前提下实现经济发展和体制转型两大战略任务，处理好改革发展稳定三者关系至关重要。发展是根本目的，只有依靠发展才能从根本上化解社会主要矛盾，推进社会主义现代化建设；改革是强大动力，只有不断改革与生产力发展不相适应的生产关系，才能冲破思想观念束缚，突破利益固化藩篱，破除各方面体制机制弊端，汇集全体人民的智慧和力量来推动发展；稳定是基本前提，只有在经济社会平稳运行的前提下谋发展、促改革，才能最大限度凝聚共识、稳定预期、增强信心，把改革发展各项工作切实推进。中国基于转型和发展两大战略任务，坚持金融改革发展稳定的"三维统一"，相较于西方所谓的"休克疗法""金融大爆炸""华盛顿共识"，有着十分鲜明的中国特色。

中国的金融发展必须统筹考虑改革发展稳定，协同推进体制转型、经济发展和宏观稳定。"八个坚持"当中的后面四条，系统总结了新时代金融工作正确处理改革发展稳定三者关系的基本经验，是我们必须长期坚持的重大原则。

坚持在市场化法治化轨道上推进金融创新发展，就是要抓住正确处理政府和市场关系这个"牛鼻子"，通过深化经济体制改革为金融发展提供制度保障，既发挥市场在金融资源配置中的决定性作用，又勇于推进政府自我革命，提升政府经济和金融治理能力。金融的安全靠制度，活力在市场，秩序靠法治。一方面，市场化意味着要充分调动各类市场主体推动金融创新发展的主动性创造性，为实体经济提供更加优质的金融服务。另一方面，市场经济本质上是法治经济，金融主要依赖于信用的特点更需要有契约精神和法治保障。必须加强金融法治建设，以法治思维提高金融监管效力，为金融业的创新发展保驾护航。

坚持深化金融供给侧结构性改革，就是要用改革的办法着力破解金融发展不平衡不充分，不能充分满足实体经济和人民群众需要这一难题。深化改革的目的是促进体制改革和经济金融发展高效联动，以改革红利的创造来促进金融资源配置效率的提升和经济发展质效的改善。这就要求金融业按照供给侧结构性改革的总体要求，以解决融资贵融资难问题为抓手推动市场体系、机构体系、产品与服务体系的结构调整，理顺间接融资与直接融资、股权融资与债务融资的关系，从而起到连接供求的桥梁和组织资源的作用，推动实体经济均衡发展。

坚持统筹金融开放和安全，就是要将安全作为开放的前提条件，将开放作为安全的必要条件，使得二者相互促进，形成共促高质量发展合力。在新时代的金融工作中，我们推动渐进开放，坚持底线思维，守住了不发生系统性金融风险的底线。相对于产业、贸易的开放，中国金融业的开放是渐进而审慎的，必要的资本管制是维护金融稳定和安全的"防火墙"。底线思维强化了风险意识。这包括加强和完善监管，提升金融韧性，以及维持较高的外汇储备以备不时之需。在风急浪高甚至是惊涛骇浪的外部环境中，在推动金融对外开放的同时，必须确保国家金融和经济安全，既要防范开放本身带来的风险，又要防范博弈对手蓄意制造的风险。要把握好开放的节奏和力度，切实提升金融监管能力，以更高水平风险防控保障更高水平金融开放。

坚持稳中求进工作总基调，就是要坚持稳中求进、以进促稳、先立后破，以"稳"定大格局，以"进"定新方位，正确处理改革发展稳定关系。"稳"是大局和基础，为"进"创造前提条件。"稳"的重点是稳定经济金融运行，防范化解金融风险。金融政策的收和放不能太急，防止大起大落。"进"是方向和动力，为"稳"提供坚实的物质技术基础。"进"的重点是深化金融改革开放，推动金融结构调整，在稳住阵脚、稳住基本态势中不断解决问题、不断前进。

以上这"四个坚持"体现的不只是系统观念，还有辩证思维。所谓辩证思维能力，就是承认矛盾、分析矛盾、解决矛盾，善于抓住关键、找准重点、洞察事物发展规律的能力。坚持辩证思维，就是要求我们在金融工作中从改革发展稳定的辩证统一过程中把握金融发展演变规律，协同推进改革发展稳定，克服极端化、片面化、短视化。金融改革发展稳定是具有内在联系的集合体，要协同推进，不能顾此失彼，也不能相互替代，哪一方面做不好，金融工作都会受到影响。

辩证唯物主义是马克思主义哲学的重要组成部分。唯物辩证法认为，事物是普遍联系的，事物及事物各要素相互影响、相互制约，整个世界是相互联系的整体，也是相互作用的系统。坚持唯物辩证法，就要从客观事物的内在联系去把握事物，去认识问题和处理问题。

与此同时也应注意到，辩证思维是中国传统思维方式的一个显著特征。自古以来，历代思想家一直在强调事物的多面性、相互联系和发展变化。

在中国古代哲学中，辩证法的运用贯穿始终。《周易》讲"生生之谓易""一阴一阳之谓道""刚柔相推而生变化"，其中蕴含着"生生不息"的发展变化的观点与阴阳、刚柔相推相交的辩证思维。老子强调"有无相生，难易相成，长短相形，高下相倾，音声相和，前后相随""反者道之动，弱者道之用""道生一，一生二，二生三，三生万物""祸兮福之所倚，福兮祸之所伏"，强调了事物发展的多元性和变化规律，以及对立面的依存与统一。孔子提倡的"中庸之道"，主张取其中道，不偏不倚，处理事物的矛盾和冲突，追求均衡与和谐。虽然诸子百家的思想旨趣有所不同，但辩证思维却是中国传统文化思想中一个极为鲜明的特征。无论是儒家的"和而不同"，还是道家的"有无相生"，或者法家的"矛盾之说"，都包含了丰富的辩证法思想，也展现了深刻的辩证思维方式。这种辩证思维方法积淀和熔铸在中国人的"文化－心理"结构中。

将马克思的辩证唯物主义与中华优秀传统文化中的辩证思维运用到新时代的金融工作中，形成了正确处理改革发展稳定三者关系的科学方法论。

先从国际视角举一个例子：在世界百年未有之大变局中我国强调稳定与安全维度，意味着经济金融政策在一定程度上会偏离效率最大化原则，施策结果将偏离市场最优均衡，看似偏离了发展这个时代主题。比如，面对去全球化、去中国化以及技术封锁和技术脱钩的风险，我们势必要搞备胎战略，推进产业链的多元化、本土化、区域化，以及强调金融基础设施的自主、可控和安全。这些举措从国际分工及全球资源配置角度来看，并不一定符合效率与市场原则，但长远看符合我国的战略利益，有利于守住不发生系统性金融风险底线，确保金融血脉畅通，维护国家经济安全，因此是"划算的"。但也要看到，追求稳定和安全并不是无成本的，而会造成一定的市场扭曲和效率损失。因此，不能将追求绝对安全作为目标。要把改革开放作为推动发展和维护稳定的根本动力，通过深化改革和扩大开放创造更加公平、更有活力的市场环境，实现资源配置效率最优化和效益最大化，在深化改革和扩大开放的过程中夯实物质技术基础，为实现动态安全提供支撑和保障。

再从国内视角举一个例子：防风险、强监管、促发展已成为当前推进我国金融工作的主线。[①] 在深化金融监管体制改革的过程中，必须正确处理监管体制改革、金融稳定与金融发展的关系。历次金融危机的教训表明，金融稳定对于经济长期增长是至关重要的，只有在金融体系稳健运行的前提下谋划发展，才能确保发展的稳定性和可持续性。如何通过有效的监管促进金融和实体经济的协调发展，同时有力维护金融稳定，这是世界各国在构建符合自身发展实际的金融发展路径中最具挑战性的领域之一。我国在实践中努力通过深化金融监管体制改革实现两大目标：一方面，金融监管必须能够确保金融体系得以正常运行、金融体系的基本功能得到正常发挥，同时避免金融体系自身成为系统性不稳定的来源；另一方面，金融监管要在有效创新和防范风险间求得平衡，努力推动金融发展服务于实体经济，而不是脱离实体经济"独自起飞"，从而实现金融稳定。总之，我国在探索自身金融发展路径时始终注重平衡好发展和监管，确保金融发展行稳致远。

（四）小结：破解理论迷思 培育金融文化

回顾现代经济发展史，自工业革命以来，欧美国家率先迈上了现代化征程，也最早步入发达经济体行列。欧美学者基于本国现代化进程的经验提出了许多理解经济社会现代化过程的理论框架。或许正是基于实践和理论两个层面的自信，欧美主流经济学家常常抱

---

① 李强对做好地方金融工作作出重要批示强调 坚持金融服务实体经济 推动金融高质量发展［N］. 人民日报，2024–05–22（1）.

着"西方文明中心论"的偏见去评判世界上其他类型的经济制度。在他们眼里，中国的金融体系无疑是落后的。但恰恰就是这样一个被人认为是"落后"的、"低级"的金融体系，却一方面通过服务于储蓄—投资的转化，促进了持续40余年的经济高速增长，另一方面保持了长期的经济金融稳定，从未发生过金融危机，借此助力"两大奇迹"的实现，有力推动了中国式现代化进程！

事实充分表明，中国的金融发展成就卓著，只不过在西方主流经济金融理论框架中找不到破译中国金融成功之道的密码而已。美国经济学家米什金在其风靡全球的著名教科书《货币金融学》中不禁发出了这样的疑问："中国是金融发展重要性的反例吗？"[①] 隐含于其中的"悖论"是，金融既然对经济发展是至关重要的，那么中国在金融发展水平落后的情况下实现的经济高速增长则有悖常理，难以理解。这个令西方学者倍感困惑的"悖论"无疑构成中国金融发展的迷思：中国金融发展究竟做对了什么？为什么它能够推动中国式现代化进程？

中国特色金融发展之路上的这些重要现象之所以不能被现有的西方主流金融学理论解释，其根源在于，中国与西方金融发展道路的文化基因不同，中国特色金融发展之路植根于中华五千多年文明的沃土之中，深受中华优秀传统文化的丰富哲学思想、人文精神、价值观念和道德理念的滋养。从坚持党中央对金融工作的集中统一领导到坚持以人民为中心的价值取向，从坚持把金融服务实体经济

---

① 米什金．货币金融学：第十二版［M］．王芳，译，北京：中国人民大学出版社，2021．

作为根本宗旨到坚持把防控风险作为金融工作的永恒主题，"八个坚持"当中的每一条，都有中华优秀传统文化的深刻烙印，这些烙印打破了"现代化＝西方化""现代金融发展道路＝西方国家的金融发展模式"等迷思，铸就了其区别于西方金融发展模式的鲜明国别特色。

对西方大国崛起和金融发展进程中的重要现象进行分析而形成的西方主流金融学理论，虽然在逻辑的严密性和方法的现代化方面具备一定优势，但显然不能直接用于对中国金融现象的分析，否则，就会因水土不服而遭遇削足适履的困境。米什金提出的悖论便是明证。有国内学者已经认识到，从中华优秀传统文化中汲取智慧和方法，总结好基于本土金融实践的事实、经验、逻辑和知识，原汁原味地讲好中国金融改革发展故事，是中国金融学者不容回避的历史责任。[①]

一国的金融文化，反映的是本国金融发展道路中蕴藏的核心价值系统，包含价值观、世界观、道德伦理观和方法论等。从这个角度说，中国特色金融文化与中国特色金融发展之路呈现出的那些"中国特色"息息相关。培育具有时代特征的中国特色金融文化的起点，就是从理解"八个坚持"入手，准确把握中国特色金融发展之路的丰富内涵和文化意蕴。在此基础上，我们要坚持把马克思主义金融理论同中华优秀传统文化相结合作为根本途径，积极探索培

[①] 相关代表性观点参见：黄达.金融学研究基础，必须强调再强调 [J].国际金融研究，2018（2）：3-7；张杰.金融学在中国的发展：基于本土化批判吸收的西学东渐 [J].经济研究，2020（11）：4-18。

育中国特色金融文化的可行模式。

三、"第二个结合"：培育中国特色金融文化的根本途径

从上一节的分析中已经可以发现，"八个坚持"中的每一条都体现了马克思主义的立场、观点、方法，也都包含着中华优秀传统文化的基因。因此，中国特色金融发展之路是马克思主义中国化时代化的产物；"两个结合"（把马克思主义金融理论同当代中国具体实际、同中华优秀传统文化相结合）是开辟和发展中国特色社会主义的必由之路，筑牢了中国特色金融发展的道路根基。在带领人民走向现代化的进程中，一代代中国共产党人创造性地开展金融工作，探寻符合我国国情的金融发展道路。经过艰辛探索和接续奋斗，我们终于在新时代走出了一条中国特色金融发展之路。这条道路是党中央立足当代中国实际、经由"两个结合"，特别是"第二个结合"这一根本途径奋力开拓出来的。

我们的金融发展道路为什么不一样？为什么能够生机勃勃、充满活力？关键就在于中国特色。中国特色的关键就在于"两个结合"。锚定中国式现代化和加快建设金融强国这一目标，中国共产党人坚持以马克思主义金融理论为指导，同时又不断经由"两个结合"，特别是"第二个结合"这一根本途径赋予其鲜明的中国特色和时代内涵，从而形成了中国特色金融发展之路。

（一）马克思主义是魂脉

马克思主义的基本原理和方法是中国特色金融发展之路的"魂脉"，是这条道路的理论支柱。马克思主义经典作家在科学总结、批判继承前人成果的基础上，对资本主义经济制度进行了深入分析，深刻揭示了资本主义经济发展与运行的规律和人类经济社会发展的一般规律，其中包含大量经济金融关系、货币、信用、资本及金融等方面的规律性认识。

从马克思在《资本论》（第三卷）中对资产阶级信用关系特征和虚拟资本行为规律的系统研究，到恩格斯对金融资本崛起现象的关注，再到列宁在《帝国主义是资本主义的最高阶段》中对银行、金融资本和金融寡头行为的深刻剖析，马克思主义经典作家基于劳动价值论、剩余价值论等重要学说构建了包括货币、信用、银行、资本等范畴的金融理论，深刻揭示了资本主义市场经济条件下金融的本质、运行规律和发展特点。

马克思主义金融理论对开拓中国特色金融发展之路的理论指导体现在两个层面。

第一个层面是方法论和基本立场层面。马克思主义不是一成不变的教条，坚持马克思主义，最重要的是坚持马克思主义基本原理和贯穿其中的立场、观点、方法。这是马克思主义的精髓和活的灵魂。在马克思主义恢宏的理论体系中，辩证唯物主义和历史唯物主义是贯穿其中的世界观和方法论，是马克思主义全部理论的基石。要创造性地将辩证唯物主义和历史唯物主义运用于金融工作中。一是要善于运用辩证唯物主义观察事物、分析问题、解决问题，在矛盾双方对立统一的过程中把握事物发展规律，克服极端化、片面化、短视化。要学习和掌握物质生产是社会生活基础的观点。二是要学习和掌握人民群众是历史的创造者的观点，以史为鉴、知古鉴今，善于运用历史眼光认识发展规律、把握前进方向、指导现实工作。

第二个层面是理论框架和理论逻辑层面。马克思主义经典作家主要以资本主义生产为研究对象，其揭示的资本主义生产的原理以及金融寡头行为规律未必适用于社会主义制度下的中国。但同时也要注意，其关于市场经济特征和货币流通运行规律的分析对于分析社会主义市场经济条件下的中国经济金融现象，则具有重要指导意义。例如，马克思正确地指出，现实经济生活中，存在金属货币、信用货币和纸币三类货币。一般而言，金属货币更多发挥价值贮藏作用；信用货币发挥支付手段职能；纸币则仅仅是流通手段。在经济周期的不同阶段，这三种货币是相互转换的。而在经济危机时期，所有的货币都要求回到其耀眼的存在上去，即回到黄金上。上述规律，如今依然适用。

需要注意，马克思主义政治经济学是一个开放的体系。马克思在构建理论体系的过程中注重借鉴人类文明的一切优秀成果，并对其进行批判性吸收和创造性转化，为后人的研究探索提供了范例。中国共产党人奋力开拓中国特色金融发展之路的探索历程，也始终坚持马克思主义的世界观和方法论，高度关注世界范围内金融理论、思潮、实践和制度的发展变化，注重借鉴世界各国金融理论与实践发展过程中的正反两方面经验。一方面积极借鉴西方国家在以金融革命推动工业革命过程中的有效做法和西方货币金融理论的有益成分，另一方面不断总结西方国家金融资本无序扩张带来的金融危机频发和贫富差距拉大等方面的深刻教训，避免再走他国走过的弯路。这充分展现了中国人面对外来学说和经验的开放包容心态和科学严谨态度。

（二）中华优秀传统文化是根脉

把马克思主义基本原理同中国具体实际相结合，蕴含着实事求是、一切从实际出发的工作方法和思想方法，是我们党在各个历史时期始终坚持的方法论。在此基础上，习近平总书记提出了"第二个结合"，即把马克思主义基本原理同中华优秀传统文化相结合。其重大意义在于，中华文明是世界上唯一绵延不断且以国家形态发展至今的伟大文明，只有立足波澜壮阔的中华五千多年文明史，才能真正理解中国道路的历史必然、文化内涵与独特优势。

中华民族有着深厚的文化传统，形成了富有特色的思想体系和文化传统，体现了中国人几千年来积累的知识智慧和理性思辨，时至今日仍然影响着当代中国人的行为方式。在丰富的中华优秀传统文化中，包含着生动的货币金融实践和深刻的货币金融思想。这是中国特色金融发展之路的根脉所在，为这条道路提供绵延不绝的丰厚滋养。

从货币金融实践层面看，马克斯·韦伯在其名著《世界宗教的经济伦理：儒教与道教》中指出，中国的货币体系有着鲜明的特点，"中国的货币制度在貌似现代的成分中保存着十分古朴的特征"[1]。彭信威在《中国货币史》中进一步阐明，世界上真正独立发展出来而长期保持其独立性的货币文化是极其少见的，但中国货币发展脉络很清晰，基本没有受外国文化的影响，在货币的职能、铸造方式、铸造技术、重量等方面都有自己的特点。[2] 当代美国货币史学家万志英的研究也进一步证实了古代中国货币体系存在与地中海和西亚等区域截然不同的特性。

从货币金融思想层面看，早在唐宋之前，中国古代思想家就对货币金融现象提出了许多富有创见的思考，有些见解还是世界货币史上的重要贡献。例如，《管子》中的"轻重论"，明确提出了世界上最古老、最朴素的货币数量论，西汉贾谊的《谏除盗铸钱令》或许是世界货币理论史上有关国家统一货币发行权的最早言论，等等。凯恩斯在 1912 年为陈焕章《孔门理财学》所作的书评中就曾经感叹道："中国学者很早就懂得格雷欣法则（即劣币驱逐良币）和货币数量理论。"[3]

（三）关键在于魂脉和根脉的有机结合

习近平总书记深刻指出："我们的社会主义为什么不一样？为

---

① 韦伯.世界宗教的经济伦理：儒教与道教［M］.王容芬，译.北京：中央编译出版社，2018.

② 彭信威.中国货币史：上册［M］.北京：中国人民大学出版社，2020.

③ KEYNES J M. The Economic Principles of Confucius and His School, by Chen Huan-chang [J]. The Economic Journal, 1912, 22(88): 584−588.

什么能够生机勃勃、充满活力？关键就在于中国特色。中国特色的关键就在于'两个结合'。"① 这表明，中国特色金融发展之路中蕴含的中国特色，并不是马克思主义基本理论的移植，也不是中国传统货币金融思想观点与实践经验的再现，而是马克思主义魂脉和中华优秀传统文化根脉结合的产物。这种结合不是"拉郎配"式的拼凑，不是简单的"物理反应"，而是深刻的"化学反应"。

中国特色金融发展之路是中国特色社会主义道路的有机组成部分，而社会主义是从马克思主义那里来的。同时，中国文化中许多朴素的社会主义元素，如民为邦本、富民厚生、义利兼顾等，为我们接受马克思主义理论的科学指导提供了现实土壤。

正因为这些元素与马克思主义有相互契合之处，正因为有马克思主义基本立场、观点、方法的引领，才使得中华文明的上述宝贵基因在新的时代条件下被激活、继承和发扬，实现了从民为邦本到人民至上、从富民厚生到共同富裕、从义利兼顾到以义取利等一系列创造性转化和创新性发展，逐步构筑起中国特色金融发展之路的道路根基和独特优势。

与此同时，当代中国发展的巨大潜力和中华文明的深厚底蕴也为推动马克思主义金融理论的中国化时代化提供了广阔天地。我们党在探索金融发展道路的过程中始终注重把握我国社会主要矛盾的变化，紧紧围绕建设社会主义现代化国家这一中心任务，运用马克思主义的立场、观点、方法，科学研判金融改革发展稳定面临的机

① 习近平. 在文化传承发展座谈会上的讲话 [J]. 求是，2023 (17).

遇与挑战，创造性地开展金融工作，在实践创新基础上推动马克思主义金融理论不断实现中国化时代化的新飞跃，显示出日益鲜明的中国风格与中国气派。

面向未来，"两个结合"，特别是"第二个结合"，是培育中国特色金融文化的根本途径。在新征程上，锚定中国式现代化和加快建设金融强国这一目标，中国共产党人坚持以马克思主义金融理论为魂脉，以中华优秀传统文化为根脉，不断经由"两个结合"这一根本途径赋予其鲜明的中国特色和时代内涵，必将把培育中国特色金融文化的事业不断向前推进，推动中国特色金融发展之路越走越宽广。

四、"五要五不"：中国特色金融文化的基本要义

2024 年 1 月，习近平总书记在省部级主要领导干部推动金融高质量发展专题研讨班开班式上系统阐述了中国特色金融文化的丰富内涵：诚实守信，不逾越底线；以义取利，不唯利是图；稳健审慎，不急功近利；守正创新，不脱实向虚；依法合规，不胡作非为。这一深刻阐释，既吸收了中华优秀传统文化精髓，又彰显了现代金融元素、金融理念、金融精神，是"两个结合"特别是"第二个结合"在金融领域的生动反映。

（一）"五要五不"是不可分割的有机整体

万事万物是相互联系、相互依存的，这是马克思主义哲学的一

条基本原理，也是中华优秀传统文化中蕴含的朴素真理。只有用普遍联系的、全面系统的、发展变化的观点观察事物，才能把握事物发展规律。在积极培育中国特色金融文化的进程中坚持系统观念，就是要秉持普遍联系的、全面系统的、发展变化的观点来理解中国特色金融文化，克服极端化、片面化、短视化，从多个维度、多个方面系统把握中国特色金融文化的基本特征。

在中国特色金融文化的框架体系中，上述五个部分各有侧重，相互关联，构成了一套系统的价值理念和行为准则，为建设中国特色现代金融体系提供了根和魂。

第一，"诚实守信，不逾越底线"凸显了信用对金融业高质量发展的极端重要性，强调契约精神、市场规则和职业操守在金融运行中的基础性作用，是中国特色金融文化的基石。

第二，"以义取利，不唯利是图"通过界定义与利的关系，明确了金融活动"义在利前"的目标优先级，强调义与利的兼容，为金融管理部门、金融机构和金融从业者提供了清晰的行为目标指引。

第三，"稳健审慎，不急功近利"重在处理稳与进、长期利益与短期利益的关系，以"稳中求进"为总基调，以"急功近利"为禁区，为从业者正确把握开展金融活动的力度与节奏提供了准则。

第四，"守正创新，不脱实向虚"体现了中国金融为实体经济服务的初心使命，在坚守服务实体经济、服务人民大众的前提下，将创新作为金融发展的活力源泉，解决了金融发展的使命和动力问题。

第五，"依法合规，不胡作非为"强调法治对金融发展的关键支撑作用，通过加强制度建设和法治建设为金融发展保驾护航，提高违法违规成本，最大限度减少胡作非为现象，守住不发生系统性金融风险底线。

简言之，"诚实守信，不逾越底线"是基础，"以义取利，不唯利是图"是目标，"稳健审慎，不急功近利"是基调，"守正创新，不脱实向虚"是动力，"依法合规，不胡作非为"是底线。这五个方面相互联系，相互贯通，相互促进，既有各自的内涵，更是不可分割的有机整体，共同构成中国特色金融文化的基本要义。在培育中国特色金融文化的过程中，对这五个方面都要予以关注，使之协同发力、形成合力，不能畸轻畸重，不能以偏概全。

例如，如果金融机构或金融从业者违背诚信原则，背弃契约精神，那么其行为目标极易倒向唯利是图，行事风格通常会是急功近利。为了赚钱，这样的人也很容易放弃守正初心，在脱实向虚和金融自我循环中寻找牟利机会，而其法治意识和合规意识也必然十分淡薄，甚至铤而走险，胡作非为。归纳起来，如果金融机构和金融从业者的心中没有信用意识和诚信观念这个根基，在行为逻辑上就会表现为唯利是图、急功近利，行为后果就会是脱实向虚、胡作非为。

我们要弘扬马克思主义优良学风，坚持系统观念，在继承中华优秀传统文化精髓的基础上，吸收借鉴现代金融文化、金融伦理和金融哲学中的精华，全面完整准确把握上述五个方面的基本要义，坚持法治和德治相结合，积极培育中国特色金融文化，为推动金融高质量发展、建设金融强国筑牢文化根基。

（二）诚实守信，不逾越底线

诚实守信，不逾越底线，就是将诚实守信作为金融发展运行的基础与核心。

讲信修睦，贵在诚信。《说文解字注》对"信"的解释是"信，诚也。人言而无不信者，故从人言"。诚信就是要诚实无欺，恪守信用。春秋战国时期的诸子百家在许多方面的见解各不相同，但诚信是他们共同推崇的道德准则。恪守信用被古代思想家认为是维护社会和谐和增进民众团结的纽带。[①]

在中国古代的经济和金融活动中，"信"也被视为一条基本准则，"市不豫贾""贾而好儒"的商业文化深入人心。人们普遍认为，以诚信为核心的良好商业道德是万利之本。诚实守信的商人才能走得远，形成崇尚诚信的商业文化才能让一个国家走向长期繁荣。荀子对"良贾"给予高度评价，认为"商贾敦悫无诈，则商旅安，货通财，而国求给矣"。管子也说过，"非诚贾不得食于贾"，表明诚信乃商业道德的根本。

信用是金融发展的基石。所谓信用，是指在得到或提供货物或服务之后并不立即给予报酬，而是许诺在将来给予报酬的行为。从狭义看，信用是借贷活动的总称，即以偿还为条件的价值的特殊运用形式，主要包括商业信用和银行信用。广义的信用还包括其他承诺以支付一定报酬为条件的融资活动，如承诺支付利息的债券发行

---

① 中国社会科学院习近平新时代中国特色社会主义思想研究中心."两个结合"基本问题研究［M］.北京：中国社会科学出版社，2024.

和承诺支付股息的股票发行等，主要包括商业信用、银行信用、资本市场信用与国家信用。

在货币出现之后，信用的主要载体便是货币。在信用制度下，人们之所以愿意持有和使用政府发行的纸币，归根到底源自民众对政权稳定、政府诚信的信心。我国自古就有以诚为本、以信为先的文化传统。唐朝时我国信用体系已有较大发展，出现了经营汇款业务的飞钱、替客户保管钱财的柜坊，支票原理也已普遍应用。两宋时期，由于纸币、金银、铜钱等同时流通，货币兑换业有了进一步发展。北宋时期世界最早的纸币"交子"在我国的诞生和推广，就与百姓和商户尊重契约、恪守信用的行为密不可分。而在欧洲国家的金融革命中，无论是国债规模的扩张、资本市场的发展还是现代商业银行的形成，都起到了有力扩张政府与私人部门信用的作用，以信用扩张推动了资本积累，催生了工业革命。[①]

在我国的金融强国建设中，要传承和发展言必信、行必果，以诚为本、以信为先等中华优秀传统文化，借鉴世界性金融强国信用体系建设的有益经验，在社会主义市场经济条件下加快建设具有中国特色的诚信文化和信用体系，引导金融机构和金融从业者坚持契约精神，恪守市场规则和职业操守，珍惜信誉，加强行业自律，降低金融交易成本，提高失信成本，以完备可靠的信用体系支撑金融高质量发展。

---

① 殷剑峰. 成事在人：人口、金融与资本通论［M］. 北京：社会科学文献出版社，2023.

中国特色金融文化

（三）以义取利，不唯利是图

以义取利，不唯利是图，就是将以义取利作为金融工作和金融活动的基本价值取向。

义利之辨是贯穿中国古代思想史的一个重要话题。比如"君子喻于义，小人喻于利""不义而富且贵，于我如浮云""国不以利为利，以义为利也"等，都是家喻户晓、深入人心的名言，强调义在利先、义利兼顾。金融具有功能性和盈利性双重属性。所谓功能性，是指金融活动所肩负的经济功能、社会责任和国家使命，也就是"义"。所谓盈利性，则是指金融活动参与者通过金融活动能够获得一定的经济利益，也就是"利"。只有处理好功能性和盈利性、义和利的关系，才能明确中国的金融工作应当遵循什么样的价值取向，确立什么样的行为目标，要干些什么，应当怎么干。

以义取利，不唯利是图，就必须传承和发展富民厚生、义利兼顾、见利思义、义在利先等中华优秀传统文化，引导金融行业以满足人民群众和实体经济的金融需要为价值导向，履行好社会责任，发挥好经济功能，在服务国家战略、助力现代化建设进程中实现金融与经济、社会、环境共生共荣，获取自身可持续发展所需的经济利益。

（四）稳健审慎，不急功近利

稳健审慎，不急功近利，就是将稳中求进作为金融工作的总基调。

中华优秀传统文化强调"欲速则不达，见小利则大事不成"。金融业要实现基业长青，就必须在经营活动中坚持稳健审慎的原则，既看当下，更看长远。国际上那些基业长青的金融机构都做到了这一点。反过来看，一些金融界的"百年老店"一旦在经营观上偏离了稳健审慎原则，就可能急功近利，给自身发展带来无尽的隐患。例如，成立于19世纪的法国里昂信贷银行一度是全世界最大的银行，是20世纪初全球金融界的"巨无霸"。20世纪80年代以后，该银行不顾自身有限的风控能力，采取过度的业务扩张战略，通过融资、新型金融工具等途径力图实现跨行业和跨国扩张，结果扩张速度与风险管理脱节，导致其坏账不断积累，濒临破产。①

党的十八大之后，党中央把稳中求进工作总基调提升和定位为治国理政的重要原则和做好经济工作的方法论，强调稳与进之间存在有机统一、相互促进的辩证关系，为金融工作的开展提供了方法论指导。

为了切实推进金融强国建设，我们要充分汲取古今中外正反两方面经验，引导金融行业树立正确的经营观、业绩观和风险观，坚持稳中求进，避免急躁冒进，使风险承担与自身能力相匹配。"稳"是为了求"进"，既"稳"又"进"则是一种良好的金融发展格局。要未雨绸缪、居安思危，把握好快和稳的关系，坚持稳字当头，以进促稳，先立后破，在稳定大局的前提下深化金融供给侧结构性改革，确保货币金融活动稳健有力，推动金融发展行稳致远。反过来

---

① 姜建清. 世界金融百年沧桑记忆①［M］. 北京：中信出版社，2018.

说，我们决不能在防范系统性金融风险、维护金融安全等根本性问题上出现颠覆性错误，一旦出现就无法挽回、无法弥补。

（五）守正创新，不脱实向虚

守正创新，不脱实向虚，就是牢记初心使命，把创新作为金融发展的第一动力。

中华民族自古以来就富有创新精神，例如：《大学》中的"苟日新，日日新，又日新"，表明创新必须持续不断、日日精进；《诗经》中的"周虽旧邦，其命维新"，大意是周朝虽然是旧的邦国，但其使命在革新，以适应新的生产力对礼乐制度的要求。在中华民族发展的进程中，革故鼎新的创新理念不断得到阐释和弘扬。

守正创新是辩证统一的。守正，是为了解决好金融为谁服务、为什么创新的问题。创新，是实现守正的根本动力，是满足实体经济和人民群众的金融需求的途径和手段。进入新时代，我国金融在新一代数字技术的驱动下不断实现产品创新、场景创新、组织模式创新，在支付、信贷、理财、保险等方面更好满足了人民群众和中小微企业的需要，有力提升了我国金融体系的普惠性。这就是守正创新的一个生动案例。

在金融强国建设征程上，要守正不守旧、不惧新挑战，把握好守正和创新的关系，引导金融行业在牢牢把握金融工作的政治性、人民性的前提下，围绕更好服务实体经济、便利人民群众推动金融创新，通过创新更好践行初心使命，统筹推进经济和金融高质量发展。工作的重点是在市场化法治化轨道上推进金融创新发展，力戒脱实向虚，不断提高金融服务实体经济的质量。

（六）依法合规，不胡作非为

依法合规，不胡作非为，就是坚持底线思维，坚守法规底线。

中华优秀传统文化强调"不以规矩，不能成方圆"。金融交易涉及复杂多样的权利义务关系，特别讲究依法合规，必须建立完善的金融法律和市场规则体系，有禁必止，违法必究。唯有如此，方可保障金融体系健康运行。

为了给金融强国建设保驾护航，我们要坚持以制度建设为主线，把该扎的篱笆扎牢、该建的防火墙尽快建起来。完善金融从业人员、金融机构、金融市场、金融运行、金融治理、金融监管、金融调控的制度体系，规范金融运行。具体看，一方面要将依法合规作为金融活动的底线要求，及时推进金融重点领域和新兴领域立法，坚决惩治违法犯罪和腐败行为，铲除违法违规行为滋生的土壤。另一方面必须要求金融机构和从业人员严格遵纪守法，遵守金融监管要求，自觉在监管许可的范围内依法经营，要用德治和法治相结合的办法完善制度和政策框架，让撞红线、冲底线和游走于法外的人付出沉重代价，不断增强金融行业的规矩意识、法治意识。

源浚者流长，根深者叶茂。从以上对"五要五不"的简要论述中可以看出，中华优秀传统文化蕴含着取之不尽的智慧，为金融系统注入了传承传统、积极向上的文化基因，指明了提升金融软实力、建设金融强国的前进方向。金融机构和从业人员以及各级领导干部要内化于心、外化于行，做中国特色金融文化的积极培育者、高效传播者和模范践行者，把习近平总书记提出的五个方面实践要求，扎扎实实落实在本职岗位上、具体行动中，为金融高质量发展夯实文化之基、铸牢文化之魂。

第三章

诚实守信，不逾越底线

一、信用是什么？

在数千年的文明史中，中华民族很早就形成了讲信修睦的道德观念。《礼记·礼运》写道："大道之行也，天下为公，选贤与能，讲信修睦。"孔子也反复教导学生，君子必须重允诺而言必信，"人而无信，不知其可也"。可见，在古代先贤看来，人与人、国与国之间的相处之道，关键是讲诚信、求和睦。一个"信"字，已深深地熔铸在中华文明的核心价值观当中。

将"信"和"用"组合在一起，便构成"信用"一词。中国古代语境中的"信用"通常与信任、声誉、诚信相关。《左传·宣公十二年》中说："王曰：'其君能下人，必能信用其民矣，庸可几乎？'"苏轼在《留侯论》中写道："庄王曰：'其君能下人，必能信用其民矣。'"这些表述中的"信用"有"信而用之"的意思，即因为信任而使用某人或采用某事物。这种广义的信用概念与现代经济范畴中的信用有一定关系，但还不能完全反映其关键特征。

我们再来看看 1938 年版《辞海》对"信用"的界说：（1）"以诚信任用人也"。（2）"经济学名词。对于他人信任其能守约束之谓"。该版《辞海》当中的前一种含义是中国传统的广义信用概念，而后一种则是现代经济学意义上的狭义信用概念，意指"守信、借贷"，与英文中的 Credit 相对应。如果说前者广泛出现在中华传统文化典籍之中，那么后者则是现当代经济金融理论文献中的基础性概念，是我们在西学东渐大潮中从西方文明引进来的，与中国传统的信、信义、借、贷、债等词相关联。[①]

接下来的问题就是，经济与金融活动中的信用有什么样的关键特征？如何对其进行准确界说？根据教科书的表述，信用与"借贷""债"等概念紧密相连，信用作为借贷行为的特征是以收回为条件的付出，或者说以归还为义务的取得。[②] 贷者的动机是获得利息，代价是在一定时间内让渡资金或财货的使用权；借者的动机是出于消费或投资之需要，代价是承担支付利息的义务。

马克思在《资本论》（第三卷）中引用过一段论述，更为传神地揭示出信用的核心特征："信用，在它最简单的表现上，是一种适当的或不适当的信任，它使一个人把一定的资本额，以货币形式或以估计为一定货币价值的商品形式，委托给另一个人，这个资本额到期后一定要偿还。如果资本是用货币贷放的，也就是用银行券，或用现金，或用一种对客户开出的支取凭证贷放的，那么，就

---

① 关于国人借由日语汉字词"信用"，将英文 Credit 的含义引入汉语世界的过程，详见：孙大权.术语革命：中国近代经济学主要术语的形成［M］.北京：社会科学文献出版社，2023。

② 黄达，张杰.金融学［M］.5 版.北京：中国人民大学出版社，2020.

会在还款额上加上百分之几，作为使用资本的报酬。如果资本是用商品贷放的，而商品的货币价值已经在当事人之间确定，商品的转移形成出售，那么，要偿付的总额就会包含一个赔偿金额，作为对资本的使用和对偿还以前所冒的风险的报酬。这种信用通常立有文据，记载着确定的支付日期。这种可以转移的债券或凭据成了一种手段，借助这种手段，当贷放人在他们持有的票据到期以前，发现有机会可以在货币形式上或在商品形式上利用他们的资本时，他们多半可以按较低的条件借到货币或较便宜地买到商品，因为他们自己的信用由于有了第二个人在票据上签字而得到加强。"①

从这段准确、生动且详尽的论述中不难发现，经济及金融活动中的信用与以下几个关键词紧密相连：信任、资本、货币、商品、借贷、时间、偿还、报酬、凭据。现代信用大致上是承诺在将来某个时点以支付一定报酬为条件开展的各类资本（货币形态的资本或商品形态的资本）融通活动。提供信用意味着将对资本的产权予以让渡，以换取在将来的某个特定时刻对另一部分资本的产权，其实质就是包含在人们的债权债务关系当中的承诺与信任。需要注意，货币并不是借贷的必要前提，因为借贷未必要使用货币，完全可以将各种有使用价值的日用品作为支付手段。当然，有了货币之后，借贷的效率能够得到大幅提升，信用的范围、规模和作用也会显著增大。

具体来看资本的借贷过程，资本供求双方事先就借贷金额、归

---

① 马克思．资本论：第三卷［M］．北京：人民出版社，2004：452.

还时间、利息水平、违约处理机制等方面达成一致，并立下文据。随后，借贷资本所有者根据契约先将资本贷给资金需求者，并且在未来获取利息回报。如果交易双方当中的债权人将手中持有的这张文据（欠条）转手卖给第三方，就表明市场对开出这张欠条的债务人的还款信用有了信心，这张欠条也就能够在一定范围内持续流通。为了使大量的欠条能够在足够大的市场范围内流通，权威的组织必须出面提供信用含量足够高的担保。当借贷双方立下的文据最终演进到由政府等有公信力和强制力的组织出面背书或签发时，信用货币便应运而生了。在这里，由国家发行的信用货币代表着一种基于广泛信任的社会约定。伴随着经济社会发展阶段的演进，货币逐渐取代实物商品，成为借贷的主要对象。[①]

　　在货币主导资本借贷过程之后，人的诚信、道德，以及一切无形的价值似乎都转变为可度量、可交易的货币了，人的道德责任被货币化了。但我们仍需透过纷繁复杂的货币金融交易看到其背后的人，以及人的道德水准和社会属性。诚如马克思所言："信贷是对一个人的道德做出的国民经济学的判断。在信贷中，人本身代替了金属或纸币，成为交换的媒介，但这里人不是作为人，而是作为某种资本和利息的存在……人的个性本身、人的道德本身既成了买卖的物品，又成了货币存在于其中的物质。构成货币灵魂的物质的、躯体的，是我自己的个人存在、我的肉体和血液、我的社会美德和

---

① 关于信用货币的形成过程，参见：张杰.金融分析的制度范式：制度金融学导论［M］.北京：中国人民大学出版社，2017。

声誉，而不是货币、纸币。"①

本章余下部分将秉持"既要见物、更要见人"的理念，讲述我国古代、近现代和当代三个不同历史时期的信用故事，展现故事主人公的道德声誉与信用。我们试图回答的问题是，信用对货币金融活动而言究竟意味着什么？为什么要在金融工作中弘扬诚实守信的文化？在正式讲述这三个故事之前，不妨先从总体上了解一下中国古代的信用体系发展脉络。

二、中国古代信用体系演进历程概览

前文的分析表明，信用和货币同属古老的经济范畴，二者紧密相连，如影随形。中国的货币史十分悠久，逐渐发展成一种独立的货币文化。信用在中国的起源也很早，在《周礼》中就有了关于借贷的记载，《国语》《左传》《管子》中也不乏类似的记载，而汉武帝时期的皮币就已具备信用货币的性质。但总体上看，相比于货币及货币文化的早熟，中国信用体系的发展相对滞后。在较长的一段历史时期内，我国信用事业主要限于私人之间或政府与私人之间的借贷，放款业务较为发达，汇兑与兑换业务次之，但存款业务很不发达。

根据著名货币史学家彭信威在《中国货币史》当中的精辟分析，存款业务的疲弱与中国古代官僚富商等高收入群体的一种偏好

---

① 马克思，恩格斯. 马克思恩格斯全集：第四十二卷［M］. 北京：人民出版社，1979：22–23.

有关，那就是他们喜欢把财产埋藏在地下或墙壁间以备不时之需。《淮南子》当中就有"掘藏之家必有殃"的观点。由于应急的需求不常出现，这种强烈的流动性偏好使得原本为保持流动性而持有的货币变成了深藏于地下的"死"货币，丧失了流动性功能。一方面，这导致存款业务的需求不足，制约了存款业务的发展；另一方面，存款业务的发展迟滞也使得存款渠道不畅，进一步强化了人们窖藏货币的倾向。[①]

下面以历史时期为线索做进一步回顾。西汉时有专门以放款谋利的子钱家，发放对个人的信用贷款。这一时期的信用，大抵仅限于私人之间或政府与私人之间的借贷。民间的信用机构尚未产生。到了南北朝时期，信用有了较大发展，寺院是信用的重要来源，其财产和债权在统治阶级的强力保护下最为稳妥可靠。另外，此时已有典当机构，可以说是中国最早的信用机构。典当这种信用制度是以封建地主、豪绅贵族和富商为主体的，总体上看，典当发放的信贷与生产相脱节。

唐朝时我国信用体系有了显著发展，出现了经营汇款业务的飞钱、替客户保管钱财甚至可以放高利贷的柜坊，支票原理也已普遍应用。典当业也从佛教寺院经济中逐渐分离出来，发展成为一个独立的经营行业，除典当之外，还兼营存款、寄存物品、商业放款等业务。[②] 到了两宋时期，世界上最早的纸币"交子"横空出世，由于纸币、金银、铜钱等货币形态同时流通，货币兑换业有了进一步发展。

---

① 彭信威.中国货币史：上册［M］.北京：中国人民大学出版社，2020.
② 燕红忠.中国金融史［M］.上海：上海财经大学出版社，2020.

　　　　　　　　　　　　　　　　　　中国特色金融文化

而且，宋代的典当业较之唐代也更兴盛，有寺营、官营、民营等不同类型。可抵押物品类型也持续增多，除了金银珠玉和钱货，还包括奴婢、牛马等有生命的物品，以及普通劳动人民的生活物品。[①]

明朝发展起来的钱庄，可算得上中国现代金融机构的雏形。钱庄就是传统社会中的地方银行，早期靠货币兑换起家，业务范围逐步延伸至存贷款和汇兑等领域。从事钱庄生意的钱商，大致是指"从普通商人中分离出的一种专门经营货币兑换生意的商人"[②]。钱庄的设立基于家庭成员或朋友之间的合伙关系，合伙人须为其承担无限责任。明朝的钱庄不仅可以兑换铜钱和金银，而且积极放款，但由于存款业务仍没有大的发展，钱庄的规模比较小，营业范围也有限。清朝的钱庄不但存款业务有了进一步发展，而且发行钱票、银票，并基于个人担保发放短期贷款。到了乾隆、嘉庆年间，一些商业发达地区的钱庄的总体实力已经超过当铺。但由于钱庄的准备金规模普遍较小，经常发生挤兑问题。

清朝时期，随着商品经济的发展，商品流通范围不断扩大。货币在不同区域之间的大规模流通带来了各地区之间的债务清算和资金平衡问题，市场需要专事汇兑业务的金融机构。作为一种新型金融组织的票号随即迅速兴起并发展壮大。票号以经营汇兑业务为主，采取分支连锁制，在外地设立分庄或联号。在乾隆、嘉庆、道光年间，山西平遥人雷履泰在天津开设日升昌颜料铺，所贩颜料中，有铜绿一种，产于四川，为避免现银运送的烦琐与风险，雷履泰

---

① 喻淑珊.当铺与质库［M］.长春：吉林文史出版社，2009.
② 黄鉴晖.中国钱庄史［M］.太原：山西经济出版社，2005.

创新了通过票号汇兑的办法。票号汇兑的方法和现代银行的办法不一样，除了汇条，还有所谓符节或飞符。飞符分作两半，彼此有往来的联号各存一半，汇款时两符相合为凭；汇兑后续办完后，飞符的另一半退回原发行汇票的机关。票号的营业由私人汇兑转为公款汇兑，进而发展到公款存放，且公款存款不需付利息，票号利润丰厚，逐渐发展壮大。由于票号的资本多属于山西，因此统称山西票号。山西票号建立起较为严密的管理体系，但其在用人理念和人事制度上具有浓厚的封建色彩，且其经营保守，随着新式银行、现代交通的发展，最终不可避免地走向衰落。

明清之后，我国经济发展逐步落后于西方，中西经济和金融发展均出现了"大分流"，信用体系发展的滞后或许正是造成"金融大分流"的原因之一。直到 19 世纪之前，中国的信用体系都是极不发达的，民间借贷利率长期在 30% 以上[①]。相比之下，17—18 世纪荷兰和英国的低利率为资本筹集提供了更为便利的条件，荷兰信用资质最好的借款人利率只有 3%，英国的利率在 18 世纪也下降到 4% 至 5%。而中华人民共和国成立之后，特别是改革开放以来，中国金融有力支撑中国式现代化的一个重要途径，也正是重建信用体系，并且在中国共产党的领导下创造性地利用了国家信用，有效市场与有为政府协同配合，在快速动员资源、促进储蓄—投资转化、支持经济赶超方面发挥了关键性作用。

---

① 实际上，在新中国成立前，我国的民间借贷利率也很高。毛泽东同志在《寻乌调查》中发现，"钱利三分起码，也是普通利，占百分之七十，加四利占百分之十，加五利占百分之二十"。

接下来，我们分别讲述古代、现代和当代中国的货币金融信用故事，更加生动、具象地感受中国货币金融体系由盛而衰，而后再度兴盛的恢宏进程。

三、从交子的发展看货币信用

本章讲述的第一个故事是与交子有关的信用故事。众所周知，一千多年前在四川出现的交子是世界上最早的纸币，也是中国古代一项具有世界性意义的伟大金融创新试验，在人类货币史当中写下了浓墨重彩的一笔。交子中的"交"是"交合"的意思，指合券取钱，"子"有方言的成分。交子又称楮券、铁缗钞，因其由楮纸制造而得名。与当时的铁钱、铜钱等金属货币一样，交子是宋代流通货币的一种形式。交子诞生、兴起和衰落背后的商业信用及政府信用问题，有着丰富的金融文化意蕴。下面我们就通过讲述交子兴衰的故事来仔细体会商业信用、政府信用与纸币发行之间的关系。

唐宋之际，伴随着商品经济的持续发展，市场交易主体之间的商业信用得到了极大发展。市场的需求孕育出飞钱、便钱、交引等各类信用票据，以及进奏院、便钱务、交引铺、柜坊等各类信用机构。

唐宪宗时期出现的飞钱尤为重要。彼时，安史之乱之后愈演愈烈的钱荒以及铜钱远途交易之不便与商业贸易活动的繁荣和发展形成了尖锐冲突。经济繁荣带动着货币需求量快速增长，但从货币供给角度看，在当时的技术条件下，我国的铜矿资源探测和开采能力均有限，无法满足钱币铸造的需求。这就导致用铜铸造的钱币一度成为收藏的对象，其用途在于保值增值而非流通。各藩镇出于保护钱币资源的考量，大多采取了禁止钱币流出本区域的措施，进一步加剧了钱荒，并且导致盗铸、私铸钱币之风盛行，日常生产生活的交易媒介供给严重不足。在这种背景下，飞钱应运而生。根据《新唐书》的记载：

（唐德宗时）民间钱益少，缯帛价轻，州县禁钱不出境，商贾皆绝。浙西观察使李若初请通钱往来……（贞元）二十年，命市井交易，以绫罗、绢布、杂货与钱兼用。宪宗以钱少，复禁用铜器。时商贾至京师，委钱诸道进奏院及诸军、诸使富家，以轻装趋四方，合券乃取之，号"飞钱"。

为了配合飞钱（亦称"便换"）等新的交换方法，一种名叫柜坊的机构出现了。柜坊又称寄附铺，代人保管财物，收取一定的保管费，并凭帖支付存款人现钱。唐代的飞钱类似于现在的钱票或者汇票。飞钱的使用有两种形式，一是官办，即商人在京城把钱交给诸军、诸使或诸道设于京城的进奏院，进奏院出具一式二份票券，然后商人携券到其他地区的指定机构取钱。二是私办，大商人在各道或主要城市有联号或交易往来，代营"便换"，以此谋利。飞钱的出现一方面降低了铜钱的需求，缓解了钱币不足的困难，另一方面减少了商人在贸易活动中携带大量钱币的不便，促进了商业繁荣。商业信用的持续发展为纸币发行提供了信用基础，无怪乎《宋史·食货志》中讲："会子、交子之法，盖有取于唐之飞钱。"需要注意的是，飞钱仍然只是一种汇兑业务，是异地兑现的票据，它本身不介入流通，还不是真正意义上的纸币。

时光流转到北宋时期。在结束了五代十国时期的动荡与分裂之后，宋朝的经济发展进入了繁荣期。根据安格斯·麦迪森在《世界经济千年史》中的测算，在公元 1000 年前后，中国 GDP（国内生产总值）占世界 GDP 的 22.7%，人均 GDP 也高于欧洲国家同期水平。以成都平原为中心的四川土地肥沃、气候温和、雨量充沛、物产丰富。随着农业耕作技术的发展和土地开发利用水平的提升，加之群山环绕的地理条件使得四川盆地较少受到战争的冲击，这块富饶土地上的农业、手工业和商贸均在宋真宗执政时期迎来了快速发展。

分属需求侧和供给侧的以下几类因素交互作用，共同孕育了交子。

第一，宋代经济的繁荣和商业的发达使得四川地区产生了大量的通货需求，特别是对更为轻便的通货的需求。这一点无须多言。

第二，北宋几乎没有发行过用于日常流通的金银货币，只有铜钱和铁钱。朝廷把全国划分为若干不同的货币区。大部分地区使用铜钱，少数地区同时使用铜钱和铁钱，只有四川是纯粹的铁钱区，使用的货币是体积大、价值低的铁钱，而且从事跨地区贸易的商人在离开四川时必须把铁钱换成铜钱。铁钱作为交易媒介对交易者而言是极为不便的。以买一匹布为例，如果用小钱，则需要 65 千克重的铁钱，如果用大钱，则也需要 12 千克，可见铁钱的携带非常不便，交易成本过于高昂。明代曹学佺《蜀中广记》引元代费著的《楮币谱》记载："蜀民以钱为重，难于转输，始制楮为券，表里印记。隐密题号，朱墨间错，私自参验，书缗钱之数，以便贸易，谓之交子。"可见，人民对轻便货币的强烈需求和铁钱过重的货币供给现状之间有着尖锐的矛盾。这是交子应运而生的重要前提和背景。

第三，造纸术和印刷术的成熟为纸币的诞生提供了技术支撑。宋代成都地区生产的楮纸以构树皮为原料，纸张坚韧耐磨，制作精良，成为公私簿书、契券、文牒用纸，是印制纸币的上佳原料。同时，成都也是雕版印刷的重要发源地之一，蜀刻本有板好、字好、纸好、墨好等特点，享有"宋时蜀刻甲天下"之美誉。总之，耐用纸张的大量供给和金属印刷版的广泛使用从技术供给层面为纸币的诞生提供了有力支撑。造纸术、印刷术及它们在货币金融领域的应用还推动了建档、记录、签订合约等技术的发展，成为金融创新的重要动力。①

第四，商业信用的发展为交子的诞生创造了良好的市场生态。交子最初是私人发行的交易票据（Exchange Bills），它的物理载体就是一张纸，本身并无价值。因此，交子的价值全在其发行者的商业信用。交子铺户的商业信用确保了交子的持有者在未来某个时点可以凭借手中的交子成功兑换出相应数量的金属货币。有学者进一步指出，交子的实质就是民间的市场主体凭借商业信用发行兑换券，并以此为基础形成交易票据，进而作为纸币进行流通，作为商

---

① 戈兹曼.千年金融史：金融如何塑造文明，从5000年前到21世纪［M］.张亚光，熊金武，译.北京：中信出版社，2017.

品买卖的支付凭证。[①] 这是将商业信用应用到支付领域的金融创新。

在上述诸种因素的交互作用之下，世界上第一张纸币"交子"于北宋初年在成都诞生。其发展演变先后经历了民间自由发行、十六富商联保发行、官办发行三个阶段。宋代陈均《皇朝编年备要》对交子的孕育、诞生和演进历程做了简洁而清晰的记载："益州交子务：初，蜀人以铁钱重，私为券，谓之交子，以便贸易。富民十六户主之。其后富者资稍寡，不能偿所负，争讼数起。祥符末，薛田为转运使，请官置交子务，以权其出入。议久不决，至是始诏置务官主之。"[②]

以上述线索为基础做进一步扩展，第一阶段：交子首先产生于民间，为私交子。为解决铁钱不便携带的问题，成都出现了为往来商人保管现金的"交子铺"。存款者把铁钱交给交子铺，而交子铺则给存款者开具一张填好了对应金额的楮券，并向存款者收取一些手续费。随着商业信用的增强，一些商人为了节约用现钱兑换交子的手续费，便直接使用交子进行支付，这就推动交子实现了从存款凭证向支付工具的转变。随着交子发行实践经验的不断丰富，一些交子铺的经营者发现，每到丝蚕米麦即将成熟的季节，市场交易便趋于活跃，会出现用钱的高峰。于是，这些交子铺便在没有足够多铁钱做准备金的情况下提前印制一批交子。这些交子之所以能被接受，是因为其背后有交子铺的商业信用作背书。这就是信用货币的

---

① 易纲.纪念北宋交子诞生 1000 周年兼论纸币发行约束问题［J］.金融研究，2023（10）：1-7.
② 楮币源流：从布帛币到交子［M］//中国金币总公司.中国金币文化：2024 年第 2 辑.北京：中国金融出版社，2024.

雏形。这些私人发行的交易票据在四川的跨区域贸易中发挥了重要作用，但一些不讲诚信的商人也加入交子发行者的行列，导致市场秩序混乱，相关诉讼案件数量急剧增加。

第二阶段：北宋大中祥符年间（1008—1016年），张咏出任益州知州，他上任后把交子置于政府的严格监管之下。一方面，完善交子的发行管理制度，严格限制交子的发行数量，规定交子的发行必须以铁钱作为准备金。另一方面，规定只有成都16家财力充足的富商联保才能发行交子，并且采用统一的纸张、版式和颜色印刷，在民间广泛流通。在私交子发行的后期，一些交子铺违背诚实守信原则，挪用存款人的铁钱购置房屋、田地和奢侈品，导致一些交子铺的经营者没有充足的流动资金来赎回他们发行的交子，无法维护其信用。同时，伪造交子的现象再度导致诉讼量激增。天禧四年（1020年），官府关闭了交子铺，查封了印制交子的工具和印章，禁止民间发行交子。

第三阶段：废除私交子之后，市场交易成本激增，导致交易活动锐减，阻碍了四川的经济发展。在当地官员的建议下，朝廷于天圣元年（1023年）正式设置益州交子务，拥有独家发行纸币的权力，官交子成为国家法定纸币。北宋天圣二年（1024年），官交子首次发行，以国家信用为背书，成为真正的法定货币。官交子采用分界发行的方式，界满后以新交子收回旧交子；新交子流通两年后必须赎回，佣金为3%。之所以对交子流通时限做出规定，一是为了保证交子在被磨损到无法使用之前退出流通并被销毁，以减少伪造纸币的可能性，二是为了控制流通中的纸币数量。

需要注意，北宋朝廷之所以同意发行法定信用货币，可能还有一重考量：宋朝受到辽、金、西夏等异族在军事上的威胁和侵略，军费开支极为庞大，财政十分困难。在交子发行权转移到统治者手中后，交子不得不面临财政性超发问题。这是因为，相较于金属货币而言，纸币的印制成本极低，依靠发行纸币来弥补财政赤字，是令王朝统治者难以抵御的诱惑。在王安石变法期间，朝廷的财政开支进一步扩大，需要更多的货币。四川地区增加货币供给的办法并不是铸造更多的铁钱，而是同时发行两期交子，致使流通中的纸币数量成倍增加。在交子发行数量脱离控制之后，人们对交子的可兑换性产生了极大的怀疑，导致交子大幅贬值。到1107年，交子的实际价值已跌至其面值的10%以下。[①]此时，作为货币的交子已失去价值。最终，朝廷发行了一种新的纸币"钱引"来取代交子。交子的故事至此也就告一段落了。当然，中国古代这场伟大的纸币试验并未就此终结，而是经历600余年，从交子、钱引、会子，到元中统钞和大明宝钞，跨越宋、元、明三朝，到明朝中叶才宣告终结。

总之，中国货币在经历了2 000多年的漫长发展后，真正意义上的流通纸币在北宋破茧而出。交子的出现大大推动了商业和贸易的发展，极大地便利了市场交易，促进了商品经济的发展。交子在我国乃至世界货币发展历史上均具有里程碑意义。基于商业信用而发展起来的私交子，最终转变为官交子，其背后的信用支撑也随之转变为政府信用。

---

① 戈兹曼，罗文霍斯特.价值起源［M］.王宇，王文玉，译.2版.沈阳：万卷出版公司，2010.

究其根本，纸币是以政府信用为支撑，强制要求本货币区内的所有行为主体都必须接受的支付手段，代表了对实体资源的支配权力。有金融史学家指出，在中世纪的世界，只有中国发展出了纸币，这在很大程度上是因为只有中国拥有一个足够庞大而有力的政府。[1]

由于对信用货币发行缺乏有力的约束机制，宋、元、明历朝都未能抵御财政赤字货币化的诱惑，导致政府信用丧失、货币超发，招致货币贬值和物价飞涨。

最后需要说明的是，以上我们试图揭示的，主要是交子的货币经济意义。但交子的意义不局限于经济层面，在文化史上亦有划时代意义。根据彭信威的考证，由 16 家富商联合发行的私交子，其印刷使用的是铜版，这在世界印刷史上是重大事件。而交子上印制的屋、木、人物等图案，在版画史上也很有价值。[2]

四、抗战时期山东革命根据地维护抗币信用的故事

中国共产党在金融工作中历来重视信用的维护。早在井冈山时期和中央苏区时期，毛泽东就意识到，资本的实质就是信用，信用来自人民的信任。因此，金融工作就是信用工作，要从建立人民信用的角度去推动经济金融工作。[3]

在抗战时期，中国共产党人把这一理念娴熟地应用到货币政策

① 格雷伯.债：第一个 5000 年［M］.孙碳，董子云，译.北京：中信出版社，2012.
② 彭信威.中国货币史：上册［M］.北京：中国人民大学出版社，2020.
③ 韩毓海.一篇读罢头飞雪，重读毛泽东：从 1893 到 1949［M］.北京：中信出版社，2021.

中国特色金融文化

和货币斗争当中，取得了显著成效。

本章的第二个故事就从抗战时期党领导的货币斗争讲起，看一看中国共产党在战争时期的金融工作中是如何维护本币信用，助力革命斗争的。

在 1937 年全面抗战爆发后，中国共产党以民族利益为重，与国民党合作，形成抗日民族统一战线，共同抗击日本侵略，遏制日伪货币权力的扩张，维护中国货币金融体系的稳定。

1941 年是抗日战争中的一个重要年份。这一年发生了两件大事。

年初，皖南事变爆发，国共斗争由暗转明，迅速升级。国民党反动派加大对解放区的经济封锁，切断外部援助，阻止法币流入，企图困死共产党。面对严酷的环境，各根据地发行本币，禁用法币，将货币发行权牢牢掌握在自己手里，运用货币权力推动经济发展，以生产能力的显著提升来保障金融稳定、支持军事斗争。其中，党中央所在的陕甘宁边区开展的货币政策创新最具典型性。

年底，日本偷袭珍珠港，太平洋战争爆发，上海外汇市场随即关闭。日伪调整货币战策略，强力推行伪币，抛售已无价值的法币，以货币战支持物资战。国民党争取英美支持，维护法币稳定，阻遏日伪货币攻击。中国共产党各根据地停用法币，排挤伪钞，使得本币独占市场，维护金融稳定，保障生产发展。其中，山东革命根据地对日伪货币权力的博弈极具代表性。

总体而言，1941—1945 年，抗战初期国共合力阻击日本进攻的格局被"敌友我"三方缠斗的新格局所取代。本币、法币、伪币之间展开了极为激烈的博弈。在解放区，法币与本币一度同时流通；在沦陷区黑市上，法币与伪币斗争激烈，法币受到排挤；在国统区，法币独大，但币值大跌。三类货币背后的三套权力体系相互碰撞，激烈博弈。

关于国共之间货币斗争的故事，我们将在第四章"以义取利，不唯利是图"中详细讲述。在这里，我们以本币信用的维护为主线，讲述中国共产党领导的山东革命根据地开展对日货币斗争的故事。

我们把视线拉回到1941年底太平洋战争爆发后的那段峥嵘岁月。日本的对华经济战策略发生根本转变，将物资战置于经济战的核心地位，而将货币战从主要手段降为配合物资战的辅助工具。随着上海租界和香港的沦陷，法币外汇市场不复存在，日本套取外汇的图谋破产，转而强力扶持伪币，驱逐已无法加以利用的法币。到1943年初，伪币的流通范围已扩展至华中、华南广大地区。这导致国民党无法在沦陷区抢购战略物资，大量法币流入国统区，法币信用跌落，通胀压力加大。

以驱逐法币、抢夺物资为总基调，日伪针对我根据地实施的经济斗争策略也相应发生重大变化。一是掠夺、囤积根据地物资，特别是粮食和工业原料。二是把法币驱赶到根据地，企图造成恶性通货膨胀，扰乱市场秩序和货币金融秩序，使民众丧失对法币的信心。三是大量伪造法币，向根据地倾销，破坏法币信用。

最初，处于抗日前线的各根据地在发行抗币的同时，仍允许法币在本区域内流通，并采取行政性手段强行压低法币的比价，但效果不佳。由于法币可以在全国范围内流通，而抗币只能在各根据地流通，人民群众愿意贮藏法币，导致法币的黑市价格高于抗币。此外，国民党政府过度依赖发行法币来满足政府开支需求，日伪的强力推行又使得伪币在广大农村有了一定市场，以至于在敌占区的黑市上，伪币价格又高于法币。如此一来，在山东等根据地出现了一种特殊现象：三种货币同时流通，伪币币值最高，法币次之，抗币最低。

在摸清楚总体情况之后，山东革命根据地及时调整货币战策略，停用法币，排挤伪钞，通过抗币独占市场的办法改变这种不利形势，扩大抗币的流通范围，提高其价值，增强其信用。山东革命根据地财经工作领导人薛暮桥点明了这一策略的要义："排挤法币、伪钞，完成单一的本币、抗币制度，这是我们稳定物价，消灭经济危机之一主要关键，货币政策的基本方针，应当是保持币值，稳定物价。"[1]其中蕴含着扩大本币流通范围，压缩法币、伪币流通范围，以实现本币币值稳定的战略；也表明货币管理策略变革的最终目标是实现经济稳定，保障生产发展，并非单纯压低法币及伪币的比价。

以山东革命根据地的实践为代表，可以提炼出中国共产党对日货币权力博弈的三条基本策略。

其一，扩大本币的流通范围，争夺敌占区物资，增强本币的信用，是货币权力博弈的重点，也是稳定币值的关键。山东革命根

---

① 薛暮桥.山东抗日根据地的对敌货币斗争 [J].财贸经济丛刊，1980（1）：58–62，54.

据地于 1943 年发布公告，宣布自当年 7 月起停止使用法币，动员群众将持有的法币到北海银行兑换为抗币，抑或是到敌占区换回物资，从而避免因法币贬值而蒙受损失。

消息发布后，法币的比价迅速下跌，从年初的币值高于抗币，跌至年底的 6 元法币兑换 1 元抗币。法币持有者丧失信心，只能将法币按市场价卖给银行。北海银行也将原来用作货币发行准备资产的法币大量排挤到敌占区换回物资。如此一来，法币就被挤出了根据地，抗币的流通范围自然扩大。法币猛跌之后，根据地群众在区外贸易中直接与伪币交易，当伪币贬值之后，根据地规定将抗币作为市场交易的支付手段。这就迫使沦陷区商人必须持有一定数量的抗币以备交易之需。这种步步为营的策略收到了"一石三鸟"之效：一则将数以亿计的法币和伪币挤出了根据地，消灭了因法币膨胀而造成的经济波动；二则拓展了抗币的流通范围，使抗币渗入沦陷区市场；三则换回了大量重要物资，有力支援了抗战。

在维护本币信用的过程中，薛暮桥基于实践经验还发现了货币流通数量与物价之间的关联机制：在纸币制度下，如果商品数量基本稳定，那么货币的价格取决于它的流通数量，货币流通数量直接影响物价。法币、伪币贬值，原因在于国民党、日伪滥发货币；根据地物价相对稳定，原因在于中国共产党注意适当控制货币流通数量。[①]

其二，以重要物资作为货币发行的准备资产，使货币供给与货

---

① 薛暮桥.薛暮桥回忆录［M］.天津：天津人民出版社，1996.

币需求相匹配，有助于保持物价稳定。通过货币权力博弈获得的沦陷区物资对稳定根据地物价发挥了至关重要的作用。这些物资大多是生活必需品，如棉花、粮食、棉布、花生等，被用作抗币发行的准备资产。山东革命根据地每发行 1 万元本币，其中至少有 5 000 元用于购买和储存上述物资。一旦物价波动幅度较大，有关部门就根据逆风向行事的原则吞吐物资，调节货币供应量，保持物价稳定。相较之下，金银和法币的作用则极为有限，为货币发行准备的法币不到本币发行总量的 5‰。

这是一种物价本位的货币制度，本币既不与金银保持联系，也不与法币和伪币保持联系，而是与一揽子商品的物价联系起来，把物价指数作为决定币值的标准，尽可能使本币发行数量与市场流通需求相匹配。实践证明，这一探索是卓有成效的。在国民党和日伪滥发货币，导致币值下跌的情况下，山东革命根据地有效保护了本币，避免了价格大起大落，实现了币值稳定。

抗币币值的稳定与法币、伪币币值的持续下跌形成鲜明对比，不但根据地群众愿意使用抗币，就连部分沦陷区群众也乐于抛出法币、伪币，换取抗币，这有力地扩展了抗币的流通范围。这一现象被薛暮桥总结为"良币驱逐劣币"。

在抗战时期，曾流行一种"拜金主义"思维定式，认为金银是纸币不可缺少的保证。如果没有金银，就必须用"金本位"的美元、英镑等外汇来做保证。但如前所述，山东革命根据地发行的抗币既无金银储备，又无美元、英镑支持，却在总体上保持了币值稳定和物价稳定。这一现象背后自有理论逻辑的支撑。

从理论上说，适合用作货币发行的准备资产至少应具备以下基本特点：一是市场规模很大，能够有效地发挥货币供应"蓄水池"的作用；二是风险极低，且市场价值不应有较大的波动；三是这种资产的市场参与者尽可能广泛，其交易应当活跃且不间断，以便货币政策能够全面、及时且具有连续性地向全社会的各个领域传导。[①]

参照上述标准，金银作为货币发行的准备资产有着明显的缺陷：一则供给严重不足，二则价格波动剧烈，三则市场参与者有限。相较之下，在战争时期以粮食、棉布等重要物资作为货币发行准备资产则具有明显的优势：一是这些生活必需品的市场规模极大；二是在战时状态下，这些重要物资的价值更加凸显，类似于无风险资产；三是在战时状态下，这些物资事关战争全局和民生福祉，市场交易参与者众多。这与当今世界许多国家选择将国债作为货币发行的准备资产，将政府债券市场与中央银行货币发行机制联系在一起的内在机制有异曲同工之妙。

其三，积极发展生产，掌握重要输出物资，实现贸易出超，稳定本币对外价格。本币的对外价格很大程度上取决于对外贸易的状况。要保持本币对外价格稳定，就要尽可能扩大出口，实现出口大于进口。在 1942 年之前，根据地为了保护区域内物资，曾一度禁止产品出口，这对本币汇率造成了很大的贬值压力。

1943 年之后，山东革命根据地发挥资源优势，积极发展生产，

---

① 有关货币发行准备资产的特性，参见：李扬.货币政策和财政政策协调配合：一个研究提纲［J］.金融评论，2021（2）：1–11。

鼓励有富余的重要物资出口，并综合运用政治和经济力量掌握物资，争取有利交换。这类物资是根据地有能力实现大量输出，而沦陷区又大量需要的品种。

例如，利用山东海岸线绵长的优势，积极组织海盐出口。根据地降低产地盐税，建立食盐由工商局专卖的制度，并密集设立盐店，保障运盐农民得到一定运费。运到津浦铁路沿线的沦陷区附近时，根据地就以高价售盐，获得食盐专卖利润。又如，扩大花生油出口，满足上海市场需求。工商局收购花生油之后，以商人身份运至上海销售，并换回重要工业品。上海日军虽然知道花生油来自根据地，但为了稳定局势，满足市场需求，也暗中保护。[①]

出口扩大带来贸易出超，对法币、伪币的需求随之减少，抗币对法币、伪币的比率可以由根据地灵活调控，有利于保持根据地货币内外价格的稳定。此外，海盐出口促进财政收入增加和运盐劳动者收入增长，花生油出口可换回军用物资和印钞所需器材、纸张，也为根据地经济形势的稳定和对敌斗争的有力开展，提供了重要的资金和物资保障。

总之，中国共产党人在与日伪的货币权力博弈中以维护抗币信用、打击伪币信用为主线，紧紧抓住争夺重要物资这个关键，以扩大本币流通范围为前提，依托重要物资积极开展货币发行制度创新，以稳健的货币政策促进生产建设，进而推动贸易出超，实现了本币内外价格的稳定，为军事斗争提供了稳定的经济环境和充足的

---

① 薛暮桥. 薛暮桥回忆录［M］. 天津：天津人民出版社，1996.

物资保障。

五、改革开放以来的国家信用与开发性金融

第三个故事围绕改革开放以来中国的开发性金融实践展开，着重关注中国的开发性金融机构是如何运用国家信用解决中长期投融资难题，并促进市场发育的。

资金是经济发展不可或缺的关键要素，中长期投融资是经济社会发展的基础和关键。但对于发展中国家而言，中长期投融资往往是稀缺资源。尽管发达国家提供了自工业革命以来的丰富经验，但市场这只"看不见的手"似乎无力独自解决中长期资金的筹措问题，发展中国家的中长期投融资困局始终未能得到有效解决。

在这样的背景下，开发性金融应运而生。国际上，开发性金融机构曾为实现战后经济复苏和经济起飞发挥了重要作用。在我国，1994 年 3 月，国家开发银行（简称国开行）正式成立，宣告中国特色开发性金融从此诞生。如今，国开行已是全球最大的开发性金融机构，资产总额超过了世界银行集团、亚洲开发银行等国际开发性金融机构的规模总和，不良率控制在 1% 以内，创造了开发性金融的发展奇迹。奇迹是如何发生的呢？

综观二战后各国开发性金融机构发展情况，由于所在国的历史背景、经济社会环境、工业化发展水平和优势不同，其发展模式不尽相同。开发性金融机构发展都必须从本国国情和文化传统出发，不能照搬他国经验。因此，中国的开发性金融机构，在全面对

接国际标准、学习国际经验的同时又必须符合中国国情，具有中国特色。

我国长期处于社会主义初级阶段，是发展中经济、发展中市场、发展中体制，其重要特征是市场发育不足、体制不完善。努力培育市场既是为国家改革大战略服务，也是开发性金融机构自身特色所在。因此，开发性金融成功的关键是，在政策性和市场化之间实现平衡，将培育市场作为开发性金融的着力点，在机构自身实现可持续发展的基础上，实现国家战略意图。

中国有一个显著的国情，那就是组织化、社会化程度很高，有着党的坚强领导和社会主义制度的优越性，政府在市场经济中发挥着重要作用。因此，政府推动市场发展，政府与市场协同发力，是社会主义初级阶段我国融资体制的基本特征。

在调动资源、实现战略意图方面，国开行有着独特的优势。因为国开行是政府的开发性金融机构，具有政府赋权的法定信用。国开行在实践中注重把准国债性质的开发性金融债券和金融的资产管理结合起来，把融资优势和政府的组织优势结合起来，用市场的方法实现政府意志，以国家信用与市场业绩的统一为经营目标，运用政府特许权和各种灵活的开发性金融产品，通过融资支持"两基一支"、高新技术产业等政府优先发展及市场失灵的行业和领域，用融资推进投融资体制建设和相关金融市场建设，弥补体制缺损和市场失灵，促进经济社会发展。下面介绍的芜湖模式就是一个典型案例。

专栏

开发性金融、政府信用与芜湖模式

1998 年以来，国开行把支持领域从国家重点项目拓展到城市基础设施，助力中国的城市化建设。国开行与地方政府合作，建立市场化的融资机制，为城市化、工业化搭建科学发展的平台，这种如今为各地普遍采用的合作模式，源自 1998 年起步的安徽"芜湖模式"。

芜湖的变迁，是开发性金融助推中国城市化发展的一个缩影。芜湖是有着 2 000 多年悠久历史和深厚商贸传统的皖南名城，20 世纪 90 年代末期，芜湖正处于新一轮经济社会发展的起飞期，城市基础设施建设亟待推进，但由于城建类项目自身经济效益不明显，加之政府财力不足，资金紧张成为制约芜湖基础设施建设的瓶颈。

1998 年初，为加快城市基础设施建设步伐、盘活政府存量资产、提高政府性资金使用效率，芜湖市政府划拨优质资产成立了芜湖建设投资有限公司（简称芜湖建投）。与此同时，国开行也与安徽各地政府通过银政合作的方式共同搭建了融资平台。地方政府通过融资平台向国开行贷款，将地方政府增信与融资行为融为一体，信用结构参照世界银行模式，由地方财政提供担保或兜底承诺。

1998 年冬天，国开行与芜湖建投签订了 10.8 亿元的 10 年期贷款协议。这笔资金主要用于芜湖市 6 个基础设施建设项目，涉及公路建设、城市供水系统改善以及废物处理填埋场建设等，贷款担保和还款采用芜湖市财政预算内外安排建立偿还准备金，芜湖市财政全面兜底偿还的模式。

面对城建项目建设单位分散、建设内容繁多的情况，国开行采用一种全新的融资模式，将城建项目"打捆"，由市政府指定的融资平台作为统借统还的借款法人，由市财政建立"偿债准备金"作为还款来源。这种模式被外界称为"打捆贷款"。"打捆贷款"对于国开行和地方政府来说，都是一次巨大的思想解放。一经"打捆"，许多项目可以组合起来做了，优质项目可以"救济"劣质项目，以丰补歉，以盈补亏，最终整体上变成了优质项目。

2002 年，"芜湖模式"又有了其他创新。当年 8 月，国开行与芜湖市政府签署金融合作协议，掀起新一轮合作高潮。双方商定在投融资领域密切合作，充分发挥各自在金融服务和政府组织协调方面的优势，促进地方经济社会发展。同年 11 月，为加快城市化发展的步伐，建立城市基础设施建设与地方经济发展长期稳定的融资渠道，国开行进一步加强与芜湖市政府的合作，开展新城区道路新扩建工程项目等第二轮城建组合项目，贷款总计 10.95 亿元。

芜湖模式的一个突出特点在于，充分发挥了土地的巨大价值，对贷款信用结构进行创新。政府授权借款人以土地出让收益质押作为主要还款保证，并经芜湖市人大批准，在借款人不能及时偿还贷款本息的情况下由市财政补贴偿还，以"土地＋金融"丰富和完善了芜湖模式。破解长期以来困扰地方政府的城建融资难题由此迈出了第一步，打响了第一枪。

芜湖模式的成功之处，就在于各方开创性地发挥各自优势，在国家法律法规允许的框架内，创新模式，创新制度，协同一致，共同开拓。芜湖模式充分挖掘了芜湖市经济社会发展的巨大潜力，既提高了政府信用，也保证了国开行贷款成为优质资产。同时，该模式构建了良性循环的城市基础设施投融资机制，培育了市场化的投融资平台载体，打通了城市基建融资通道，引导了商业银行等社会资金的积极介入，为持续、快速、高效推进芜湖市城市基础设施建设奠定了雄厚基础。这一模式后来之所以在各地普遍得到推广并发挥积极作用，就是因为充分调动了各地政府科学发展的主动性和积极性，把国开行的金融资源与政府推进发展的愿望结合起来，形成合力，为城市化进程注入巨大动力。

通过以上对芜湖模式的介绍可以看出，在实际操作过程中，国开行认为"银政一家"和"银政对立"都不可取，中国经济存在的市场失灵可以通过银政合作来弥补，并致力于推动银行和政府共建信用、共商市场建设，将自身作为沟通政府和市场的桥梁。在这一合作模式下，国开行的工作重点是积极支持地方项目建设，帮助政府解决发展中的融资难题，通过银政合作，整合各类资源，将政府的组织协调作用、市场的资源配置作用、国开行的中长期投融资作用、企业的主体和平台作用、社会各方的监督作用集中起来，形成合力，共同推进市场建设，构建公共私营合作（PPP）伙伴关系，为市场发挥配置资源作用创造条件。

从培育市场角度看，开发性金融不是被动等待市场自动演进，而是立足主动建设，通过完善微观制度和金融基础设施，加快推进市场、信用、制度的形成，使市场逐渐发育、成熟，破解发展瓶颈制约。

从信用支撑角度看，国开行运用国家信用，不是简单地分配和消耗，而是不断放大其在市场和制度建设中的功能和作用，通过先进的市场业绩巩固和增强国家信用，更好地服务国家战略和政策任务。

从政府与市场关系角度看，国开行实施多年的"政策性目标＋市场化运作"模式用成功的实践打破了政府与市场之间的藩篱，为我们准确把握社会主义市场经济条件下的政府与市场关系提供了新的启示与借鉴。在芜湖模式中，国开行通过与地方政府合作放大政府信用，培育健康运行的市场主体，逐步把基础设施建设等传统财政融资领域变成市场成熟、商业可持续的领域，提高投融资效率，促进市场经济体制的建设和完善。

当然，任何事物都有两面性。融资平台在推动城市化进程和拉动经济增长的同时，也不可避免地加大了地方政府的债务负担。近年来，融资平台的风险已经对银行经营形成潜在风险，助推杠杆率攀升，对地方政府信用构成压力。这背后既有中央与地方财税关系未能理顺、地方政府存在预算软约束等深层次体制原因，也与还款来源单一、平台经营性资产比例过低、平台缺乏独立的市场定位等运作模式层面的问题有关。

总之，中国开发性金融机构的成功秘诀在于，以服务国家战略、实现政府目标为使命，在政府与市场之间发挥桥梁纽带作用，主要进入那些商业性金融机构不愿或不能进入的领域，然后推动银政合作、共建信用、努力培育市场。在实现国家战略意图的同时，以每一笔融资为载体，注入市场、信用和制度建设的要求，促进形成健康的市场主体。国开行在与各级地方政府签署合作协议时，前提都是对方按照市场规则行事，即国开行贷给地方政府巨额资金，力求换回一个市场化的规则，与地方政府共同构建市场化的融资平台。通过主动建设市场，国开行将基础设施建设等貌似缺乏商业前景的领域培育成商业可持续的领域，从而引导商业性金融机构进入。

开发性金融的必要性人所共知。然而，长期以来，西方主流经济学和金融学却选择性地忽视开发性金融，有价值的理论文献并不多见。究其根本，主要是因为国际上的开发性金融机构往往亏损严重，成功的案例极少。在全球金融危机爆发之后，已有西方经济学界的著名学者看到了这一事实，并撰文阐述开发性金融的基本功能。诺贝尔经济学奖获得者斯蒂格利茨等 5 位西方主流经济学家曾撰文对国开行的实践给予了高度肯定。他们对芜湖模式进行分析后指出，尽管其享有独特的结构性优势（例如政府信用和特许权），但中国国家开发银行能够以一种严谨和复杂的项目审批制度达成可持续的贷款模式，且坏账率比一般商业银行还低，这种模式值得复制推广。[1]

中国学者也必须直面开发性金融这一为实现国家战略而发展出来的市场化金融形态，围绕"以服务国家发展战略为宗旨，以国家信用为依托，以市场化运作为基本模式，以保本微利为经营原则，以中长期投融资为载体"等基本特色，总结国开行通过创造市

---

① AREZKI R，BOLTON P，PETERS S，et al. From Global Savings Glut to Financing Infrastructure [J]. Economic Policy，2017, 32(90): 221–261.

场、实现自身财务可持续性、实现国家战略目标的基本事实和基本经验，并将其背后的机理加以系统化，最终提炼为富有学理价值的"中国故事"。这既是对中国金融改革道路的系统总结，也是对世界经济学发展的积极贡献。①

六、结语：信用是货币金融活动的基石

交子的故事表明，在市场交易中积累起来的商业信用是支撑私交子发展的根本力量，政府信用同样是决定官交子币值的关键因素。守信则货币稳，失信则物价涨。抗战时期山东革命根据地的货币斗争实践表明，有力维护根据地货币的信用，确保货币对内对外的币值稳定，是发展经济、保障供给和夺取军事斗争胜利的重要前提。改革开放时期的开发性金融探索则揭示了一条以"国家信用＋市场化运作"为基本特色的破解中长期投融资难题的独特路径。

这三个故事告诉我们一个基本道理：信用是货币金融活动的基石。货币金融活动的参与者，无论是发行货币的政府还是参与市场交易的机构与个人，都必须恪守诚实守信准则，坚定维护信用，并且善于运用信用扩展市场范围，降低交易成本，推动经济发展，这样才能行稳致远。相应地，如果货币金融活动的参与者不重契约、不守承诺，即便暂时得到一些收益，最终也会丧失他人的信任，遭

---

① 中国社会科学院国家金融与发展实验室（张晓晶、董昀执笔）.国家开发银行：世界开发性金融史上的中国贡献［M］//改革开放与中国企业发展：上卷.北京：社会科学文献出版社，2018.

受市场规律的严惩。总之，诚实守信是个人与机构参与货币金融活动的基本行为准则，是一条不可逾越的底线。"人而无信，不知其可也"，一旦诚信底线被突破，必将付出沉重代价。这条底线是金融工作的生命线，必须牢牢地守住。

第四章

以义取利，不唯利是图

一、功能性与盈利性：金融领域"义利之辨"的核心

义利之辨是中国思想史上一个极为重要的议题，有"儒者第一义"之称。"君子喻于义，小人喻于利""不义而富且贵，于我如浮云"等，至今仍是家喻户晓的名言。近代中国经济学家陈焕章还试图以"义利之辨"为主旨构建基于儒家思想的中国经济学理论体系。① 谈及"义"和"利"的关系，首先要明确一点："义"和"利"虽然有各自独立的含义，但彼此之间并非完全对立、水火不容的关系。正如《大学》中所说，"国不以利为利，以义为利也"，千千万万民众之利汇集起来，就构成了义，也就是国家的、社会的整体利益。《周易》中"利者，义之和也"说的也是相近的意思，强调义与利是高度统一的，坚持行正义、走正道，在合乎道义的基础上行事，最终便可获得持久的、真正的"利"。

① 具体分析参见：王信然."义利之辨"的经济史展开与近代中国经济学说构建：陈焕章的"理财学""生计史"与"社会主义"[J].开放时代，2024（2）。

当谈及金融活动中的"义"和"利"之时，大家心中可能还会有一个疑问：参与金融活动当然是要谈"利"的，譬如，我们把钱存在银行是为了获得利息，投资买股票是为了在股价上涨后卖掉股票获利；但如果要谈"义"，似乎很难搞清楚，金融同民族大义、国家兴衰之间到底有什么关系呢？为什么要在谈金融文化时专门讨论"义"和"利"的关系呢？正确处理义利关系对于金融发展乃至国家发展究竟有什么样的重大意义呢？

要回答这一系列问题，最关键的是准确把握金融的特性，搞清楚金融活动的初心和使命。习近平总书记深刻指出，金融具有功能性和盈利性双重属性。所谓金融的盈利性，就是说金融市场上的行为主体总是期望通过参与金融活动来获得一定的经济利益，这一点并不难理解。但对于金融的功能性，读者朋友就未必熟悉了。概括地说，所谓功能性，是指金融活动对于国民经济发展是有用的，它是肩负着社会责任和国家使命的，承担这些责任和使命也就是金融活动的"义"。只有处理好功能性和盈利性、义和利的关系，才能明确我们的金融工作为了谁，金融活动要实现什么目的。

我们先来看看，金融的功能究竟是什么？金融的"义"是什么？习近平总书记指出："经济是肌体，金融是血脉，两者共生共荣。"这个重要论断是我们理解金融功能的一把钥匙。大家都知道，一个人只有确保自己的血脉通畅，他的肌体健康才有保障；血脉一旦不畅，身体就会出现各种不适症状，健康就容易出问题。同样的道理，既然金融是国民经济的血脉，那么一个国家的金融体系必须强大、稳健、有活力、有韧性，才能确保资金血液源源不断地被输送到经济体系当中，这个国家的经济增长才能够有力，否则，金融血脉的"梗阻"就会阻碍经济肌体的健康发展。

既然金融是如此重要的"国之大者"，那么，我们就必须保持金融血脉畅通，使得金融服务的供给能够充分满足经济社会发展的需要，适应人民群众对金融服务提出的新要求，以金融高质量发展助力强国建设、民族复兴伟业。这就是金融体系必须履行的责任，也是金融从业者必须牢记于心的"义"。

下面再来谈谈，什么是金融的盈利性？司马迁的《史记·货殖列传》中有一句名言："天下熙熙，皆为利来；天下攘攘，皆为利往。"这说明，"盈利"是人类行为的一种重要动机。顾名思义，金融活动是以资金融通、货币转移、资本增值为主要特征的一类特殊活动。通俗地讲，金融就是跟钱打交道。因此，盈利自然是人们从事金融活动的重要动机。每一个金融机构、企业、政府或者个人，在参与金融活动的时候，一定会认真考虑这项金融活动给自身带来的经济回报，并且计算这些回报是否能够覆盖成本。就像我国古人所说："不言理财者，决不能治平天下。"可见，脱离了"利"，就没法谈金融。可如果把"义"加进来，要在金融活动中处理好义利关系，实现"义利兼顾"也并非易事。以全球风行的私募股权投资为例，为了支持科技创新和实现经济繁荣，美国在二战结束后迅速建立了风险投资机构，如早期的美国研究和发展公司（ARD）和稍晚的小企业投资公司（SBIC）。在这些公司的运行过程中，广泛的社会目标与企业投资者的财务回报之间一直存在矛盾冲突：为了推动重大科技创新，公司投资组合中的大部分公司都是富有企业家精神的早期创业公司，且必须长期持有股权；而大批投资者对此颇有微词，因为这看上去不利于增加其投资回报。[①]

诚然，在金融活动中追求收益，获取利润，这本身是无可厚非的。但是，如果大家都唯利是图，只算小账，只看眼前的经济收益，那就可能把金融活动引入脱实向虚、急功近利的歧途，引发金融泡沫、金融风险，甚至导致金融危机。放眼世界，这样的例子并不在少数，不论是稍后我们要讲的元代楮币之患，还是国民党时期的"金圆券"风潮，抑或是2008年全球金融危机等，都是这方面的负面典型例证。

反观当代中国，改革开放40多年来，我们保持了经济快速发展和社会长期稳定，没有发生金融危机，这在全球大国中是唯一的，堪称奇迹。与此同时，我们的金融业自身在支撑经济发展的过程中快速成长，我国已成为世界上屈指可数的金融大国。这说明中国金融很好地践行了推动国家发展和人民富裕这个"义"，同时也获得了自身发展壮大所需要的"利"，做到了义利兼顾，实现了经济和金融的共生共荣。

面对如此重要的现象、如此了不起的成就，我们不禁要问：为什么人们常常处理不好金融活动中的义利关系？中国共产党在开展金融工作、金融活动时是如何处理好义和利的关系，做到以义取利，避免唯利是图的呢？当代的中国金融何以助力创造出经济快速

---

① 勒纳，利蒙，哈迪蒙.风险投资、私募股权与创业融资［M］.路跃兵，刘晋泽，译.北京：清华大学出版社，2015.

发展和社会长期稳定两大奇迹的呢？通过下面的几则故事，我们或许能够找到回答这些问题的线索。

二、元代的楮币之患：处理义利关系的失败案例

楮币最初是指宋元时期发行的纸币，因其多用楮皮纸制成而得名，后泛指一般的纸币。元朝是中国历史上唯一以纸币为主要流通货币的朝代。这得益于宋朝交子和会子的采用，为元朝提供了宝贵的经验。元朝建立时，南宋王朝已经有了长期使用纸币的经验，且交子和会子在使用过程中存在的问题已大体显现。元朝政府官员在制定相关政策时做出了适当的调整，使元初的纸币体系制度得以完善。值得一提的是，欧美主要发达国家是在18世纪前后开始发行纸币的；相较之下，早在13世纪就将纸币作为主要流通货币的元朝在世界货币史上显得独树一帜。

中统元年（1260年），重臣向忽必烈提出了发行纸币的建议，忽必烈对此表示赞同。于是元朝政府推出了自己的第一种纸币元统交钞，这种纸币以丝为本，每50两白银可交易100两丝钞。然而这个货币体系过于复杂。不到一年后，在王文统和杨湜等大臣的提议下，元朝政府推出了中统元宝交钞（简称中统宝钞），这种纸币以银为本，货币价值更高且稳定，因为元朝的白银储备比丝更充足。

王文统等人在元朝初期建立了完善的货币管理体系，吸取了宋代两种纸币失败的教训。王文统采用楮树制造纸币，有效防止了仿

制，保证了货币流通量的稳定。他又下令在元朝各地建立货币管理部门，确保花费白银时能回收相应数额的纸币，以保证货币价值的稳定。此外，他还严格禁止官员挪用各地的白银钞本。这些措施使得元朝初期的货币体系呈现良好的态势。在交易中，每两工墨钞仅需三分，没有额外克减或添加钱数。值得一提的是，元朝初期没有发行铜钱，这在中国历史上极为罕见。

然而，王文统后来卷入李璮叛乱事件，随着王文统被处死，汉臣在中央朝政中的地位开始下降，色目人占据了原本由汉臣占据的位置，元朝的政治走向了新的阶段。王文统被处死时正是元朝与南宋的战事最为激烈之时，元朝政府财政紧张，于是忽必烈起用权臣阿合马解决军费不足问题。

阿合马目光短浅，唯利是图，破坏了王文统建立的稳定货币体系。他将全国各地的准备金抽调到京城，导致各地准备金不足，百姓的纸币不能及时兑换成白银，对贸易产生极大影响。同时，他挪用国库中的准备金，导致中统宝钞价值大幅度波动。更为严重的是，他为满足前线军需大量印发纸币，增印数额远远超过国库收入，导致纸币在全国范围内大幅贬值，严重破坏了元朝经济秩序。

在阿合马被杀后，元朝政府本应通过回收纸币并增加准备金来恢复货币体系的稳定。然而，蒙古贵族仍然挥霍国库中的白银。忽必烈去世后，元成宗即位，为了取悦蒙古贵族，进行了大规模的封赏，挪用了大量白银，动摇了元朝政府的货币基础，导致王文统设立的货币体系彻底走向崩溃。

14 世纪初，为了满足财政需求，元朝屈从于滥发纸币的诱惑大量发行"至元钞"，导致纸币的价值不断下跌，越来越多的人怀疑甚至拒绝接受纸币，"至元钞"和后来发行的"至大钞"几乎无法在市场上流通。元朝的一些地区甚至恢复了物物交换的交易方式。

14世纪中叶，元朝尝试发行新的纸币和铜钱，并推动经济改革，但纸币已经失去了人民的信任。到元朝灭亡之时，市场交易已经彻底倒退至物物交换时代，黄金、白银和铜钱等贵金属价格达到了中国封建王朝的历史最高水平。①

这个故事背后的基本逻辑在于，元朝皇权贵族和政府官员对于财富的追求和对于金钱的无节制使用导致了财政赤字高企，以及货币滥发。权力阶层出于一己之私利滥用货币发行公权力，随之导致货币快速贬值，人民失去对纸币以及发行纸币的政权的信任。最终的结局必然是贵金属价格的持续攀升，以及王朝的覆灭。

进一步分析，元代纸币体系的发展使得纸币发行范围覆盖全国，加之法律规定纸币具有唯一的通货地位，这就使得政府手中的货币权力空前强大。此外，纸币有白银作为发行准备金，在其运行初期保持了较强的可兑换性。以上各种条件叠加，使得元朝统治者手中的货币权力持续增强。

现代货币金融学理论已经揭示，货币发行是央行资产负债表的负债方，政府借债是因，货币发行是果。政府发行货币，其实质是同债权人缔结一类特殊的合约。政府之所以能够被赋予单方面借债的权力，无非依靠两种力量来确保合约的效力：一靠强制实施的外

---

① 戈兹曼，罗文霍斯特.价值起源［M］.王宇，王文玉，译.2版.沈阳:万卷出版公司，2010.

在权力，二靠相对可靠的内在信用。

在希克斯的名著《经济史理论》中，显然是后者更为重要：人们之所以愿意接受政府发行的货币，主要并非畏惧其权力，而是信任其承诺或担保的可靠性。如果政府唯利是图、滥用货币权力，那么民众的信任便会随之下降，从而导致政府除去金融权力之外"没有经济权力"，无法"支配商业经济"。①斯特兰奇也认为，政府发行货币和创造信用的权力，必须以一定的方法加以控制；否则，货币体系一旦崩塌，必然使得贸易、投资和经济发展陷入停顿，最终使得政府的货币权力消失殆尽。②可见，坚持以义为先，增强国家信用，慎用货币权力，是政府维护货币权力的一个关键。

令人遗憾的是，元朝统治者未能在使用货币权力时正确处理义利关系，导致前朝曾反复出现的恶性通胀局面重现，纸币体系迅速衰败。其中的基本道理在于，战争支出导致元朝政府财政压力加大，而由于货币当局和财政当局的职能均集中于皇帝和权臣手中，货币为财政赤字融资不受到任何制约，这就使得货币超发之门打开，导致纸币严重贬值。此后，国家还利用纸币套取金银，导致纸币进一步贬值，动摇了银本位的根基，严重影响了百姓的日常生活，造成了极为恶劣而持久的影响，最终酿成"通胀—恶性通胀—货币制度崩溃"的苦果。③

正因为如此，权臣阿合马被钉在了历史的耻辱柱上，在《元

---

① 希克斯.经济史理论［M］.厉以平，译.北京：商务印书馆，1987.
② 斯特兰奇.国家与市场：第 2 版［M］.杨宇光，等译.上海：上海人民出版社，2006.
③ 具体分析参见：管汉晖，毛捷.本位、战争与通胀：元代纸币的运行机制［J］.中国经济史研究，2018（2）：109-124。

史》的《奸臣传》中名列第一。影响更为深远的是，从明中叶之后到晚清的数百年间再无统治者发行纸币。放弃交易成本极低的纸币，转而使用笨重得多的金属货币，这显然是一个大倒退，导致经济运行成本增加，阻碍了经济的发展。

三、陕甘宁边区的货币斗争：保障革命胜利的重要手段

说到中国共产党在新民主主义革命时期取得的伟大成就，人们首先想到的是我们党和人民军队在政治、军事等领域的辉煌成就，如百团大战、重庆谈判、三大战役等。但是，很多人并不了解，在经济和金融的战场上，中国共产党人取得的成就同样了不起。为了实现民族独立、人民解放这个国家大义，我们党创造性地开展金融工作，为开展革命斗争提供了强有力的货币资金支持，创造了坚实的物质基础。

在讲这段历史之前，我们先来看一段歌词："花篮的花儿香，听我来唱一唱，唱一呀唱，来到了南泥湾，南泥湾好地方，好地呀方……"这几句歌词，相信大家都不陌生吧？

没错，这就是脍炙人口的歌曲《南泥湾》，创作于 1943 年的陕北。大家是否了解这首歌曲背后的真实历史？这段历史与我们要讲的金融故事有什么关系呢？

让我们一起回到那烽火连天的抗战岁月。

1941 年，抗日战争进入最困难时期，侵华日军加紧了对我敌后根据地的军事包围和经济封锁，而国民党政府在皖南事变后彻底停

发了八路军的军饷和物资，中国共产党领导的各抗日根据地陷入了腹背受敌的困境。其中，党中央所在的陕甘宁边区面临的困难尤为严重。这是因为陕北的自然条件恶劣，经济基础薄弱，再加上军阀连年混战，导致物资生产能力极为有限，而边区的财政除了要维持中央机关和作战部队的运转，还要供养大量来到延安的进步青年。一边是有限的生产，一边是庞大的消费，两者之间形成了突出的矛盾。用毛主席的话说，就是"鱼大水小"，边区里有限的"水"很难养活这么多的"鱼"。

面对如此巨大的物资缺口和经费困难，我们依靠什么力量才能摆脱眼前的经济困境，去实现夺取革命斗争胜利这个民族大义呢？

中国共产党人给出的答案就是八个字：自己动手，丰衣足食。毛泽东同志说，"饿死是没有一个人赞成的，解散更是没有一个人赞成的，我们的回答是四个字——自己动手"[1]。于是，边区军民积极响应毛主席号召，开展了轰轰烈烈的大生产运动，南泥湾就是大生产运动的重要战场之一。1941年初，八路军一二〇师三五九旅奉命挺进南泥湾，一手拿枪，一手拿镢头，在生活条件极为艰苦、资金极为短缺的情况下，指战员自己动手建窑洞、搭帐篷、挖野菜、制农具，开展工农业生产。经过几年的艰苦奋斗，三五九旅实现了丰衣足食，把曾经荒无人烟的南泥湾变成了"陕北的好江南"。大生产运动刚开始的时候，三五九旅的战士一天只能吃两顿饭，吃的是瓜菜和杂饭。到了1942年，战士们每天都能吃三顿饭，可吃到

---

[1] 新华社：《南泥湾：从荒无人烟的"烂泥湾"到陕北"好江南"》，中国政府网，2019年1月4日。

一斤半粮、一斤半菜，每月还能吃到两斤肉，战士们不仅住上了新窑洞，还穿上了新衣服。

发展经济、扩大生产，除了要调动边区广大军民的劳动积极性，还有一类要素是不可或缺的，那就是资金。俗话说"一文钱难倒英雄汉"，在边区财政极端困难、拿不出资金的情况下，工农业生产活动需要的钱从哪里来呢？中国共产党人的办法是拿起货币武器，通过发行边币来保障生产。

1941年3月，中共中央政治局会议专题研究了陕甘宁边币的发行问题。毛泽东在会上指出："财政方针主要是发展的方针，手段是票子。应当转变过去的紧缩政策，根据新的方针，立即实行新的政策。"[①] 可见，用好政府发行货币和创造信用的权力，推行财政赤字的货币融资，从而维系边区党政军机构的运转，促进生产建设，是中国共产党运用货币金融工具实现以义取利的基本方略。

具体说，为了发展边区经济、保障物资供给，党中央果断决定摆脱国民党政府的控制，从1941年起由陕甘宁边区银行发行边币，建立起中国共产党领导下的独立自主的货币金融体系。发行边币的目的并不只是单纯地满足机关和军队的运转需要，而是突出强调要将增发的纸币投入经济建设事业当中去。我们认识到，只有将资金活水注入生产环节，把经济切切实实发展起来了，革命斗争的物质基础才能夯实，边区军民才能有饭吃有衣穿，边区财政才能有收入，敌人的封锁和遏制才会破产，也才能真正践行中国共产党人以

---

① 中共中央文献研究室.毛泽东年谱：1893—1949：中卷［M］.北京：中央文献出版社，2002：280.

义为先的金融工作理念。

本着这样的初衷，陕甘宁边区政府实施了一系列政策，可以用四句话来刻画这一系列政策组合的基本要点：增加边币信用，扩大生产信贷，实施精兵简政，维护金融稳定。

第一，增加边币信用。货币要管用，关键在信用。发行边币支持生产，首先就要让广大干部群众相信边币、接受边币、使用边币。为了实现这个目标，边区开展了坚决的货币斗争。我们党在边区内禁止使用法币和伪币，反制日伪和国民党政府的封锁打压。1942年7月，中共西北局和陕甘宁边区政府电令边区党政军干部，要求他们坚决不使法币在市面流通，并随时收集境内法币，抢购国统区物资。拿着法币买不到东西，但用边币却可以买到东西，人民群众自然就不愿意使用法币，而更愿意使用边币了。越来越多的人愿意用边币，就说明人民对边币的需求增加了，边币在人民群众当中的信用提高了，边币的流通范围在不断扩大。

此外，边区政府于1941年12月在全边区设立了42个货币交换所，在充分满足跨区贸易中的货币自由兑换需求的同时，有计划地调节和买卖外汇，伸缩外汇牌价，利用价格杠杆调节边币、法币的供求关系，进一步增加边币信用，扩展边币的流通范围。

总之，人民愿意使用边币，就为我们党通过发行边币来推动经济发展创造了前提条件。

第二，扩大生产信贷。有了较为稳固的信用基础做支撑，党和政府适当扩大边币发行规模，尽量多向工业、农业和运输业放款，支持大生产运动。各根据地通过建立信用合作社、抵制高利贷、开展以贫雇农为对象的低利贷款等方式,将资金"大批地贷给人民和投入生产事业"①。1941年底,陕甘宁边区政府专门成立了农贷委员会,向贫苦农民发放耕牛贷款、植棉贷款、水利贷款、青苗贷款、农具贷款等各类农业贷款。说到耕牛贷款,1943年2月19日《解放日报》报道了这样一件事:延安县南区的农民金存财是个三十来岁的受苦穷人,他种的地被水淹了,耕牛也死了,母亲、妻子和三个孩子的生活负担都压在他一个人身上。起初他听说能借"农贷"时,兴冲冲找到区长想贷款买牛,但自己一算账又犹豫起来,生怕生产出来的农产品不够多,还不上贷款。区长耐心地帮他逐一估算收成,打消他的顾虑,直到金存财"平板得像石头人一样的面容,也焕发起来"。最终他兴奋地制订出自己的生产计划,在区长那里登记贷款。在那个年代,类似的故事非常多。伴随着资金的注入,像金存财这样的千千万万普通群众和干部战士的手里就有钱来购买生产资料了。这样一来,生产活动的资金缺口就大大缩小了,干部群众的生产热情很快被调动起来,边区经济也就活跃起来了。这就是边区银行的金融活动给边区生产建设带来的"利"。

第三,精兵简政。在扩大信贷的同时,党中央还做出了精兵简政的重大决定。经过三次精兵简政,陕甘宁边区建立了紧缩、高效、灵活的党政军机构,边区各级机关的经费开支得到压缩,克服了根据地"鱼大水小"的矛盾,减轻了人民负担。这也使得宝贵的金融信贷资源能够更多地用在发展经济这个刀刃上。

---

① 邓小平. 邓小平文选:第一卷 [M].北京:人民出版社,1994:84.

第四，维护金融稳定。在推动经济发展的过程中，党和政府还十分注意把握好边币发行的节奏和力度，避免无节制地过多发行边币，防止边区物价过快上涨和边币过快贬值，保持货币金融环境的相对稳定，避免因出现恶性通货膨胀而影响边区社会稳定。中国共产党人认为，"边区的问题，基本上不是金融的问题，而是经济与财政的矛盾，这个矛盾，只有通过发展生产加以解决"[1]。换言之，金融不稳，关键是过多的货币追逐有限的商品；在紧缩货币的同时增加商品供应，是稳金融的关键。解决"鱼大水小"（生产人员少，消费人员多）问题靠发展经济，解决出入口不平衡问题最根本的还是要靠发展生产。发行和推行货币的出发点，不是向根据地人民索取，也不是搞损人利己的零和博弈，而是增强发展的内生动力，帮助人民增加物质财富，从而增强人民对红色政权、对本币的信心。

总之，在得到资金活水的灌溉后，大生产运动得以顺利开展，生产得到发展，供给保障能力明显提升，敌人的封锁被彻底粉碎，为夺取抗战胜利奠定了物质基础。根据《剑桥中华民国史》的数据统计，从 1937 年到 1944 年，陕甘宁边区粮食产量增长了约 40%；棉花产量从 1937 年的几乎为零增加到 1944 年的 300 万斤皮棉；布匹产量从 1938 年的 7 370 匹升至 1943 年的 105 000 匹。

讲到这里，想必大家已经很清楚，陕甘宁边区发行的边币不仅代表着党中央的信用，更是党和人民开展对敌经济斗争、战胜经济

---

[1] 《朱理治小丛书》编辑组 . 朱理治金融论稿［M］. 北京：中共党史出版社，2017.

困难的有力武器。运用好这个武器，推动边区经济发展，为夺取革命胜利提供坚实的物质基础，就是抗战时期中国共产党人开展货币金融活动的根本目的。其中的"义"是夺取抗战胜利这个民族大义，而其中的"利"则是边区通过开展货币斗争和大生产运动积累的物资和财富。获得了"利"，我们的革命斗争就更有底气了，而在抗日战场上取得新的胜利，则为党和人民打破敌人封锁、发展根据地经济，获得更多的"利"，创造了更为安全的外部环境。从这个意义上讲，"义"和"利"是相互契合、高度统一的。

四、应对亚洲金融危机与内需不足：以宏观调控促经济发展

如果说革命斗争年代还有些人没有充分认识到金融工作的重要性，那么新中国成立后，特别是改革开放以来，金融工作则被放在了更加重要的位置。邓小平指出："金融很重要，是现代经济的核心。金融搞好了，一着棋活，全盘皆活。"[①] 在第三个故事中，我们可以了解到，20世纪90年代末的中国是如何抓牢金融这个现代经济的核心，科学运用货币金融工具来推动经济稳定和国家发展的。

让我们把视线拉回到1997年。年纪稍长一些的朋友对1997年一定印象深刻。这一年的7月1日，香港回归祖国，令无数中华儿女倍感自豪、彻夜难眠。但就在第二天，1997年7月2日，发生

---

① 中共中央文献研究室.邓小平年谱：1975—1997（上）[M].北京：中央文献出版社，2004：1328.

了一件令人震惊的大事：泰国宣布放弃固定汇率制，实行浮动汇率制，当天，泰国货币泰铢对美元的汇率下降17%，该国外汇市场陷入混乱，震惊世界的亚洲金融危机从这一天起正式爆发。这场金融风暴很快波及马来西亚、新加坡、日本、韩国、印度尼西亚等国家，各国货币纷纷贬值，随后出现外资逃离、工厂倒闭、工人失业等一系列社会经济萧条现象，为世人所艳羡的东亚经济发展奇迹宣告终结。这场金融风暴也通过冲击出口对我国造成一定的影响。1997年我国出口增长20%，1998年仅增长0.5%，经济增长面临失速风险，人民币也面临贬值压力。

在亚洲金融风暴袭来之际，中国经济内部还遭遇了多重冲击。

第一重冲击是特大洪水。1998年夏季长江、嫩江、松花江等流域暴发历史罕见的特大洪涝灾害，给国民经济和人民生命财产造成重大损失。

第二重冲击是有效需求不足。从国际经验看，传统计划经济体制下典型的问题是需求增长快于供给增长，导致短缺和通货膨胀频繁出现；而现代市场经济条件下微观主体活动被充分激发，供给增长快于需求增长则成为常态，物价下跌、通货紧缩和产能过剩则成为新的特征性问题。[①] 因此，随着我国社会主义市场经济体制改革的深化，自1997年起，我国宏观经济形势出现了前所未有的根本性转变，进入了买方市场时期，经济从供给约束转为需求约束。[②]

---

① 樊纲.通货紧缩、有效降价与经济波动：当前中国宏观经济若干特点的分析 [J].经济研究，2003（7）：3-9，43.
② 韩文秀.买方市场条件下的宏观调控 [J].管理世界，1998（5）：22-31.

中国特色金融文化

改革开放初期反复出现的货币超发和经济过热现象消失了，取而代之的是信贷萎缩、通货紧缩和需求不足等新现象。具体地说，就是国内市场需求不足，企业产能过剩，产品卖不出去，物价持续下跌，经济面临通货紧缩压力。由于企业家对未来的预期转弱，银行里的钱也贷不出去了，进一步加剧了经济下行压力。从 1996 年下半年开始，贷款的增长速度突然下降。1996 年第四季度中国历史上第一次出现了银行"贷款额度"用不完的情况；1997 年全年银行贷款额度没有用完，出现了剩余。

第三重冲击是国有金融机构风险。受一些历史遗留问题的影响，特别是国有银行承担了大量因国有企业改革而形成的政策性负担，我国国有商业银行在转型和发展中出现了不良贷款比例持续攀升，而且资本金不足的现象，金融风险不断积聚。有些别有用心的海外人士曲解、放大这一现象，鼓吹"中国崩溃论"，认为中国四大国有银行的坏账"已经高到不能维持的地步"，说这必将导致中国经济和金融体系的崩溃。

20 多年后的今天回头看，中国的经济和金融体系不但没有在多重冲击下崩溃，而且保持了持续快速增长势头，这与深陷金融危机的那些亚洲国家形成了鲜明对比。这些"中国崩溃论"的鼓吹者自然沦为了笑柄。我们不禁要问：党和政府是如何驾驭如此复杂的局面，取得令人赞叹的经济发展奇迹的呢？金融在其中又发挥了什么样的积极作用？

答案可以用十八个字来概括：不贬值、稳预期；发国债、搞基建；化风险、提质效。

第一条，不贬值、稳预期，指的是人民币汇率政策。在东南亚各国货币纷纷大幅贬值的情况下，中国政府承诺人民币不贬值。经济学有一个基本道理，本国货币贬值可能导致本国出口商品更便宜，从而起到扩大出口的作用（例如：假设起初 1 美元可兑换 7 元人民币，如果人民币贬值，1 美元可以兑换 8 元人民币，那么手里的 1 美元就可以买到更多中国商品了，表明中国商品更便宜了）。这也是金融危机期间亚洲各国纷纷采取贬值策略的原因所在。人民币不贬值的决定，向世人宣告，中国经济的基本面是稳定的，不需要通过贬值来推动经济增长。这在很大程度上稳住了世界对中国的预期，也提振了中国老百姓对中国经济的信心。在有效应对亚洲金融危机对内地冲击的同时，中央政府不仅坚定支持香港地区渡过难关，还通过多种渠道向东南亚国家提供外汇支援，增强了东亚各国战胜危机的决心和力量，为稳定东亚经济和金融市场作出重要贡献，树立了负责任的大国形象。

第二条，发国债、搞基建，指的是宏观调控政策。当时的决策者和学术界已经意识到，由于国有商业银行的不良资产比例偏高、金融体制改革尚未完成、亚洲金融危机造成的国际金融动荡等原因，货币政策的实施掣肘颇多。虽然对于中国是否陷入"流动性陷阱"存在很大争议，但经济学界一般认为在通货紧缩时期单靠扩张性货币政策难以实现复苏，在短期内要加强财政政策和货币政策的协调配合，用好财政政策时滞较短的优势，加大政策实施力度，动员闲置资源以增加产出；而货币政策的主要作用则是提供必要的流动性，防止出现经济恐慌，并配合财政政策的实施。[①]

2000 年《政府工作报告》提出：只要财政偿还债务的能力有保障，实施积极的财政政策是扩大内需最直接和有效的手段。在这一决策理念的指引下，中国政府实施积极的财政政策，向银行增发一些国债，把一部分沉淀在银行里的闲置资金借出来，用于基础设施投资，修路、修桥、修机场，搞城市建设。同时，国有商业银行还对国家安排的国债项目提供贷款。1998—2001 年，中国累计发行长期建设国债 5 100 亿元，国债项目直接带动地方、部门、企业投入配套资金和银行安排贷款约 1 万亿元。

这样一来，资金活水很快注入基础设施建设当中，把基础设施建设投资拉动起来了。与基建相关的建材、房地产、交通运输等行业也随之活跃起来，过剩产能得到消化，企业效益改善了，人民群众就业增加了，经济发展速度稳住了，政府的税收也增加了。国家手里有钱了，也就有能力偿还国债了，银行的利息负担也减轻了。1998—2002 年，中国经济增速始终稳定在 7%~8% 这一中高速增长范围内，在当时世界重要大国中是表现最好的。我们国家很多重要的特大工程，如人们熟悉的青藏铁路、南水北调、西气东输、西电东送等，都是在这个时期开工建设的。总之，国债投资使我国集中力量建成了一批重大基础设施项目，办成了一些多年未办成的大事，其中包括大江大河大湖堤防工程建设、环境保护和生态建设、公路铁路建设、中央储备粮库建设和国企的技术改造与产业升级

---

① 董昀.中国宏观调控思想七十年演变脉络初探：基于官方文献的研究［J］.金融评论，2019（5）：14-37.

等。这为我国经济的高速发展提供了一大批高质量的基础设施，增强了发展后劲和底气。

第三条，化风险、提质效，指的是国有大型银行改革战略。在经济稳定的前提下，中央政府积极稳妥化解国有商业银行风险。1999年，国家从四大国有商业银行剥离了13 000亿元不良贷款，并组建了四家资产管理公司来处置这些不良贷款，银行的财务状况显著改善，不良贷款率明显下降。

从2003年起，国家又动用外汇储备分别向各大国有银行注资，补充资本金。2003年12月，我国政府动用了450亿美元的外汇储备，分别向中国建设银行和中国银行注资225亿美元，完成了它们的"再资本化"。2005年6月，政府再次用300亿美元的外汇储备和300亿美元等值人民币向中国工商银行注资。此后，政府又陆续动用外汇储备向若干金融机构注资，机构范围也超出了银行业，覆盖了银行（含政策性银行）、保险、证券等几乎全部金融领域。

此后，在实施财务重组、引进战略投资者和进行机构重组的基础上，四大国有银行先后公开上市，按照现代金融企业要求完善公司治理，进行股份制改造，实现了由国有独资银行向股权多元化的公众持股上市银行的重大转变。随后，保险、证券等机构也踏上了上市之旅。在对中国建设银行和中国银行注资的同时，国家出资成立了中央汇金公司，专门代表政府行使对获得注资的国家控股银行的所有权职能。

围绕国家发展战略和目标任务，各大金融机构确立正确的经营思想、发展战略和运营模式，广泛提供多层次、多方面的金融服务，经营业绩有较大幅度提升，中国工商银行、中国建设银行和中国银行均跻身世界十大银行之列，可谓凤凰涅槃，浴火重生。

回顾这段历史，中国的宏观调控政策突出一个"稳"字，稳汇率、稳预期、稳投资、稳增长、稳金融，通过综合运用财政政策、货币政策、汇率政策等多种政策工具稳定经济运行，使中国经济保持了平稳较快发展的势头，这就是货币金融活动对国民经济发展全局起到的积极作用，也就是我们所说的"义"。同时，我国在稳的基础上化解金融体系风险，深化金融机构改革，使四大国有银行的竞争力快速提升，自身盈利能力显著增强，实现了"以义取利"。

五、亚投行的创立与发展：为人类命运共同体建设注入金融活水

党的十八大以来，中国特色社会主义进入新时代，中国正日益走向世界舞台中央。在这一过程中，我们倡导各国树立人类命运共同体意识，推进各国经济全方位互联互通和良性互动。那么，金融在助力人类命运共同体建设方面发挥了什么样的重要作用？我们所说的金融活动的"义"在新时代又有了什么样的新内涵？我们来看第四个故事。

爱吃巧克力的朋友对非洲西部的"可可王国"科特迪瓦应该不会陌生，这个非洲国家的可可豆产量占世界总产量的40%，是许多高品质巧克力品牌的主要原料产地。但是，受制于资金等因素，该国山区和农村的道路基础设施一直比较落后。2023年，亚洲基础

设施投资银行批准了科特迪瓦的一个乡村公路建设项目。这条连接深山和港口的公路建成后，大山里的农民可以便捷地将他们种植的可可豆等农产品运到港口，销往全球，这极大地改善了他们的收入状况和生活水平，同时也降低了可可豆的运输成本，节约了运输时间。这就意味着，不久以后，各国人民就可以更加方便快捷地买到价格更便宜的科特迪瓦可可豆了。

这个例子是中国倡导设立的亚洲基础设施投资银行为"一带一路"沿线各国和地区的基础设施建设提供金融服务的一个缩影。

说到"一带一路"，大家都不陌生。2013 年 9 月，国家主席习近平在访问中亚四国期间提出了共建"丝绸之路经济带"的倡议，同年，又提出共同打造"21 世纪海上丝绸之路"。随后，中国政府将其概括为"一带一路"倡议。这一倡议，以互联互通为主线，致力于与各国加强政策沟通、设施联通、贸易畅通、资金融通、民心相通，为全球发展开辟新空间。

基础设施是国民经济的先行官。要想富，先修路；道路通，百业兴。这是中国老百姓熟知的道理。然而，世界上许多发展中国家基础设施供给严重不足，发达国家的基础设施也严重老化，制约了世界经济的发展。只有先做到道路畅通、设施联通，才能实现贸易畅通、资金融通、民心相通。接下来，最关键的问题来了：如何为大规模基础设施建设融资？

缺乏基础设施建设资金，是"一带一路"国家共同面临的问题。这是因为，基础设施建设是无利或微利行业，商业效益差，资金回收期长，但社会效益好。因此，基础设施建设投资不能只靠商业银行，还需要政策性金融机构提供成本低、期限长的融资服务。为了解决这个问题，中国致力于打造多层次金融平台，建立服务"一带一路"建设长期、稳定、可持续、风险可控的金融保障体系。

其中的一项重要举措是由中国倡议，57个国家共同筹建了于2016年开业运营的亚洲基础设施投资银行（简称亚投行）。亚投行是一个多边开发银行，以贷款业务为主，旨在多渠道动员各种资源特别是私人部门资金投入基础设施建设领域。在2016年亚投行开业之后，其所有的贷款项目都分布在发展中国家和地区，这些项目中，既有公路、铁路、机场、港口、码头、电力等传统基础设施，譬如前文提到的科特迪瓦的那条乡村公路，也有宽带网络等信息基础设施和教育、医疗等社会基础设施。例如，亚投行2019年批准为柬埔寨光纤通信网络有限公司提供了一笔7 500万美元的贷款，用于建设柬埔寨近2 000千米的城域和区域光纤骨干网络，帮助柬埔寨在城市实现100%的宽带覆盖率，在农村地区实现70%的覆盖率。不论投资哪个领域，亚投行从事信贷活动的目的都是加强基础设施互联互通，推动区域经济一体化，促进当地经济社会发展，改善当地民众生活。亚投行在提供融资时，不附加任何政治条件，执行低息利率，放贷便利，只为了在确保机构自身可持续发展的前提下帮助发展中国家和地区获得资金，推动基础设施项目建设。

亚投行自开业运营以来，始终秉持多边主义，按照共商共建共享的原则，"不管你股份多少、投票权多少，有事大家商量"，这说明，中国人是在以实际行动践行人类命运共同体理念。亚投行成员以发展中国家和地区为主体，同时包括不少发达经济体，这一独特优势使亚投行成为推进南南合作和南北合作的桥梁纽带。截至 2024 年初，亚投行已批准了近 300 个项目，批准融资总额超过 550 亿美元，动员资本超过 1 700 亿美元到基础设施建设中，惠及 37 个亚洲域内与域外成员。在亚投行批准的贷款中，前四大流向依次为南亚、东南亚、西亚、中亚，而作为最大股东的中国，无论是贷款金额还是项目数量，都"甘为人后"，这充分表明，中国倡导设立亚投行的目的是行"为世界经济增长注入新动能"之"大义"，而不是出于推动本国经济发展的"一己之私利"。

在内部治理和管理上，亚投行参照多边开发银行的通行做法，设立了完备的理事会、董事会、管理层三层管理架构，并根据透明、公开、独立、问责的原则建立了有效的监督和问责机制。通过一笔笔融资、一个个项目、一项项制度，亚投行获得国际社会广泛认可，接连斩获标准普尔、穆迪、惠誉三家国际评级机构的最高信用评级，并得到巴塞尔银行监管委员会的零风险权重认定，实现了自身的可持续发展。亚投行的成员数量也从 2016 年开业运营时的 57 个增加到 2024 年的 110 个，成为成员数量仅次于世界银行的多边开发银行。亚投行成员数量不断增加，直接表明国际社会对亚投行投下越来越多的"信任票"。

亚投行的故事表明，在构建人类命运共同体的过程中，中国视各国和各地区为朋友和伙伴，相互尊重、相互支持、相互成就，努力搭建国际金融合作新框架。在有力的资金保障支持下，"一带一路"沿线正在形成以经济走廊为引领，以大通道和信息高速公路为骨架，以铁路、公路、机场、港口、管网为依托，涵盖陆、海、天、网的全球互联互通网络，有效促进了各国商品、资金、技术、人员的大流通，推动绵亘千年的古丝绸之路在新时代焕发新活力。从这个故事中可以看到，为推动世界经济发展和构建人类命运共同体提供金融支持，是新时代我国金融工作"义"的重要内涵。

六、做好金融五篇大文章：以义取利的新探索

从全球视角转向国内发展，高质量发展是新时代的硬道理，推动高质量发展是当前和未来一个时期中国共产党的首要任务。因此，新时代金融工作的"义"，还应当体现在推动经济高质量发展上。

进入新时代，我国社会主要矛盾已经转化为人民日益增长的美好生活需要和不平衡不充分的发展之间的矛盾。矛盾的主要方面是发展不平衡不充分，说到底就是发展质量不高。解决我国社会主要矛盾的一条最根本的途径，是要把坚持高质量发展作为新时代的硬道理，推动经济实现质的有效提升和量的合理增长，不断满足人民日益增长的美好生活需要。金融是国民经济的血脉，为实体经济服务是金融的立业之本。在经济工作中以推动高质量发展为主题，意味着金融工作也要以推进金融高质量发展为主题，提高金融服务经济社会发展的质效，更好满足实体经济和人民群众的金融服务需求。

做好科技金融、绿色金融、普惠金融、养老金融、数字金融五

篇大文章，是统筹推进经济和金融高质量发展的重要抓手。第一，为了推动高水平科技自立自强，必须健全科技金融体系，促进"科技—产业—金融"良性循环，为科技创新提供可持续的资金支持。第二，践行绿色发展理念、实现"双碳"目标需要大量长期资金，离不开绿色金融的保障和支持。第三，发展普惠金融是践行共享发展理念和推进共同富裕的题中之义。第四，在人口老龄化背景下实现老有所养、老有所依，需要包括养老金融在内的多元化资金供给机制的有力支撑。第五，用好数据要素，发展数字金融，推动金融数字化转型，是提升金融服务供给质效的根本途径。在做好五篇大文章的进程中，金融业要坚持以义取利，突出以客户需求为导向，在服务经济社会发展中创造价值和利润，实现经济价值和社会价值的统一，从而提高金融的适应性、竞争力和普惠性。[①]

我们分别从科技金融、绿色金融和"普惠金融＋数字金融"这几篇大文章入手，讲述金融支持实体经济高质量发展的故事。

先来看科技金融。创新是一个复杂的经济社会过程，如果把创新比作一个链条，那么这个链条至少包括技术发明、产业创新、创新的扩散等三个不同环节，时间跨度长达二三十年甚至更长。科技金融的实质就是要聚焦创新各环节的金融服务需求，健全激励约束机制，统筹运用好各种金融工具和融资手段，为科技型企业提供全链条、全生命周期的金融服务，以高水平的金融服务促进创新链与资金链的协同协调，推动实现"科技—产业—金融"良性循环。

[①] 董昀.坚持经济和金融一盘棋思想［N］.人民日报，2024-02-22（5）.

新时代以来，各地围绕科技创新对金融服务的需求，加强对国家重大科技任务和科技型中小企业的金融支持，完善长期资本投早、投小、投长期、投硬科技的支持政策，解决好资金配置"苦乐不均"、金融资本"趋利避害"、"耐心资本"供给不足等问题。目前我们已成功探索出以合肥模式和深圳模式为代表的中国特色科技金融发展模式。

合肥模式以政府科技金融为主导，通过设立引导基金"以投带引"，撬动社会资本共同投资，实现了战略性新兴产业蓬勃发展和国有资本保值增值双赢。从京东方，到维信诺、长鑫存储、欧菲光等，合肥一直遵循"不谋求控股权、产业向好发展后及时退出，再投入到下一个项目"的路径，促进了"科技金融—科技创新—经济增长"的良性循环。

深圳模式更强调政府投资基金的市场化运作。深圳市政府通过合伙协议明确主管部门、引导基金和GP（普通合伙人）的权责边界，不越位干预，并通过公开GP遴选、建立绩效评级机制等方式，不断提升子基金管理水平。与此同时，深圳市政府并非完全无为而治，而是注重把握投资时机，成立纾困基金，在大型企业陷入流动性危机或经营低谷的关键节点介入，顺势导入产业项目，以达到"雨天送伞"的效果。

此外，银行业金融机构也进行了大量实践探索。杭州银行的探索就是一个典型案例。众所周知，对银行体系而言，服务科技型企业最大的痛点是在没有稳定盈利能力和抵质押物的情况下如何准确判断企业的成长性，这是银行面临的痛点。早在2009年，杭州银行便提出"打造中国的硅谷银行",并为此专门成立科技支行,专注服务于代表新经济动能的科技型企业。在十余年的探索中,杭州银行借鉴硅谷银行的投贷联动模式,并结合本地情况进行改造和变革,创新性地推出投贷联动产品——银投联贷和选择权贷款。其中,银投联贷聚焦创投评价,以投定贷,主要服务于获得专业投资机构投资的科创企业,借鉴投资眼光做债权,为创投企业延缓股权稀释;选择权贷款是在为科技型企业提供综合服务的基础上,获得一定的选择权,在帮助科创企业解决融资问题的同时,获得分享科技型企业成长收益的权利。在对美国硅谷银行的模式进行本土化改革的基础上,杭州银行建立了可以满足不同阶段科技型企业融资需求的金融产品和服务体系。

基于丰富的实践,我国科技金融取得了丰硕成果。金融支持科技创新的力度、广度、精度均有提升。首先,银行对科技型企业的贷款保持较快增长。央行数据显示,截至 2024 年 5 月,我国高新技术企业、专精特新企业、科技型中小企业贷款余额同比都有两位数以上的增长。其次,多层次资本市场对科技创新的支撑力不断增强。在 IPO(首次公开发行)企业数量方面,我国上市公司中专精特新企业比例进一步提升。截至 2024 年 3 月,944 家专精特新"小巨人"于 A 股上市。最后,截至 2023 年末,中国风险投资基金存续基金数量约为 3.24 万只,同比增长 15.62%;风险投资基金存续规模约 7.75 万亿元,同比增长 10.61%。

再看绿色金融,我们来看一个小故事:山东省蒙阴县百泉峪村依山傍水,四季瓜果飘香,生态旅游潜力巨大。2021 年,当地政府组织专家对百泉峪村生态价值进行核算，成功发布了山东省首份村级生态系统生产总值核算报告，将原本看不见的生态系统价值，转化为看得见的"数字"和财富。2022 年，蒙阴农商银行基于核算报告，以村子生态产品价值作为授信依据，给予百泉峪村 3 个贷款主体 4 300 万元授信额度，真正把绿水青山转化为金山银山，使得该村的乡村旅游发展有了更加充裕的资金支持。

新时代以来 10 余年间，金融支持绿色发展的故事在中华大地不断涌现。从青海湖的环境保护和污染治理到首钢园区的成功转型，从普洱茶产业的发展壮大到浙江湖州探索中国制造绿色低碳转型的实践，这些故事体现的，是我国绿色金融对经济社会发展的有力推动，是我国绿色金融的高速成长。截至 2024 年 6 月末，我国绿色贷款余额 34.8 万亿元，同比增长 28.5%，居全球首位；截至 2023 年底，我国绿色债券市场余额 2.1 万亿元，已跃居全球首位。展望未来，在中央金融工作会议做好五篇大文章重要论断的指引下，我国绿色金融还将乘势而上，为实现碳达峰、碳中和提供有力支撑。

最后看"普惠金融 + 数字金融"。发展普惠金融，关键是要在"普"、"惠"及"商业可持续"之间求得平衡。"普"，就是要求金融体系尽可能地将那些具有金融需求的弱势群体涵盖进来；"惠"，就是要求金融机构能够以消费者负担得起的成本提供金融服务；"商业可持续"是指金融机构在提供普惠金融服务时能够兼顾功能性和盈利性，实现可持续发展。

新时代新阶段，我国新一代信息技术迅猛发展，数字金融高速成长，涵盖支付、信贷、理财、保险等各类金融业态，为发展普惠金融提供了新渠道、新动能和新模式。一方面，金融机构可以利用数字化的科技手段对普惠金融业务流程进行改造，实现审批、风控、运营、客户管理等业务流程的线上化、数字化、智能化，大幅降低金融机构的运营成本。另一方面，金融机构可以利用科技手段对普惠金融群体的风险进行识别，并对事中风险进行管控，将普惠金融业务的风险成本控制在较低水平。

在数字化科技手段的有力支撑下，各类金融机构与科技企业协同合作，持续拓展普惠金融的广度和深度，促进数字普惠金融服务与经济社会各类场景深度融合，贴近客户需求，打通金融服务的"最后一公里"，为客户提供一站式、全方位综合金融服务，推动我国普惠金融发展取得显著成就。

先以数字信贷为例，数字信贷作为金融服务实体经济的"新利器"，通过大数据、云计算等技术的应用，体现了中国数字金融在普惠金融服务方面的实践不断深化。数字信贷利用技术手段降低了服务成本，拓展了服务的广度和深度，并提升了金融服务的能力和质量。金融机构通过实施数字化转型，使用大数据风控体系，结合线上线下精准营销，获取批量优质客户并实现分类管理，降低了客户引流成本，有效地解决了小微企业等的融资难题，促进了实体经济的繁荣发展。数字信贷的创新，不仅提高了金融服务的效率和可达性，也推动了数字普惠金融的建设。国际清算银行（BIS）的研究报告显示，2019 年中国数字信贷规模达到 6 267 亿美元，占到全球数字信贷的 78.8%，稳居全球第一。

再以数字支付为例，移动支付的发展极大地便利了人们的日常生活，支付宝和微信支付等平台的兴起，使得移动支付成为日常生活中不可或缺的一部分。余额宝诞生的 2013 年可以被视为中国数字金融发展的元年，2014 年滴滴和快的的补贴大战更是推动了移动支付的普及，使得微信支付用户数在短短一年内达到 1 亿，手机支付宝用户数也在 5 个月内达到同样的规模。作为移动支付的两大巨头，支付宝和微信支付在国内市场占据主导地位。它们通过实施"刷脸支付"和"微信刷掌支付"等各类创新，极大地改善了用户体验，增强了支付的安全性和便捷性。这些技术的创新和应用，代表了中国在移动支付领域的领先地位。我国移动支付普及率已达到86%，居全球第一位。

总之，科技金融、绿色金融、普惠金融、养老金融、数字金融也将协同发力，从科技自立自强、全体人民共同富裕、积极应对人口老龄化和大力发展数字经济等不同维度，为实现我国经济高质量发展而努力。以高质量金融服务助力经济高质量发展和中国式现代化，这无疑是新时代中国金融以义为先、以义取利的又一重要内容。

七、结语：以正确的义利观支撑金融强国建设

讲完这几个故事，笔者的脑海里浮现出一句话，那就是"国家兴衰，金融有责"。元代的楮币之患告诉我们，负责发行纸币的政府如果不能处理好义利关系，就极易用超发货币的方式弥补财政赤字，从而导致恶性通胀和社会动荡，最终失去政权。中国共产党人

充分汲取历史经验和教训，在国家和人民的事业需要的时候，党领导下的金融工作总是将国家利益、民族大义放在优先位置，主动为国分忧、为民造福；金融业自身的经济利益始终是第二位的，服从于国家战略需要。

抗日战争时期各根据地的货币发行和货币斗争，为夺取中国革命胜利、维护根据地人民群众的根本利益发挥了不可低估的作用；改革开放时期的宏观调控和金融改革，成为经济稳定增长和国家繁荣富强的关键推动力量；新时代服务"一带一路"金融保障体系的构建，更是成为沿线各国实现基础设施互联互通的重要保障，为构建人类命运共同体作出了积极贡献。

面向新时代新征程，金融不但要实现自身的高质量发展，更肩负着助力强国建设、民族复兴伟业的崇高使命。我国金融机构和金融从业者要继承"先义而后利者荣，先利而后义者辱"的优秀传统文化，弘扬中国共产党人秉承的义利相兼、以义为先的价值取向，胸怀"国之大者"，强化使命担当。关键是要始终将金融的功能性放在最重要位置，在服务实体经济、服务人民群众方面发挥好金融的关键作用，使我国金融业在有力支撑经济发展、社会稳定、人民幸福和国家强盛的历史进程中实现自身价值，获得合理收益，不断发展壮大。说到底，就是"以义取利，不唯利是图"。

从这个意义上说，培育"以义取利，不唯利是图"的金融文化是中国特色现代金融体系建设当中不可或缺的重要部分，它将为金融强国建设树立正确的价值取向和行为目标，推动实现金融与经济、社会、环境的共生共荣。

第五章

稳健审慎，不急功近利

一、稳健审慎方可行稳致远

在第二章中我们讲过，中国特色金融文化的五个方面是一个有机的整体。在正式讲述有关"稳健审慎，不急功近利"的金融故事之前，我们先来谈谈"以义取利，不唯利是图"与"稳健审慎，不急功近利""守正创新，不脱实向虚"之间的关系。需要格外注意，中国特色金融文化的上述三个方面都与一个"利"字有关，金融管理者和从业者对"利"的态度不仅决定了金融活动的目的，也影响着金融活动的基调和取向。

试想，如果金融管理部门、金融机构或金融从业者不能够正确处理义利关系，被"唯利是图"的狭隘目标裹挟，那么，在面对短期利益与长期利益的权衡取舍时，他就很难树立正确的业绩观，容易偏离稳健审慎的基调，被急于赚钱、赚取快钱的基调所左右。一旦在服务实体经济和人民大众的过程中未能如其所愿在短期内获取足够的收益，这些机构或个人就很有可能通过各种所谓"金融创新"寻找新的获利渠道，这些乱创新、伪创新极有可能导致脱实向虚和资金空转，金融活动极易偏离服务实体经济的初心使命，陷入自我服务和自我循环的怪圈。正如习近平总书记所说，缺少强健的实体经济支撑，金融繁荣只会是"虚胖"。[①] 依靠虚假繁荣带来的利益难以持续，长此以往，金融系统的盈利能力终将被削弱。

上述逻辑表明，正确处理义利关系，在经营目标上做到"以义取利，不唯利是图"，是在行为基调上保持"稳健审慎，不急功近利"，在行为取向上不忘初心，坚持"守正创新，不脱实向虚"的重要前提。

当前，加快建设金融强国已成为我国金融工作的长远目标。在坚持"以义取利"前提之下，我们需要充分借鉴中华优秀传统文化中关于稳健审慎的重要论述，以及国外金融文化中关于稳定文化的有益成分，探讨"稳健审慎"基调与"行稳致远"目标之间的关系，为实现金融强国目标提供价值观和方法论方面的借鉴。

我们首先从中华优秀传统文化中汲取营养。"稳"与"慎"是古代先哲们所推崇的君子应有的行事风格。儒家经典《礼记·文王世子》中说，"古之君子，举大事，必慎其终始"，意思是古代的君子做大事的时候从始至终都极为谨慎。而老子在《道德经》中也讲"重为轻根，静为躁君""轻则失根，躁则失君"，即强调沉稳、沉静的重要性，在做事情时要以稳重和冷静来控制轻率和浮躁，如果做不到，就会丧失根本和主宰。如果"慎终如始，则无败事"。可

---

① 中共中央党史和文献研究院.习近平关于金融工作论述摘编［M］.北京：中央文献出版社，2024.

见，在老子看来，沉静稳重是成大事者极为重要的特质之一。

在面对眼前利益的诱惑时，中国古代先贤视"稳健审慎"为处理短期利益与长期收益关系的基本准则，强调"欲速则不达，见小利则大事不成"。越想赚快钱、赚大钱，越容易被蝇头小利所迷惑，越容易偏离长期目标，导致风险积累，发展受阻，大事不成。所以，保持头脑清醒、力戒急功近利，是中华优秀传统文化中对成大事者的一条重要行为规范要求。

下面我们再看看国外金融文化中关于稳健审慎的相关理念。在宏观金融层面，近些年来国外理论界形成了一个被称为"稳定文化"的新概念，强调以货币金融稳定为取向的各类制度安排（如央行独立性、通胀目标制等）与民众的认同感、价值观和态度紧密关联。

在此我们以德国的情况为例，对稳定文化的重要性略作解读。经历过20世纪初期高通胀以及之后的纳粹独裁、二战、国家分裂等屈辱历史的德国民众把通胀视为对社会和国家的核心威胁，而中央银行及其货币政策都必须以维护价格稳定为目标，这已经成为社会的先验价值。这样一来，通胀和金融体系的波动就可能成为社会的道德深渊，而稳健的货币政策、稳定的货币金融体系和稳定的物价则可能成为社会生活秩序恢复和道德重建的路径。由于作为货币金融管理部门的中央银行及其发行的货币超越了理性计算的经济领域，而被赋予了文化和道德意义，德国人将德国马克视为国家象征，被认为是德国人值得骄傲的东西。对于后来出现的欧元，人民也认为欧元的意义并不局限于经济功能，而是具有超越金融信息的意义。[①]

从以上对国内外两类文化资源的相关论述中，我们可以发现，在货币金融活动中保持稳健审慎的心态，避免急功近利心态的困扰，是人们在长期实践中积淀的经营智慧和生存法则。金融业是经营货币和金融商品的特殊行业，本身有高负债经营、高杠杆和高风险性的特点，因此稳健审慎是金融业内普遍认同的"铁律"。国际上一些金融机构能够成为百年老店，基业长青，最重要的秘诀是稳健审慎。这样的心态和行事基调有利于机构或个人对灾祸和风险保持防患于未然的警醒，确保他们所从事的货币金融事业不被来自各个方面的风险事件和不确定因素阻滞甚至中断。

改革开放时期，中国共产党人将国外金融文化的有益成分与中华优秀传统文化有机结合起来，强调稳定压倒一切，注重运用稳中求进的办法搞好宏观调控，持续深化改革。我国发挥社会主义制度优势，利用各种有利条件，坚持循序渐进、摸着石头过河、试点先行，稳步深化金融改革开放；坚持预防为先、标本兼治、稳妥有序、守住底线，有效防范化解金融风险，促进经济平稳健康发展。[②]稳健审慎的总体取向带来了稳中有进的显著发展成效。改革开放 40 多年来，我国保持了经济快速发展和社会长期稳定，没有发生金融危机，这在全球大国中是唯一的。

党的十八大以来，稳中求进工作总基调已上升为治国理政的重

---

① 托尼亚托.中央银行独立性：文化密码与象征表现［M］.王佐发，译.北京：中国金融出版社，2018.

② 中央金融委员会办公室、中央金融工作委员会理论中心学习组.坚持稳中求进工作总基调［N］.人民日报，2024-04-25（10）.

要原则，是做好经济工作的方法论，成为习近平经济思想方法论的有机构成。正如习近平总书记所说，"金融活，经济活；金融稳，经济稳"，金融要有力支撑强国建设和民族复兴伟业，就必须做到既稳且进，以金融稳定促经济社会稳定，以金融活水激发全社会创新创业创造活力。

习近平总书记深刻指出："任何一项事业，都需要远近兼顾、深谋远虑。"[1]在实施金融宏观调控和推动金融发展过程中亦当如此。《人民日报》一篇评论文章曾指出，最危险的做法，是不切实际地追求"两全其美"，盼着甘蔗两头甜，不敢果断作抉择。比如，一些国家曾不顾经济金融体系稳定的需要，长期实施经济刺激政策，积累了很大泡沫。结果在政策选择上，这些国家要么维持银根宽松任由物价飞涨，要么收紧银根使泡沫破灭，既丧失了经济金融环境的稳定，又未能实现经济的持续增长，毫无"进取"之势。那才是真正的"两难"，左右不是！[2]

立足当下，我们在金融工作中弘扬"稳健审慎，不急功近利"的金融文化，最关键的就是要以辩证唯物主义的方法论为指导，以坚持稳中求进工作总基调为基础，充分汲取古今中外正反两方面经验，树立正确的经营观、业绩观、风险观，做到"稳中求进、以进促稳、先立后破"，也就是要处理好短期内的"稳"与中长期的"进"之间的关系。

---

① 习近平.共同维护和发展开放型世界经济——在二十国集团领导人峰会第一阶段会议上关于世界经济形势的发言[N].人民日报，2013-09-06（2）.
② 开局首季问大势：权威人士谈当前中国经济[N].人民日报，2016-05-09（1）.

在马克思主义基本原理当中，唯物辩证法关于事物的发展是新与旧的交替和质与量的统一的观点，奠定了经济与金融工作中稳与进之间关系的认识论基础。

经济和金融的发展本身就是在存量与增量关系的动态演进和相对变化中实现的，这体现了事物发展的辩证统一关系。这里所说的存量，不仅包括经济金融总量，还包括经济金融体系的结构，后者表现为各种经济金融变量之间的比例关系。我们所要实现的"稳"，就是使各变量的变化态势，以及各变量之间的比例关系具有稳定性和均衡性。而我们致力于实现的"进"，则是指在"旧的"存量规模及结构总体"稳定"的基础上，通过不断地积极"进取"，培育出"新的"增量，从而实现经济金融主要变量之间比例关系的优化，以及若干重要变量的持续增长。总之，"稳中求进"就是要统筹推进经济和金融的高质量发展，实现"质的有效提升和量的合理增长"。

2023 年召开的中央金融工作会议作出了加快建设金融强国的重大战略部署。在推进金融强国建设的新征程上，强调稳健审慎，坚持稳中求进依然是金融工作必须始终遵循的总基调。这一判断是基于以下几点原因作出的。

首先，建设金融强国必须保持历史耐心，坚持稳扎稳打。习近平总书记在省部级主要领导干部推动金融高质量发展专题研讨班开班式上明确提出，金融强国应当基于强大的经济基础，具有领先世界的经济实力、科技实力和综合国力，同时具备一系列关键核心金融要素，即拥有强大的货币、强大的中央银行、强大的金融机构、强大的国际金融中心、强大的金融监管、强大的金融人才队伍。以上论述可概括为"1+6"。"1"是指强大的经济基础，"6"是指六个关键核心金融要素。纵观美国、英国等世界性金融强国的崛起历程，无论是强大的经济基础，还是强大的货币、强大的中央银行、强大的金融机构等关键核心金融要素，都不是在一夜之间形成的。我国的金融强国建设也同样不可能毕其功于一役，必须保持足够的历史耐心。

保持历史耐心在一国的金融发展进程中至关重要，这就是说在长期的金融变迁过程中，要始终认清并尊重历史规律，准确把握国情，不可贪求超越历史阶段，亦不可盲目乐观或激进贪功。这就要求金融决策者和从业者冷静面对金融改革发展稳定进程中已经出现和可能出现的各种问题，把困难一个一个地克服，将问题一个一个地解决，做到"蹄疾而步稳"。否则，违背客观规律的贪功冒进和盲目决策反而会导致"欲速则不达"。

其次，金融是特殊的高风险行业，有力防控金融风险必须坚持稳字当头、审慎管理。金融业链条长，市场信息不对称，价值实现过程曲折，又易受外部因素影响，同时面对经济周期波动和社会预期快速变化等不确定性条件，利益诱惑大，参与者行为变化快。[①]这些因素使得金融风险极易爆发。再加上现代金融发展呈现出机构种类多、综合经营规模大、产品结构复杂、交易频率高、跨境流动快、风险传递快、影响范围广等特点，这就使得金融风险的隐蔽

---

① 中共中央党史和文献研究院. 习近平关于金融工作论述摘编［M］.北京：中央文献出版社，2024.

性、复杂性、突发性、传染性、危害性特别强，必须格外小心、审慎管理。因此，"稳健审慎，不急功近利"这一原则在金融活动中显得格外珍贵，是金融管理者和从业者要努力坚守的基本法则，事关金融高质量发展的成败。

这也要求我们在金融工作中保持战略清醒，在金融改革发展稳定各种难题交织的情况之下，保持"每临大事有静气"的沉稳，"不畏浮云遮望眼"的坚毅，以及"风物长宜放眼量"的气度，不为外界所困，不为一时得失所扰，不为一时利益、一时情绪，或者一时的注意力改变初衷、目标和方向，始终围绕金融高质量发展主题开展工作，守牢不发生系统性金融风险这一底线。

最后，世界百年未有之大变局加速演进，国际货币金融体系深刻变革，要求我们更好统筹发展和安全，努力稳步前行，开拓金融工作新局面。当前，就趋势而言，东升西降，国际格局正在发生由量到质的变化。但就存量而言，依旧是西强东弱，我将强未强，美西方在国际体系中占据主导地位。在这一总体格局之下，世界金融安全格局发生深刻变化，国际金融市场波动加剧，国际货币金融体系主导权争夺日趋激烈，动荡源和风险点增多，外部环境的不稳定性、不确定性上升。

面对风险挑战，金融工作必须增强战略思维，看大局、谋大势，分清主流、支流，抓住金融发展与安全中的问题要害和主要矛盾，科学决策、定向施策。要善于运用全局思维，跳出局部看全局，以大局为重；善于运用前瞻思维，洞察发展趋势，摆脱一时一事的束缚，主动谋局布势，下好"先手棋"，打好"主动仗"。落实到具体工作中，就是要在稳的基础上审时度势、趋利避害，创造条件稳步前行，努力在危机中育新机、于变局中开新局。特别是要着重强化重大风险领域和重大安全威胁的应对与处置，着重解决金融基础设施薄弱、市场配置资源效率不高、风险应对能力不强等问题，以确保金融稳定和金融安全。

一言以蔽之，在金融工作中坚持"稳健审慎，不急功近利"，是推动发展和维护稳定的总基调，只有稳中求进，以进促稳，才能行稳致远，成就大业。这是加快建设金融强国进程中需要牢牢把握的一个重大原则。

二、急功近利、舍本逐末：国民党政府控制通胀的失败案例

在此前的章节中，我们曾先后讲述宋朝和元朝过度发行纸币导致通货膨胀失控的故事。这样的故事在中国历史上曾反复出现。从西汉王莽时期到国民党政府执政时期，历代统治者常常利用手中的货币发行权，或减重贬值，或滥发纸币，以弥补财政赤字。这种做法既是滥用国家信用的败笔，又是政府唯利是图、无视国家大义的表现，同时还是统治者急功近利，试图用手中的货币权力一劳永逸地满足财政需求的短视行为。本节着重讲的抗战时期国民党政府控制通胀的故事就是其中的一个典型案例。

抗日战争期间中国经历的大通胀，给人民生活带来了深重的苦难，使得国民经济走向崩溃。导致大通胀的原因很多，如庞大的军

费开支超出了财政承受能力、战争对生产活动的破坏、日伪的货币金融战冲击，等等。但国民党政府在经济金融政策上采取的饮鸩止渴或扬汤止沸式的急功近利做法，是导致经济陷入恶性通胀循环的根本原因。

下面我们就从抗战时期的货币斗争形势入手，来看一看国民党政府面临的困难及其采取的应对方法。

"九一八"事变后，日本加快了侵华步伐，企图把中国变成其独占殖民地。日本的侵略并不是单纯的军事占领，而是由一系列的"组合拳"构成的系统计划，包括军事征服、政治控制、经济掠夺和货币操控等手段。

货币是国家权力的象征。日本发动货币战的目的并不限于经济利益最大化，而是要在攫取财富的同时，从根本上摧毁中国政权的合法性。究其根本，货币战争是用来配合军事侵略的，日本企图利用货币权力打击法币持续汇兑的能力，削弱其信用，进而强制替换法币，为独占中国提供经济手段。1938 年 7 月日本政府五相会议决议将上述动机暴露无遗，"为了使敌人丧失抗战能力，并推翻中国现中央政府，应设法造成法币的崩溃，取得中国的在国外基金，由此在财政上使中国现中央政府自行消灭"[1]。

根据美国国务院的判断，日本对华货币战分为四步：第一步是用军事手段实现对中国某些地区的局部占领；第二步是在沦陷区设立傀儡政权，构建治理体系；第三步是在沦陷区建立金融机构，发

---

① 复旦大学历史系日本史组.日本帝国主义对外侵略史料选编：1931—1945［M］.上海：上海人民出版社，1975.

行伪币；第四步是驱逐中国政府发行的货币，将伪币与日元挂钩，同时控制沦陷区的进出口，控制中国经济金融的命门。[①] 说到底，日本的货币战就是以货币权力的极致使用来实现对中国主权的取代。这意味着抗战时期的中国经济面临双重风险考验：经济发展自主性受限，金融安全面临严峻挑战。

太平洋战争爆发后，日本的对华经济战策略发生根本转变，物资战被置于经济战的核心地位，而货币战从主要手段降为配合物资战的辅助工具。具体表现在三个方面：一是日本将我国进口通道切断，导致物资进口困难，进口商品价格暴涨；二是日本对沿海城市的占领导致国民政府的税源大量丧失，以至于约 75% 的战时支出要靠四家政府银行印刷新纸币创造的铸币税来弥补，这构成了法币超发的重要诱因；[②] 三是随着上海租界和香港的沦陷，法币外汇市场不复存在，日本套取外汇的图谋破产，转而强力扶持伪币，驱逐已无法加以利用的法币。到 1943 年初，伪币的流通范围已扩展至华中华南广大地区。这导致国民党无法在沦陷区抢购战略物资，大量法币流入国统区，法币信用跌落，通胀压力加大。

在日本实施的强大压力之下，法币的内外币值均持续贬值。仅就法币的对内币值而言，抗战时期国统区零售物价上涨率逐年攀升，1938 年、1939 年和 1940 年分别为 49%、83%、124%，1941

[①] U.S. Department of State, *Foreign Relations of the United States*, 1939, vol.3, p.694.

[②] ARTHUR N Y. China's Wartime Finance and Inflation, 1937–1945 [M]. Cambridge, MA: Harvard University Press, 1965.

年进一步升至 173%。^① 这导致民众对法币丧失了信心。在 1940 年之前，农村民众有强烈的储存法币倾向，使得流通中的法币数量减少，在一定程度上可缓解通胀冲击。但随着 1940 年粮食减产，人们开始存储粮食，而非法币。这意味着法币信用的跌落。如何在战时状态处理好愈演愈烈的恶性通胀，成为困扰国民党政府的难题。

1941 年之后，国民党政府尝试采取了多种措施来控制通胀，同时阻止日伪的金融攻击。

第一，试图用出售公债和外汇储备的办法来避免大量印法币，但这两类政府资产很快就枯竭了。由于国民党政府无力通过发展生产和涵养税源的办法增加收入，同时又担心触犯既得利益阶层的利益而拒绝削减开支，这就使得财政赤字货币化趋势不断加剧，法币过快发行状况没有得到改变。

第二，通过田赋征实^② 等改革办法来增加财税收入，同时削减军事和行政开支，力图以实物征收税赋方式缓解财政收支矛盾，避免货币超发，但收效甚微。

第三，发布了《对日宣战后处理金融办法》，明令禁用敌伪钞券，停止四大银行在香港及上海、天津等地租界的一切业务，以抵御日本的货币金融攻击。

---

① 易劳逸. 中日战争时期的国民党中国，1937—1945［M］// 费正清，费维恺. 剑桥中华民国史：1912—1949 年：下卷. 北京：中国社会科学出版社，1994.

② 1928 年以后，中华民国的农业税由地方政府向农民征收，税赋以货币形式缴纳。1940 年米价暴涨后，维持军队和政府粮食开支的费用相应暴涨，难以为继。自 1941 年 7 月起，国民政府从各省手中上收了农业税的征收权，将按货币课税改为按粮食重量课税，这一改革简称"田赋征实"。这一政策尽管暂时缓解了通胀压力，但治标不治本，且增加了农民和小地主阶层的税收负担，加剧了他们对国民党统治的不满。

第四，允许法币流向沦陷区，并组织力量从沦陷区抢购物资。1941 年之后，国民党政府允许法币流向沦陷区，在减少国统区法币流通数量、降低通胀压力的同时，试图扩大法币在沦陷区的流通范围，并换回国统区所需的物资。对于沦陷区商人持法币在国统区购买物资运回沦陷区的行为，国民党政府则从禁止商品走私入手加以管制。国民党政府还成立专门机构负责抢购沦陷区物资。然而，这一策略未能收到预期效果。根据相关学者的估算，1942—1945 年，国统区从沦陷区输入的物资总额仅为输出总额的 2/3，物资总体上从国统区向沦陷区倒流。①

第五，向美英等国求援，希望获得外部资金援助以坚定公众对法币的信心。1942 年，美英两国政府先后决定向国民政府贷款，合计近 7 亿美元。中美两国约定，贷款将主要用于增强中国实力以抵抗日本侵略。② 以美英贷款为支撑，国民党政府于 1942 年 3 月发行以美元支持的两种国内公债，总计 2 亿美元，以回笼法币，稳定物价。由于普通民众没有能力购买，而国民党政府又未能采取有力措施迫使富人和投机商人在短时间内购买债券，这一努力并未奏效。这笔贷款在一定程度上起到了增强法币发行的准备资产和提振抗战信心的作用，构筑起一道阻止日本摧毁中国货币体系的防线。但这笔有限的资金终究是杯水车薪、扬汤止沸，难以起到阻止法币进一

---

① 齐春风.抗战时期大后方与沦陷区间的经济关系［J］.中国经济史研究，2008（4）：127–134.

② 节选自由中美两国财政部长宋子文和摩根索签署的协议序言内容，可参见：杨格.抗战外援：1937—1945 年的外国援助与中日货币战［M］.李雯雯，译.成都：四川人民出版社，2019.

步贬值的作用。

以上诸项举措失效，根本原因有二：一是经济发展停滞，且在与日伪的物资争夺战中处于不利地位，导致物资供给能力受限，流通的商品数量并未明显增加；二是法币发行快速扩张，且不能流入生产建设领域，物质财富增长乏力，消费者需要付出更多的法币才能够买到商品。即便法币背后有充足的美元和英镑作为支撑，只要没有真实的经济增长和物质财富积累，通胀率的飙升便在所难免。1942—1944 年，国统区通胀率分别为 235%、245% 和 231%，1945 年 1—8 月平均为 251%。通胀的失控对产业工人、知识分子、公务员和士兵的生活水平都造成了很大的损害。[①]

总之，虽然在美英等国支持下，国民党政府在货币权力博弈中瓦解了日本颠覆中国货币体系的图谋，但在通胀管理中却遭遇了彻底的失败：法币的无限度超发和商品供给的严重不足致使通胀失控，最终失去了人民对政府的信任。

这个故事给我们带来的思考和教训是极为深刻的。

首先，发展经济，增加商品供给，改善人民生活，是稳定货币金融形势的关键所在，也是通胀治理的治本之策。如果偏离这个根本，试图通过货币超发来解决眼前的财政困境，则只能使通胀形势不断恶化。

在这方面国共两党的认识有显著差异，国民党陷入急功近利的状态，而共产党则着眼长远，善于抓住问题的根本。

---

① 汪荫元. 四川战时物价与各级人民之购买力 [J]. 四川经济季刊，1944，1（3）：263.

中国特色金融文化

毛泽东将金融稳定与经济发展和贸易平衡紧密联系起来加以分析。他在 1941 年 8 月出席中共中央政治局会议时指出："现在边区财经问题主要有两个矛盾，即生产的人民与消费的人员的矛盾，人民一百四十万要供给八万人的生活，军队、机关等自己生产只能供给五分之一，尚有五分之四须人民负担；其次是出入口不平衡，相差甚大（八百万元）。解决矛盾的方针是（一）发展经济，（二）使出入口平衡……能够解决发展经济与平衡出入口这两个问题，就能使边币稳定。"[1] 抗战时期担任陕甘宁边区银行行长的朱理治也认为，"边区的问题，基本上不是金融的问题，而是经济与财政的矛盾，这个矛盾，只有通过发展生产加以解决"[2]。换言之，金融不稳，关键是过多的货币追逐有限的商品；在紧缩货币的同时增加商品供应，是稳金融的关键。解决"鱼大水小"（生产人员少，消费人员多）问题靠发展经济，解决出入口不平衡问题最根本的还是要靠发展生产。

反观法币、伪币的溃败，最根本的问题是忽视了生产建设，背离了人民的需求。国民党和日伪希望通过货币的海量发行获得大量铸币税，以弥补财政赤字；但若单纯依赖发纸币而不事生产建设，则无异于饮鸩止渴，势必引起通货膨胀和本币贬值，使广大人民的利益受损，最终带来政府信用和货币权力的丧失。这就是急功近利、舍本逐末导致的经济波动和社会失序苦果。

其次，外部援助只能在边际上发挥作用，不能在遏制通胀的战

---

① 中共中央文献研究室.毛泽东年谱：第 2 卷［M］.北京：中央文献出版社，2023.
② 《朱理治小丛书》编辑组.朱理治金融论稿［M］.北京：中共党史出版社，2017.

斗中起到决定性作用。

美英支持下的国民党政府将注意力放在争取外援上，忽视了抑制通胀、稳定财政的重要性，也缺乏自我革命的勇气。日伪实施的货币战没有摧毁法币制度，而国民党政府自身的政策失当和制度弊病却导致通胀失控、经济社会运行失序，从而使人民丧失了对法币制度的信心。而我们在第四章中讲述的陕甘宁边区货币斗争的故事则说明，中国共产党在缺乏外援支持的情况下立足于自身发展，着眼于办好自己的事情。抗日根据地发行和推行货币的出发点，既不是向外部求援，也不是向根据地人民索取，更不是搞损人利己的零和博弈，而是增强发展的内生动力，帮助人民增加物质财富，从而增强人民对红色政权、对本币的信心。

正反两方面的经验告诉我们，中国的经济发展和金融稳定问题终究要靠中国人自己解决；独立自主是根本，外部援助是补充；凡是自己能解决的，绝不依赖外援。外援只能在适当的时间，为适当的目的，交由适当的人，在适当的领域，通过适当的政策框架和程序来施行，并且以充足但不过分的数量来提供，才有可能发挥好辅助作用。过度依赖外援，不从内部寻找解决问题的治本之策，到头来只能失败告终。

三、稳字当头、多管齐下：新中国成立初期治理通胀的成功经验

在新中国成立之初，作为执政党的中国共产党面对的是国民党

留下的一个百废待兴、千疮百孔的烂摊子。且不说旷日持久的战争给我们这个古老国度留下的满目萧然，仅从经济金融稳定角度看，国民党政府长期滥发纸币，导致物价飞涨、市场混乱、投机盛行。国民党从大陆败退前夕，上海主要商品批发物价指数较之战前上涨了 200 多万倍。再加上战争开支巨大，纸币发行压力持续加大，给新中国的货币管理带来了极大的挑战。1949 年的财政赤字接近财政总支出的 2/3，人民币发行额由 1948 年底的 185 亿元增加到 3 万亿元。以 1948 年 12 月为基期，物价涨幅达 74.8 倍。[1] 新中国经济运行面临的首要任务是控制过高的通胀率，把经济形势稳定下来。唯有稳字当头，方可使我们党在经济上进而在政治上站稳脚跟。

美国经济学家诺顿在其撰写的中国经济权威教科书《中国经济：适应与增长》中对于中华人民共和国成立初期治理通胀的过程只用了一句话来概括："当时，陈云采取了财政金融管制政策，对预算和货币供应实施严格管制，使通货膨胀在 1950 年底得到控制。"[2] 这样的表述固然不错，但从 1949 年到 1950 年，新中国的通胀治理政策远不只采取管制政策这么简单，其间发生的惊心动魄的斗争故事也不在少数。

从政策目标的优先顺序来看，在巨大的通货膨胀压力之下，中央政府把保持物价稳定视为比经济发展更加紧迫的经济政策目标。不仅如此，中央政府还意识到，解决财经困难的根本办法，还是要

---

① 薛暮桥.稳定物价（1950）[M]//中国大百科全书：经济学 Ⅱ.北京：中国大百科全书出版社，1992.

② 诺顿.中国经济：适应与增长：第 2 版 [M].安佳，译.上海：上海人民出版社，2020.

依靠军事上的胜利。财经工作困难再大，也要把支援战争放在第一位。

因此，在新中国成立之初，党中央决定将"边打、边稳、边建"作为经济工作的基本方略，政策目标的优先顺序为国家安全、经济稳定、经济发展。国家安全是稳定与发展的基础。如果这个基础不牢，稳定就无从实现，发展的大厦就会地动山摇。但战争的进行意味着支援战争的开支庞大，在正规税收制度尚未建立起来的情况下，中央人民政府的收入远不能满足支出的需要。此时，投机资本在新解放的城市兴风作浪，物价快速上涨现象愈演愈烈。

面对恶性通胀的严峻挑战，党中央首先组织了与民族资产阶级中的投机资本家的经济斗争。金融市场上的"银元之战"是首轮较量。1949年6月，在上海解放之初，人民币根本买不到成批的物资，银元依旧充当本位币，银元投机盛行，充斥在大街小巷的银元贩子高达八万人之多，严重冲击着金融稳定。[①] 政府综合运用政治和经济手段，规定人民币为唯一合法货币，严禁金条、银元和外币在市场上自由流通，并坚决关闭作为银元投机中心的上海证券交易所，果断将200多个金融投机商逮捕法办。在政治打击的基础上，政府有力实施金银管理办法，人民币由此迅速占领市场。

在物价波动剧烈的情况下，粮食、纱布等物资常作为货币的替代品，成为投机资本家囤积的对象。当投机商转向哄抬粮食、棉纱、煤炭等物资价格后，与纸币发行量大量增加带来的总需求膨胀

---

① 薄一波.若干重大决策与事件的回顾：上［M］.北京：中央党史出版社，2008.

效应相叠加，物价上涨风潮于 1949 年 10 月再度爆发，中央人民政府与投机资本家之间的"米棉之战"又打响了。中央人民政府在全国范围内组织了大规模的物资调运和集中。同年 11 月，陈云作出了"制止物价猛涨"的指示，《政务院财政经济委员会关于制止物价猛涨给各地财委的指示电》也明确要求，各地贸易公司除必须应付门售者外，暂时不宜将主要物资大量抛售，应从各方调集主要物资于主要地点，预定于 11 月底 12 月初在全国各主要城市一齐抛售。[①]

根据中央统一部署，各大城市一致行动，在物价上涨最猛之时敞开抛售物资以斩断投机资本家的牟利渠道，然后继续降价抛售，使物价突然稳定。同时，中央人民政府又通过征收税款、收缴公债款、不得向私营企业和银行贷款等方式收紧银根，从而导致投机商资金链条断裂。为了归还短期的高利率借款，投机资本家不得不低价出售存货。在通货膨胀时期，人民为了免遭货币贬值带来的损失，大量抢购商品，再加上投机资本炒作，造成了市场交易量的过快扩展和市场的虚假繁荣。在物价稳定之后，投机商因找不到出路纷纷破产，而人民手中的真实购买力将会稳步上升。

党和政府掌握了大量棉花、纱布等重要物资，稳定市场的主动权随之也牢牢地握在党和政府手中。到 1949 年 12 月，物价过快上涨势头得到明显遏制。此后，虽然物价仍时有较强烈的波动，但基本与我国的物资供应和货币发行总体状况相适应。

---

① 薛暮桥. 运筹帷幄之中 决胜千里之外：读《陈云文选》第二卷的心得［M］// 薛暮桥文集：第 10 卷. 北京：中国金融出版社，2011.

当然，1949 年底至 1950 年初，我国通胀压力依然较大。主要原因是中国人民解放军的全面进军尚未完全结束，军事和行政开支仍然较大。从 1949 年 11 月到 1950 年 2 月，我国物价涨幅超过 150%。如何稳定持续高企的物价？首先要分析物价高企的成因。根据时任中央和政务院财政经济委员会秘书长薛暮桥的回忆，陈云当时就曾指出，物价上涨的原因是通货膨胀，通货膨胀的原因是财政赤字。要到全国解放、财政收支平衡的时候，物价才能稳定。[①] 因此，在确保支援战争的前提下谋求货币金融稳定，而不是孤立地就金融稳定论金融稳定，是一条重要的通胀治理方法论。

在军事斗争尚未完全结束的过渡时期，中央人民政府的做法并不只是简单地依靠斗争手段强力压低通胀率，也不是消极等待战争结束，而是特别注重运用体制改革和发展经济的办法来消除通胀发生的制度根源。陈云等财经工作领导人认为，如果经济处于发展的环境中，而且赤字不大，那么加一点税问题不大，可以用增加税收的办法求得财政收支的大体平衡，以便经济走上健全发展的道路。到那时，货币币值稳定了，物价也就稳定了。[②] 有国外经济学家观察发现，为遏制通胀发生的体制基础，中国的中央政府上收了地方政府的税收管理权限，建立了集中统一的财政制度，并努力恢复和发展生产，扩大税基，提高征税效率，从而推动政府财政收入持续增加。与此同时，中央人民政府还努力削减投资和其他非军事支出，缩小财政收支缺口，抑制总需求的过快扩展。双管齐下的措施

---

① 范世涛，薛小和.薛暮桥年谱：1904—1952［M］.北京：中信出版社，2021.

② 薄一波.若干重大决策与事件的回顾：上［M］.北京：中共党史出版社，2008.

见效之后，中央人民政府不必再用货币超发的办法来解决巨额赤字问题。[①] 从 1950 年底开始，通货膨胀得到了有效控制。1954 年《政府工作报告》强调："过去几年来我们在改善人民生活方面的一个重大收获，是稳定了金融和物价，保证了广大人民生活的稳定。"

从以上的回顾中可以看到，新中国成立之初，中国共产党人在治理通胀时强调用系统的、全局的观念看待货币金融稳定问题，不仅注重运用改革和发展的办法治理通胀问题，而且强调要用政治的观点看待经济金融问题。在通胀治理的手段运用方面，既注重发挥政治、法律等手段的积极作用，又尊重经济规律和市场运行机理，不因政治手段见效快而过度使用。如果说在"银元之战"中更多使用了政治和法律手段强力推进，那么在"米棉之战"中则更多使用了经济手段，充分将市场规律摸透并为我所用。而采取推进财税体制改革和发展生产的办法避免过度发行货币，则是对现代宏观经济和货币金融运行规律的独立自主探索。多管齐下的办法为实现货币稳定和物价稳定起到了关键支撑作用。

四、稳中求进：从经济改革思路到治国理政重要原则

在本章第一节中，我们已经对"稳中求进"的含义进行了讨论，形成的初步判断是：若要在实践当中弘扬"稳健审慎，不急功近利"的金融文化，就必须在金融工作中坚持稳中求进工作总基

---

① 拉迪.恢复经济和第一个五年计划［M］//麦克法夸尔，费正清.剑桥中华人民共和国史：上卷［M］.北京：中国社会科学出版社，1990.

调，把稳定作为大局和基础，把进取作为方向和动力，在实现可靠的"稳"的同时，努力实现更高质量的"进"。

"稳中求进"是在改革开放大潮中出现的一个富有中国特色的专有名词。在诞生之初，它主要是指经济学家提出的关于经济体制改革的一种战略思考。党的十八大之后，党中央把稳中求进上升为治国理政的重要原则，是做好经济工作的方法论。2023年召开的中央金融工作会议将稳中求进列入"八个坚持"，成为中国特色金融发展之路的基本要义之一。本节就来讲一讲"稳中求进"提法形成和演进过程中的一些故事。

20世纪80年代中后期，中国的经济体制改革进入攻坚阶段，宏观经济波动问题也日益凸显，宏观经济与体制改革之间的关联日益紧密。我们先从人们最关注的宏观形势谈起。

1984—1985年，我国经历了一轮经济过热。进入1986年，经济过热稍有缓解。此时，有经济学家以经济滑坡为由，主张放松信贷。1986—1988年还出现了"通货膨胀有益无害"的观点，认为通胀的出现无可避免，适度的温和通胀有利于发展；而且，货币政策的第一要务是促进经济增长，而非稳定经济，因此无须收紧。[①] 受这种思潮的影响，1986年第二季度之后，政府放松了对银行信贷的控制，为新一轮经济过热埋下了伏笔。在紧缩性调控措施没能实施到位的同时，1987年，对国有企业的"放权"改革进入全面"承包制"阶段，微观主体投资与消费活力增强，经济再次出现过热征

---

① 徐雪寒，赵效民，陈东琪，等. 稳定通货 稳定物价：关于我国通货膨胀问题的讨论 [J]. 财贸经济，1988（3）：23–34.

兆。1988年的"价格闯关"更使得社会大众普遍形成通胀预期，导致情况急剧恶化，出现了严重的挤兑和抢购风潮。全年居民消费价格指数（CPI）上涨18.8%，形成了改革开放后的第三次通货膨胀。

这一时期是计划经济和市场经济两种思潮激烈碰撞和相互融合的时期。一方面，随着改革的深化，市场化的宏观调控手段逐步成长；另一方面，由于市场发育还不健全，计划手段的直接干预仍继续发挥作用。1987年，党的十三大报告提出建立"'国家调节市场，市场引导企业'的机制。国家运用经济手段、法律手段和必要的行政手段，调节市场供求关系，创造适宜的经济和社会环境，以此引导企业正确地进行经营决策"。这就表明，社会主义商品经济是计划与市场相结合的模式；在以"稳"为目标的宏观调控中，市场调节只能在一定的程度和范围内起作用，计划干预和国家控制仍是必不可少的。

行政性手段在本轮宏观调控中依然发挥了重要作用。政府从1988年第三季度开始急剧压缩固定资产投资规模，清理整顿信托投资公司，控制社会集团购买力，强化物价管理，对重要生产资料实行最高限价，同时抑制民营经济发展。央行也严格控制和检查贷款，一度停止了对乡镇企业的贷款，同时实行保值储蓄。在本轮调控中，市场化调控手段发挥的仍是辅助性作用，譬如央行提高存款准备金率，两次提高利率，等等。

由于措施严厉，调控很快见效。货币供给增长率明显放缓，CPI迅速回落，经济增速滑落到4%左右。也正是由于措施严厉，这次调控的结果是国民经济出现"硬着陆"，市场需求疲软，出现失业高峰，"稳"的目标并未完全实现。

经济的剧烈波动往往导致社会预期的转弱和改革的阻力加大。因此，在出现又一轮宏观经济波动的同时，我国经济体制改革也进入了攻坚期。1987—1988 年，当时负责改革战略设计的国家经济体制改革委员会委托 8 个课题组，研究我国中期（1988—1995 年）经济改革战略问题，并分别提交报告。这 8 个课题组分别是中国社会科学院课题组、北京大学课题组、中央党校课题组、中国人民大学课题组、吴敬琏课题组、国务院农研中心发展研究所课题组、国家计委课题组和上海课题组，上百位学者参与课题研究。[①]

关于如何确立中国经济体制改革的主线，当时有三种主要观点。

其一是北京大学课题组负责人厉以宁提出的企业改革中心论，突出企业作为市场主微观主体的关键作用，强调实施股份制改革和建立现代企业制度对改革的决定性意义。

其二是吴敬琏课题组提出的以价格改革为主线，着力为企业改革等各项改革营造良好市场环境的改革战略。

其三是中国社会科学院课题组刘国光、张卓元等人提出的双主线论，即企业改革和价格改革、所有制改革和经济运行机制改革双线推进的改革战略，注重改革协同推进，在两条主线之间不分主次。[②]

[①] 上述 8 个课题组的报告于 1988 年被汇编成《中国改革大思路》一书。由于该书对中国经济改革有重要价值，后来获得孙冶方经济科学著作奖。

[②] 对于 20 世纪 80 年代改革思路和改革主线的讨论，详见：张卓元.中国经济改革的两条主线［J］.中国社会科学，2018（11）：12-29。

在通货膨胀压力持续加大导致改革阻力有所增加之际，刘国光、张卓元等人还在改革方案探讨的过程中提出了"稳中求进"的改革思路，即以深化改革促进经济稳定，强调保持经济稳定增长是使改革得以逐步深化的基本条件，注重在经济稳定的环境中推进改革和发展，从而使得围绕所有者和经济运行机制展开的各项改革能够更为顺利地推进。

中国社会科学院课题组认为，如果经济大起大落，相关政策松紧轮番交替，既不利于经济发展，使经济结构恶化、效益下降，又使比较全面的配套改革无法有序地出台，阻碍改革的进程。只有先稳定经济，改革才能有效推进和深化。稳定经济，必须先稳定物价、控制通胀。要做到这一点，就必须稳定经济增长速度，控制投资需求和消费需求总量，消除超常规的周期性波动。①

因此，要深化改革，首先就要努力消除经济不稳定因素，紧缩货币发行，控制通胀，稳定物价，以稳定的经济环境来保证改革的顺利推进；然后再把改革的步子迈得大一些，用深化改革的办法提高宏观调控水平，消除经济波动根源，实现经济稳定。②

从稳定宏观经济运行的角度看，刘国光、张卓元等人根据当时的中国国情提出，在经济高速增长时期，8% 的经济增长率和 5% 左右的物价上涨率是较佳的结合点，这样才有利于改革、发展和稳定三者关系的协调。③

---

① 程锦锥．张卓元研究员的主要学术贡献［N］.中国社会科学报，2024-10-08（1）.
② 刘国光．稳中求进的改革思路：在一次研讨会上的发言［J］.财贸经济，1988（3）：1-6.
③ 张译心．中国经济学界的"稳健改革派"［EB/OL］.（2024-10-03）［2024-12-18］.中国社会科学网.

从积极进取推动改革的角度看，中国社会科学院课题组强调，改革的基本取向是稳步推进市场化改革，所有制改革和经济运行机制改革并重，两者统一于社会主义市场经济体制的构建过程之中。在改革的力度和节奏上，既要坚持市场化改革，又要稳步推进，不要一步到位，不采取休克疗法。"稳中求进"的改革思路得到了决策者的采纳，为正确处理改革发展稳定关系提供了有价值的思路，也为中国经济的平稳运行和改革的深入推进作出了贡献。

纵观国际经验，在经济高速发展的起飞时期，有效地控制通货膨胀也至关重要。二战后的联邦德国经济迅速恢复并持续高速增长，其关键就是在严格限制货币总量的前提下取消价格管制，更充分地发挥市场的作用。战后日本的经济起飞时期也得益于控制货币供应、保持物价稳定的政策。而那些因实施民粹主义政策而导致高通胀的拉美国家，最终都因为物价水平上涨导致价格信号紊乱，并致使预期不稳定、资源配置效率下降，最终无法实现持续健康发展。结合正反两方面的国际经验，可以发现，中国经济学家提出的"稳中求进"等改革发展思路是符合经济规律的正确建议。[1]

党的十八大以来，中国特色社会主义进入新时代。习近平总书记多次强调和阐释稳中求进工作总基调。以习近平同志为核心的党中央在 2016 年中央经济工作会议上首次把稳中求进上升为治国理政的重要原则和做好经济工作的方法论，并在 2017 年中央经济工作会议上进一步强调要"坚持正确工作策略和方法，稳中求进，保持

---

[1] 董昀. 中国宏观调控思想七十年演变脉络初探：基于官方文献的研究 [J]. 金融评论，2019（5）：14-37.

战略定力、坚持底线思维，一步一个脚印向前迈进"①。

从经济工作的全局看，稳中求进体现的是"稳和进有机统一、相互促进"的辩证关系。在 2014 年 12 月 1 日中共中央召开的党外人士座谈会上，习近平总书记阐明了坚持稳中求进工作总基调的内涵，指出把稳的重点放在稳住经济运行上，将进的重心放在调整经济结构和深化改革开放上。

一方面，以稳住经济运行为重点的"稳"，是做好经济工作的基调和大局，把这个大前提确立下来，实现了经济社会的平稳发展，才能守住资源、环境和生态底线，守住民生底线，守住防范系统性风险的底线。我国发展中仍然存在不平衡不充分的问题，发展的效益和质量不够高。从这些方面着眼和入手，解决经济社会发展存量提质增效的问题，就是工作总基调对"稳"的要求。

另一方面，在"稳"的前提下，要在关键领域有所进取，在把握好度的前提下奋发有为，努力实现经济社会发展的新进展、新突破、新成效。如果做到了积极进取，那么经济发展质量提高了，经济总量持续增长了，防范风险和维护稳定的"弹药"就更加充足了，实施宏观调控时也就更有底气了。这就是"稳中有进"之后带来的"以进促稳"效应。

"金融活，经济活；金融稳，经济稳；经济兴，金融兴；经济强，金融强。"经济与金融休戚与共、紧密关联。在协同推进金融改革发展稳定的进程中，"稳"和"进"同样是相辅相成、辩证统

---

① 中央经济工作会议在北京举行 习近平李克强作重要讲话［N］.人民日报，2017-12-21（1）.

一的，不稳难有进，有进才有稳，二者是一个有机的整体。

在金融工作整体布局中，"稳"是大局和基础，金融稳定是金融改革和发展的前提。如果无法维护金融稳定，甚至爆发金融危机，则会冲击实体经济运行与发展，甚至导致经济衰退。1929年大萧条和2008年全球金融危机的教训极为深刻。因此，我国的金融工作必须坚持稳字当头，政策取向要稳，施策目标要稳，节奏把控要稳。无论是金融调控、金融监管还是风险处置必须稳，做到收放自如，避免大起大落，这样才能稳定市场主体预期，进而稳定经济金融运行。

与"稳"相呼应，"进"则是金融工作的方向和动力，经济发展为金融稳定提供坚实的物质技术基础，体制改革为金融高质量发展提供动力。作为国民经济的血脉，金融发挥着媒介交易、配置资源、动员资源、管理风险以及发现价格等重要功能。必须在稳住大盘的基础上增强金融制度同生产力发展的适配性，不断提高金融发展质量，更好发挥金融体系的功能性，以高质量金融服务支撑经济社会发展大局，增强经济韧性，激发社会活力和创造力，有力推进中国式现代化。

综合来看，金融工作中的稳中求进，就是要实现"既稳且进"的状态。稳，就是尊重金融客观规律和实际，保持战略定力，保持货币金融政策总体稳定，保持物价水平、金融运行和经济波动态势的基本稳定，保持经济平稳较快发展，守住不发生系统性金融风险底线。进，就是要于变局中开新局，坚持问题导向，不断积极进取、主动作为，在深化金融供给侧结构性改革，做好金融五篇大文章以及加快构建中国特色现代金融体系方面实现新突破，取得新进展。在"进"的过程中，要坚持先立后破，该立的要积极主动立起来，该破的要在立的基础上有序地破，用科学合理的新机制实现金融发展新旧动能的平稳转换和有机衔接。

回顾新时代10余年来的金融工作，党中央在面对困难与挑战时，善于从事物的内在联系去把握风险特性，抓住关键，找准重点，在兼顾一般的同时紧紧抓住主要矛盾和矛盾的主要方面，以重点突破带动整体推进。

具体而言，2012年之后，中国经济步入新常态，经济增速的下滑使得国民经济运行进入了一个与过去30余年有着系统性差异的新平台。人口、技术、资本、生产率、投资、储蓄、利率等一系列经济指标，均与过去30余年存在系统性差异。新变化意味着"水落石出"，即过去被高增长掩盖的问题将逐渐暴露。同时，新变化也意味着新风险的积累，实体经济的下行是金融风险滋生蔓延的温床。产能过剩、地方债务风险、房地产市场风险、中小银行风险以及互联网金融乱象等风险不断暴露。

党的十九大将防范化解重大风险列为三大攻坚战之首。此后数年间，金融管理部门既稳慎周全，妥善处置存量风险，又以进促稳，严防增量风险，有效遏制了宏观杠杆率过快上升的势头，有序处置了一批高风险金融机构，集中整治了影子银行、互联网金融等行业乱象，使得金融风险从快速发散转为逐步收敛，一批重大问题隐患精准"拆弹"，牢牢守住了不发生系统性风险的底线。

与此同时，加强监管成为金融体制改革的主要取向之一，中央及中央有关部门加快填补监管制度空白，加强监管协同，落实兜底监管责任，坚决扭转重发展、弱监管的积弊，以现代金融监管推动现代金融体系建设。

在稳定大局的前提下，我国金融发展围绕满足实体经济的金融服务需要这一初心展开。提高金融资源配置效率，优化资金供给结构，避免资金沉淀空转，为经济社会发展营造有利的货币金融环境是新时代金融发展的重要取向。

在稳中求进工作总基调指引下，金融系统一体推进"防风险、强监管、促发展"，有力支撑经济社会发展大局，坚决打好防范化解重大风险攻坚战，为如期全面建成小康社会、实现第一个百年奋斗目标作出了重要贡献。

中国的经验表明，以稳定为基本前提，以改革为根本动力，以发展为治本之策，将三者统一起来，以"稳中求进"为工作总基调，全面"强身健体"，是有效抵御风险挑战，实现经济和金融高质量发展的重要方法论。

五、结语：稳中求进是稳健审慎的题中之义

国民党政府在通胀管理中的失败，从根本上说是急功近利，试图扬汤止沸的行为导致的。这样的做法不但没能维护货币稳定，反而带来巨大的经济波动。新中国成立初期的通胀治理，则充分汲取了国民党的失败教训，把稳定摆在经济政策目标的优先位置，综合运用经济、行政和法律手段为经济金融稳定提供适宜的环境和有力

的工具，成功驯服了通胀。至于改革开放以来的稳中求进工作总基调，则更是把稳定放在经济金融工作的大局和基础位置加以强调，无论是转方式、调结构，还是促改革、谋发展，都要在稳定的前提下推进。

正反两方面的事实足以说明，稳定是国家发展和人民富裕的基础。做到"稳健审慎，不急功近利"，就意味着在金融工作中要保持历史耐心和战略定力，为国家的长期发展和深化改革创造一个总体稳定的货币金融环境，从而更加从容不迫地谋求进取，提升实力，增强底气。说到底，坚持稳中求进工作总基调是稳健审慎风格在金融工作中的具体表现，力求在平稳的环境中实现中长期的发展革新目标。只有做到不急功近利，才能力戒浮躁冒进，稳住大局，为积极进取创造前提条件；只有做到稳中有进，才能增强科技、军事实力，做大国民财富总量，为抵御风险冲击提供坚实的物质技术基础，进而实现以进促稳。把握好"稳"与"进"的辩证关系，践行稳健审慎理念的必然要求，也是金融事业行稳致远的一大法宝。

第六章

守正创新，不脱实向虚

一、守正是根本 创新是动力

倘若读者仔细体会中国特色金融文化"五要五不"当中"五要"的表述方式，不难发现每一个"要"的内部都包含着一对关系。"诚实"才能"守信"；"义"是实现"利"的途径；"稳健"是外在表现，"审慎"是内在行事风格；"依法"与"合规"并列前行、相互影响。那么，"守正创新"当中的"守正"与"创新"的关系又是什么呢？

顾名思义，守正自然包含了恪守正道之意。结合"不脱实向虚"的后续表述，守正，守的是金融服务实体经济这个"正道"，是坚持以人民为中心的价值取向这个正确方向。这个正道要始终坚持，绝不能变。道理很简单，实体经济是金融的根基，人民是金融的服务对象。守正是中国金融事业的安身立命之本，是管根本、管方向、管长远的。当然，守正不是故步自封，而要往前发展，与时俱进，这就必须依靠创新了。

创新，是实现守正的根本动力。实体经济和人民群众对金融产品和服务的需求是动态变化的。只有不断在金融体系内部实施创造性破坏，围绕实体经济和人民群众的需要锐意进取、勇于变革，才能顺应时代发展新趋势不断推陈出新，创造出各类新业态、新产品和新服务，满足不断变化的金融需求，提升金融业的竞争力。

因此，"守正创新"刻画的是变与不变、继承与发展、原则性与创造性的辩证关系，既要坚持真理、恪守正道，又要勇于变革、敢于创造。坚持守正，金融工作才能不迷失自我，避免走向脱实向虚的歧途。勇于创新，金融工作才能把握时代、引领时代，推动中国金融在服务实体经济和人民群众的进程中由大变强。总之，守正和创新是辩证统一的，只有守正才能保证创新始终沿着正确方向前进，只有持续创新才能更好地守正。正如习近平总书记所说："关键是解决好金融为谁服务、为什么创新问题，紧紧围绕更好服务实体经济、便利人民群众推动创新，不能搞伪创新、乱创新。"①

中华民族是守正创新的民族。中华优秀传统文化既注重"固本培元"，又讲求"苟日新，日日新，又日新"。在前现代社会，中国的能工巧匠、耕织能手以聪明才智，有力地推动了科学发现和技术创新，使得中国成为世界上最为强大的经济体。② 在货币金融领域，前现代社会同样成就斐然：无论是商周之际的金属铸币，还是唐朝中后期的飞钱；无论是北宋时期的交子，还是明清时期的钱庄，以上种种货币金融领域的重大创新，无一不是植根于实体经济的金融

---

① 中共中央党史和文献研究院．习近平关于金融工作重要论述摘编［M］．北京：中央文献出版社，2024．

② 林毅夫，蔡昉，李周．中国的奇迹：发展战略与经济改革［M］．增订版．上海：上海人民出版社，1999．

服务需求而产生的，也都在服务实体经济的进程中发展演进。其中的不少故事，我们在本书其余章节会陆续讲到，此处不做详细讲述。

二、熊彼特的金融创新观与 2008 年全球金融危机的教训

让我们暂且把视线转向国外。在西方世界，经济学家熊彼特曾对金融创新与经济发展的关系进行了深刻阐述。熊彼特是西方经济学家当中对金融"守正创新"问题有深入研究的代表性学者，熊彼特的《经济发展理论》等论著是用西方的学术语言讲述金融"守正创新"故事的代表性作品。

熊彼特继承并发扬了德国经济学强调企业家关键作用的学术传统，并受到马克思的资本主义动态系统观点影响，绘制了一幅企业家精神推动经济发展的理论图景。为了破解经济发展之谜，熊彼特还以企业家活动为枢纽，深入探讨了金融发展、企业家与经济发展之间的关系，构造了一个从动态发展视角理解经济金融共生共荣机制的分析框架。

概括起来说，"熊彼特式企业家"就是从事创新活动的个人或组织，他们的唯一职能就是实施具有盈利前景的生产要素新组合，打破稳态均衡，把新颖性（Novelty）引入原本处于循环流转状态的经济社会之中，从而推动经济发展。[①] 因此，熊彼特意义上的发

---

① 熊彼特本人在学术生涯的不同时期对企业家的概念界说既有相互贯通、高度契合的一面，亦存在明显的差异。经济学界依据不同时期的熊彼特论著，对"熊彼特式企业家"的内涵进行了角度各异的界说。关于"熊彼特式企业家"理论内涵的变迁轨迹，需要另行撰写专文加以探究。

展，本质上就是一种由熊彼特式企业家推动的打破均衡的非连续性（Discontinuities）发展。在熊彼特的大多数论著中，创新活动（或新组合的实施）与企业家始终相伴相生，不可分离。[①]

至于金融体系，熊彼特则将其核心功能定位于帮助企业家重组各种生产要素，用以推动"生产函数的变化"，从而实现"创新"和"发展"。[②]究其根源，在熊彼特的世界中，企业家并不是资本家，而是"钱财不够用"之辈，他们手里没有多余的资金。如果得不到金融系统的资金或信用支持，企业家便不能将循环流转中原有企业占用的各种要素资源置换出来进行重组，新组合便无法付诸实施。从这个意义上说，金融系统的信用创造活动始终是企业家实施新组合的前提条件。总之，金融体系是为企业家创新活动服务的，而熊彼特式企业家则是经济发展的承担者，也是联结实体经济与金融发展的枢纽。

金融系统的购买力创造活动以及导致的信用扩张，是熊彼特式企业家推动资源重组和实现经济发展的核心机制。由于熊彼特极端强调金融体系在企业家创新和经济发展进程中的关键作用，有学者将实体经济、货币金融与公共部门并称为熊彼特经济学的三大支柱。[③]他们认为，基于熊彼特传统，在经济发展进程中承担风险的

---

① 除了 1942 年出版的《资本主义、社会主义与民主》，熊彼特的其他主要论著均持企业家中心论，强调企业家在创新和经济发展中的关键作用。

② SCHUMPETER, J A.The Theory of Economic Development[M].Cambridge,MA: Harvard University Press,1934;SCHUMPETER, J A. Business Cycles: A Theoretical, Historical, and Statistical Analysis of the Capitalist Process[M].New York: McGraw-Hill,1939.

③ HANUSCH H, PYKA A.Elgar Companion to Neo-Schumpeterian Economics[M]. London: Edward Elgar Publishing,2007.

银行家是仅次于创造性企业家的第二股重要力量；企业家与金融家，或者说实体经济与货币金融，在经济发展进程中呈现共生共荣的关系：金融体系是为企业家创新活动服务的；而企业家则是创新机制的承担者，是经济增长的根本动力，也是联结实体经济与金融发展的中枢。

令人遗憾的是，熊彼特之后的创新经济学研究者没有对金融资源配置与创新的关系展开清晰的分析，金融与创新成为一个被经济学家长期忽视的研究领域。[①] 进一步说，当代的主流经济学家与一个多世纪以前的前辈一样，忽略金融的作用，"银行和金融文献在货币和信用文献中是一节隔离车厢，正如后者在一般经济学文献中是一节隔离车厢那样"[②]。有学者在思考本次危机后宏观经济学发展方向时指出，当代主流经济学认为金融市场只是一个余兴表演，从来不是主角，因此可以将它处理成外生变量。[③]

"金融创新"这一概念是由金融学家而不是经济学家创造的，它与经济学中的"创新"或者说"企业创新"概念没有任何联系[④]，只不过是金融机构为了逐利而设计的新型金融衍生工具而已。金融学者在设计这些工具时并不在意这些所谓的"金融创新"活动能否优化资源配置。当人们能够利用这些工具为促进实体经济增长服务

[①] O' SULLIVAN M.Finance and Innovation[M]// FAGERBERG J, MOWERY D C, RICHARD R N.Oxford Handbook of Innovation. Oxford: Oxford University Press, 2004.

[②] 熊彼特.经济分析史：第一卷［M］.朱泱，孙鸿敬，李宏，译.北京：商务印书馆，1995.

[③] 张晓晶.主流宏观经济学的危机与未来［J］.经济学动态，2009（12）：34-41.

[④] 经济学中唯一具有完备定义的"创新"概念是"企业创新"，它是企业家首次利用发明、进入市场、获得利润的过程。

时，它们可以算得上是一种"创新"。但是当金融资产在这些工具的推波助澜下脱离实体经济不断自我膨胀时，就会形成资产泡沫，反过来阻碍实体经济的发展。2008年全球金融危机就是一次深刻的教训。

2001—2003年，美联储为了消除新经济泡沫破灭给美国经济带来的负面影响，采取了扩张性的货币政策，连续13次降息。利率的降低导致大量货币涌入房地产市场，房价不断攀升。由于市场对房价的预期越来越乐观，金融机构对卖房的贷款条件不断放宽；加上金融领域的微观监管不断放松，大量复杂的金融创新产品出现，许多贷款机构借助这些金融衍生品来包装那些没有信用记录的低收入者的房贷，为次贷危机的爆发埋下伏笔。

特别是经营住房抵押贷款的美国金融机构以证券化的形式打包出售其持有的大量信用等级不高的次级信贷资产。这种所谓的"金融创新"（事实上的伪创新、乱创新）愈演愈烈，经营证券化产品的SPV（特殊目的载体）公司，多次包装产品，发行了大量结构化金融产品。全球范围内的许多金融机构购买了这一产品。在房价上涨预期逆转之后，次级贷款便无可避免地发生违约，本来应该限制在抵押贷款层面的风险，拜"金融创新"所赐，很快就蔓延到全球各国的金融体系之中，并带来了经济的长期停滞。

这场危机告诉我们的深刻教训是，不要过度迷信金融市场的有效性，而要努力地让金融创新为财富的创造和生产率的提高服务，也就是要在"守正创新"的原则下推动金融发展。

三、新民主主义革命时期中国共产党人的金融创新

让我们把视线再拉回国内，看一看中国共产党在各个历史时期是如何在金融工作中坚持守正创新原则的。首先还是从新民主主义革命时期谈起。在这一段艰难的革命斗争岁月中，中国共产党人在开展金融工作时，牢记为人民服务宗旨，坚持"发展经济，保障供给"总方针，积极推进金融创新，取得了很好的效果。我们在这里可以举几个典型的例子。

一是抗战时期发行柒角伍分面值的光华商店代价券。抗日战争期间，根据第二次国共合作协议，国民党政府提供八路军军费，但前提是中国共产党领导的抗日根据地不能保留自己的银行，不得发行货币，必须统一使用国民党当局的法币。由于国民党政府发放军费只以大面额主币的形式提供，并不提供小面额辅币，而这与边区经济落后、大面额主币需求有限、市场需要大量小面额辅币的情况严重不匹配。纸币结构的错配极大地提高了交易成本，造成了边区货物流通困难，甚至导致百姓不得不以物易物。

面对新困难，边区政府于1940年以光华商店代价券的名义，发行面值低于一元的小面额辅币，满足了交易需要，也维护了国共合作大局。除了一角、两角和五角面值的纸币，边区政府还发行了柒角伍分面值的光华商店代价券，两个柒角伍分就是一元伍角，四个柒角伍分就是三元，柒角伍分面值纸币与其他面值纸币之间形成的各种组合可以更好地满足市场交易和找零的需要。同时，面值的增加也降低了印刷成本，解决了纸张、油墨等印钞资源稀缺的问题。

二是苏区货币的防伪技术。20 世纪 30 年代初期，中国共产党在中央苏区成立了中华苏维埃共和国国家银行，开始独立自主发行货币。敌人为了破坏苏区金融体系和苏维埃政权的信用，开始尝试伪造苏区货币，并从中牟利，对苏区经济造成较大困扰。临时中央政府主席毛泽东十分关注寻乌县查获的伪造银毫事件，专门指示有关部门要告诉群众识别伪造银毫的办法，以堵塞其在根据地内的流通。[①] 苏维埃国家银行行长毛泽民也带领黄亚光等同志积极想办法。他们设计苏区货币时在票面上加了一些防伪暗记，譬如纸币上的外文签字采用的就是为防伪而特制的一种自创字体。[②] 此外，他们还在制钞过程中往钞票里掺入了少量的羊毛纤维，这样就增加了纸张的韧性，用火一烤就能闻出羊毛的焦臭味道。如果没有这种味道，那就是假钞。

2024 年初热播的电视连续剧《追风者》运用艺术的手法再现了这个真实的历史片段，请看《追风者》第 33 集当中的一段对白，此时，电视剧的主人公魏若来已经抵达中央苏区，并在苏维埃国家银行开展货币金融工作，对话发生在他与苏维埃国家银行的雷科长之间：

雷科长：昨晚行长找到了最新的防伪办法。

魏若来：什么办法？

---

① 姜宏业 . 中国金融通史：第五卷［M］. 北京：中国金融出版社，2008.
② 张建新 . 黄亚光同志谈中华苏维埃国家银行货币的设计［J］. 中国钱币，1986（1）：56–59.

雷科长：这是刚印出来的新钞，采用了最新的防伪工艺。

魏若来：这不是没区别吗？

（雷科长点燃火柴，用火烧苏币。）

雷科长：明白了吗？

魏若来：哦。明白了，新版苏币用火一烤就有焦臭的味道，这是因为印刷还是造纸工艺啊？

雷科长：保密。这个核心工艺啊，只有一个同志负责，除了他还有行长，任何人无权接触。

魏若来：太好了，这样假钞就没有了市场，我们就能止损了。

这个故事表明，货币金融的创新离不开优秀的金融人才，离不开这些人才的智慧和创意。电视剧《追风者》中较为细致地展现了中国共产党对魏若来、沈图南等优秀金融人才的高度重视。而在现实中，自新民主主义革命时期起，中国共产党对金融人才便极为珍视。上文提到的黄亚光就曾因冤案被判死刑，苏维埃国家银行行长毛泽民设法将他解救出来，安排其为苏维埃国家银行纸币和公债券设计票版，最终黄亚光成为我们党在货币金融领域的优秀人才，延安时期曾先后担任陕甘宁边区银行副行长和行长，新中国成立后担任中国人民银行副行长等职。[1]

三是长征路上的红军票。在长征途中，苏维埃国家银行曾先后发行过四次纸币，其中以在遵义发行的纸币最为典型。1935年1月，

---

① 许树信.中国革命根据地货币史纲［M］.北京：中国金融出版社，2008.

红军进入遵义后，为了解决经费紧张的困难，发行过被称作"红军票"的纸币。苏维埃国家银行在遵义各处设立兑换点，方便群众兑换苏维埃国家银行发行的纸币。群众的信任大大提高了"红军票"的信誉，人们用现洋换纸币，便利了市场交易。在如此短的时间内，遵义老百姓就能接受"红军票"，很重要的一个原因是我们党的金融工作者大胆创新，在百姓当中建立起了牢固的信用。

当时，遵义食盐紧缺，且均被官僚、军阀、地主和奸商垄断，价格高昂，这一生活必需品成为贵重的稀有商品。很多贫苦百姓吃不起盐，患地方性甲状腺肿（俗称粗脖子病）的现象特别普遍。红军在之前的战斗中，已经缴获了军阀囤积的大量食盐。于是，跟随中央红军转移的国家银行，就以食盐为基础，推动货币创新，也就是发行红军票。"每红军钞洋1元可买盐7斤，可买白金龙香烟4罐，价值远贱于平昔。"1斤盐在当地市场的价格为1块银元，而1元苏币可以买盐7斤，这使得红军票顺利流通且信用很高，甚至人人争着要。

后来，由于形势突变，红军在遵义仅仅停留12天便离开了。红军在离开遵义前，连夜设立多个纸币兑换点，用银元、食盐等换回了百姓手中的红军票。根据当时的国家银行工作人员曹菊如[1]的回忆，"兑到将近天亮才结束。虽然大家熬了一个通宵，没有休息，但还是心情振奋地离开了遵义，继续向前进发"[2]。事实上，红军在

---

[1] 曹菊如在中央苏区曾协助毛泽民筹建中华苏维埃共和国国家银行，长征之后任陕甘宁边区财政厅厅长、银行行长等职，新中国成立后长期担任中国人民银行行长。

[2] 中国人民银行金融研究所. 曹菊如文稿［M］. 北京：中国金融出版社，1983.

中国特色金融文化

长征途中每次发行纸币后都会在离开休整地之前用银元或手中掌握的当地紧缺物资将群众手中的纸币收回来，保证国家银行纸币全部兑现。这不仅保障了百姓的经济利益和财产安全，而且树立了党的货币金融发行工作恪守信用、心系百姓、秋毫无犯的良好形象，真正做到了既守正又创新。

以上几个例子当中的货币金融创新有一个共性，就是坚持在"守正"的前提下推进创新，这个"正"，就是革命战争的需要和人民群众的利益。中国共产党领导下的货币金融管理机构本着"一切为群众利益着想"的原则开展工作，所有的创新性理念和创造性活动，其根本目的都是努力维护货币信用，保持货币金融稳定，有力支撑人民群众的生产生活，因而得到了广大人民群众的信任。也正因为如此，革命根据地的货币金融创新活动得到了人民群众的全力支持、帮助和保护。很多根据地的银行和印钞机构是在当地人民群众提供的各种帮助之下建立起来的。这些机构每到一地，群众就主动来站岗放哨，传递情报，运输钞票和物资。没有党同人民群众的血肉联系，根据地的货币金融创新是不可能成功的。足可见，守正是创新的出发点和落脚点，唯有坚持守正，创新才有意义；创新是守正的根本动力，唯有开动脑筋、不断创新，才能真正维护人民利益。

四、改革开放时期高储蓄、高投资和高增长背后的金融变革故事

中国经济发展道路的实践经验及其揭示的理论逻辑具有全球意

义，因为沿着这条道路前进的中国曾经是一个人口众多、资本稀缺的落后农业国，却在改革开放时期有效地冲破了长期阻碍广大发展中国家经济起飞的致命瓶颈——发展资金短缺问题，从而有力地动员储蓄，拉动投资，推动了中国经济的持续快速发展。从这个意义上看，"中国奇迹"的关键之一就在于创造了有效的动员和分配储蓄资源的体制机制，这一重大变革也彰显出中国金融改革发展的巨大成就。

众多学者的研究业已发现，中国储蓄率不断提高的动力主要应归于金融体系的迅速发展，特别是金融机构、金融市场、金融产品和金融服务的不断丰富，为广大微观经济主体提供了日益宽广的配置储蓄资源的渠道。根据李扬教授的测算，1978年，我国储蓄率仅为37.9%，1994年便上升到42.6%，并超过了当年的投资率（41.25%）。自此，我国储蓄率一路攀升，2008年便上升到约51%的高点，2017年略有下降，但仍然保持在49%左右。与之对应，我国的投资率（资本形成）也稳步提高：从1978年的38.22%上升到1994年的41.25%，2008年达到44%，2017年稳定在46%左右。平均而言，1978—2017年我国的平均储蓄率和投资率分别达到38%和36%，远高于同期其他发展中国家和历史上高速增长时期的发达国家。①

高储蓄、高投资与人口红利、工业化和城市化等因素交互作用，共同造就了中国经济持续高速增长的奇迹，为我国顺利完成第

---

① 李扬，刘世锦，何德旭，等.改革开放40年与中国金融发展［J］.经济学动态，2018（11）：4-18.

中国特色金融文化

一个百年奋斗目标，全面建成小康社会提供了重要支撑。从机制上说，中国经济的持续高速增长，要以储蓄率的提高为必要条件和基础；而储蓄率的提高，则归因于我国金融体系的快速扩张和发展，归因于通过改革形成了对各类经济主体的正向激励机制。进一步看，金融体系的扩张和正向激励机制的形成，无疑是中国特色经济改革战略的成功实践带来的结果。

在改革开放之前，我国的财政部门是计划体系中负责配置资金的部门，而金融部门只是计划体系的一个辅助性部门，配合财政体系在国家计划的控制下开展资金筹措和配置，监督和调控资金使用。这一时期，全国范围内只有中国人民银行一家银行，而且中国人民银行还曾被并入财政部。总体而言，这个时期我国金融体系的发展不充分，只不过是国民经济管理部门的"大出纳"。

1978年党的十一届三中全会召开之后，党和国家的工作重心转向现代化建设，经济体制改革全面启动。改革有两条鲜明的主线：一是所有制结构的调整和改革，二是市场运行机制的改革。首先，所有制改革的深入推进带来了经济主体的多元化，形成了国有经济、集体经济、民营经济、个体经济和外资经济等多种所有制共同发展的局面，极大地激发了各类经济主体从事生产、投资、储蓄等活动的积极性。而各类主体之间的经济往来则主要通过市场交易这一基本形式进行。其次，市场运行机制的改革意味着市场逐步取代政府，在资源配置中发挥决定性作用。我们知道，市场交易须臾离不开货币，否则就会受困于"物物交易"带来的高昂交易成本。因此，中国市场化改革的全面推进使得货币作为市场中的价值尺度和交易媒介的作用迅速凸显，从宏观经济运行到微观主体经营和居民日常生活，货币渗入经济社会生活的方方面面。而货币在市场体系中的有条件转移就构成了金融活动，通过"物随钱走"的机制引导着实体要素资源配置。

1978 年召开的第五届全国人民代表大会第一次会议决定，中国人民银行从财政部独立出来，成为国务院直辖的独立机构，标志着中国金融改革初步启动。

自 20 世纪 80 年代开始，中国通过实施金融对外开放战略，利用两种资源两个市场，提高金融要素资源配置效率，并借由开放推动改革进程，金融开放与金融改革相互促进，共同推动了中国经济的持续快速发展。20 世纪 80—90 年代，我国金融体系实现了恢复或重构，其中特别重要的是金融机构体系和金融市场体系的建立。

不仅中国农业银行、中国银行、中国人民建设银行、中国人民保险公司等大型金融专业机构在 20 世纪 80 年代先后恢复或建立，而且信托投资公司、融资租赁公司、城乡信用社、企业财务公司也从无到有，并快速发展。同时，货币市场和资本市场等长期被视为禁区的金融市场也从 20 世纪 80 年代初逐步发展起来，上海和深圳证券交易所在 20 世纪 90 年代初开业，标志着股票市场正式被纳入社会主义市场经济体制的组成部分。随着股票市场的兴起，证券公司在全国迅速发展，投资基金亦随着证券市场的发展应运而生。从 1994 年开始，根据政策性业务和商业性业务相分离的原则，长期被包含在国有商业银行之中的政策性贷款业务被分离出来，交给了新成立的国家开发银行、中国进出口银行和中国农业发展银行等三家政策性银行；

同时，国有银行也开始了又一轮市场取向的商业化改革。

以上的简要回顾表明，从 20 世纪 70 年代末到 90 年代中期，中国的金融体系从中国人民银行一家独大的局面迅速转变为中央银行、商业银行、保险公司、财务公司、城乡信用社、非银行金融机构和政策性银行各司其职、分工协作的现代金融机构体系。而股票市场、货币市场、债券市场和外汇市场等金融市场也逐渐发展壮大。金融机构体系和金融市场体系的改革发展为广大经济主体（各类所有制企业、各级政府和广大居民）配置储蓄资源提供了越来越宽广的渠道和机制。于是就有了本节开头时描绘的图景：从 1994 年始，我国储蓄率和投资率便双双走上稳步提升的轨道，而且储蓄率总体高于投资率；有了充裕的储蓄作为支撑，高投资有力拉动了经济增长，而且没有带来过快的通货膨胀，从而实现了经济快速发展和社会长期稳定两大奇迹。

这正是改革开放时期中国金融守正创新的典型案例：为了给广大经济主体提供配置储蓄资源的渠道，为了把储蓄更加有效地转化为投资，推动经济快速发展，中国金融改革如火如荼地开展，各类金融机构和各类金融市场如雨后春笋般破土而出，这些金融机构、金融市场和非金融部门一道，通过市场机制决定着金融资源的配置，有力推动了高储蓄、高投资和高增长。

五、新时代中国数字金融的创新发展

年纪稍长的朋友对于十几年前各大商业银行营业网点门前排

长队的景象应该记忆犹新，大家或多或少都有在银行排长队的经历。近些年来，这一"壮观"的场景不知从何时起消失了。人们足不出户，只需使用手机银行就能处理绝大多数的个人和家庭金融事务。这样巨大的民众福祉改善无疑是中国数字金融创新发展带来的。

进一步看，近10年来，我国在移动支付、网络贷款、数字保险等若干数字金融细分领域实现了高速成长，占据全球领先地位。以西方成熟经济体为参照系，中国的金融体系无疑是"落后"的；而中国的科技创新能力整体上也落后于发达经济体。但"落后"的金融与落后的科技孕育了世界领先水平的金融科技（数字金融），构成"中国金融科技发展悖论"，形成一个富有中国特色的重要经济金融现象。

1. 中国数字金融高速发展

2023年中央金融工作会议强调，高质量发展是全面建设社会主义现代化国家的首要任务，金融要为经济社会发展提供高质量服务，做好科技金融、绿色金融、普惠金融、养老金融、数字金融五篇大文章。其中，数字金融（Digital Finance）是做好五篇大文章的基础和动力。金融拥抱数字化变革浪潮和数字技术推动"金融革命"的根本体现，就是数字金融的大发展。数字技术作为一种通用目的技术（GPT），代表着新质生产力的发展方向，深刻影响着金融服务供给模式的变革。无论是科技金融、绿色金融，还是普惠金融、养老金融，在新一轮科技革命深入发展的背景下要做好任何一篇大文章，都离不开数字技术和数据要素的有力支撑。

如果说金融科技（FinTech）概念侧重于强调金融与科技的融合发展，是科技驱动型金融创新活动的代名词[①]，那么数字金融则重点关注新一轮信息技术革命条件下金融与科技融合的最新产物。简言之，数字金融就是数字化时代的金融科技。具体地看，数字金融是指通过数字技术、互联网和移动通信技术等手段提供的金融服务和产品，数据是其最重要的要素支撑，数字技术是其最关键的技术支撑。从现实业态看，数字金融涵盖了从传统银行业务的线上化，到新兴金融科技公司提供的创新服务，包括但不限于移动支付、在线借贷、数字货币、智能投顾、区块链技术应用、众筹等。作为推动金融高质量发展的利器，数字金融肩负着推动金融业数字化转型、提升金融服务效率和普惠性的重任。通过数字技术的深度应用，数字金融可以有效覆盖传统金融服务难以触及的区域和人群，增强金融服务的广泛性和便捷性，为经济社会的高质量发展提供坚实的支持和保障。

党的十八大以来，数字技术开始全面重塑我国金融业。经过持续努力，我国数字金融实现了高速成长，步入全球第一方阵行列。其中，以移动支付为代表的支付清算产业和数字金融基础设施在创新发展方面取得的成就更是令世界瞩目。

中国社会科学院金融研究所构建的全球金融科技基础设施指数显示，中国金融科技基础设施指数为 72.58，居世界第三位，领先

---

① 对金融科技概念的详细讨论，参见：董昀，李鑫. 中国金融科技思想的发展脉络与前沿动态：文献述评［J］. 金融经济学研究，2019（5）：38-52。

于除美国、新加坡之外的其他发达经济体。从具体数据来看，国际清算银行学者的测算显示：2019 年，中国金融科技类信贷规模达6 267 亿美元，高居全球第一位；排名第二的美国金融科技类信贷规模仅为 784 亿美元，不足中国的 13%。排名第三至第五的日本、韩国和英国分别只有 278 亿美元、146 亿美元和 115 亿美元[①]。就移动支付领域而言，2023 年中国移动支付业务规模达到 1 851.47 亿笔，总金额达到 555.33 万亿元，分别较 2022 年同期增长了 16.81%和 11.15%。我国移动支付的普及率已达到 86%，居全球首位。截至 2023 年 6 月底，数字人民币的交易额已达 1.8 万亿元，流通中的数字人民币总额为 165 亿元，累计交易笔数达到 9.5 亿，已开通的数字人民币钱包数量达 1.2 亿个。总体而言，我国的数字金融业态已经覆盖支付、信贷、投资、保险、征信等各项业务，尤其是在移动支付领域，已经领跑全球，成为全球金融交易最活跃、支付最便利、成本最低以及效率最高的国家之一。

中国的数字金融发展对于实体经济的发展和人民福祉的改善起到了积极作用。以移动支付为代表的数字金融，为西部偏远地区的居民接触、使用先进的数字金融服务创造了条件，进而为中国区域经济的平衡发展创造了更多机遇，突破了代表经济分布不均的胡焕庸线。

---

① CORNELLI G, FROST J, GAMBACORTA L, et al.FinTech and Big Tech Credit: A New Database[J]. BIS Working Paper, 2020(887): 1-22.

2. 从"金融科技树"看中国数字金融创新的成功密钥

基于对中美数字金融发展的差异以及对中国数字金融发展特点的提炼，何治国和魏玮对研究中国金融科技高速发展的晚近文献进行了综述[①]。两位学者发现，在现有文献当中，对这一现象的主要成因有以下几种流行观点。其一，从需求侧看，由于中国的传统银行业不发达，特别是中小企业和消费者缺乏信贷渠道，大量未满足的需求促进了金融科技公司的进入。[②] 其二，从供给侧看，中国的数字平台企业获取了大量数据资源，并且利用新一代数字技术开发这些数据资源，较好地解决了信任问题，从而可以不依赖传统抵押品，向信用评分低或被排除在银行信贷之外的资金需求者提供金融服务，以促进金融服务包容性的提升。[③] 其三，从监管端看，中国的监管机构在早期对蓬勃发展的金融科技行业采取了极为友好的态度。例如，民营公司进入金融服务业没有受到严格限制。[④]

国际清算银行学者发布的研究报告《对金融科技的政策响应：一个跨国概览》[⑤] 提出了更具综合性的"金融科技树"概念，为我

① HE Z, WEI W.China's Financial System and Economy: A Review[J]. Annual Review of Economics, 2023, 15(1): 451-483.

② CHEN L.From FinTech to Finlife: The Case of FinTech Development in China[J]. China Economic Journal, 2016, 9(3): 225-239.

③ HAU H, HUANG Y, SHAN H, et al.How FinTech Enters China's Credit Market[J]. AEA Papers and Proceedings, 2019, 109(1): 60-64.

④ ALLEN F, QIAN J, QIAN M.A Review of China's Institutions[J].Annual Review of Financial Economics, 2019, 11(1): 39-64.

⑤ EHRENTRAUD J,OCAMPO D G, GARZONI L, et al.Policy Responses to FinTech: A Cross-country Overview[R]. Bank for International Settlements, Financial Stability Institute, 2020.

们分析中国数字金融的高速发展提供了一个有益的框架。所谓"金融科技树",即把金融科技发展比作一株大树的成长:公共政策和制度框架是树根,对金融科技发展发挥着基础性作用;核心技术是树干,决定着金融科技发展的高度和潜力;具体的市场供需与交易行为是树梢及附着于其上的枝叶,代表着一个经济体金融科技产业的总体规模和繁荣程度。总体而言,中国数字金融的竞争优势主要体现在"树梢"层面,即数字技术驱动的供给能力提升与庞大的市场需求相结合产生的海量市场交易活动。而在"树干"层面,中国的底层核心技术研发能力尚存在明显的短板。此外,在"树根"层面的制度结构上,我国仍需朝着更具韧性的方向持续深化改革,用改革红利催生发展新动能。

参考该框架,并综合前沿文献的新观点,本节将从金融服务的需求、供给和制度三个视角来分析近些年我国数字金融飞速发展背后的原因。

一是"树梢"层面:庞大的人口规模和长期的金融压抑为数字金融发展创造巨大需求

一般认为,中国的数字金融发展模式是需求拉动型模式,巨大的市场需求为数字金融的高速成长创造了广阔空间,是中国的"金融科技树"枝繁叶茂的首要原因。进一步看,巨大的市场需求来源于两类因素:庞大的人口规模和长期的金融压抑。

首先,中国长期拥有庞大的人口规模。伴随着改革开放以来中国经济的快速发展，居民收入水平持续提升。庞大的人口规模与快速增长的居民收入叠加，形成了超大规模的国内市场。

其次，长期的金融压抑导致传统金融部门的服务供给不充分，为中国数字金融发展提供了广阔的市场空间。金融压抑主要是指政府对利率、汇率、资金配置、大型金融机构和跨境资本流动进行的各种形式的干预。尽管这种干预在某些情况下可能有助于维护经济稳定，但金融压抑带来了金融机构行为市场化程度不高和政府在金融资源中发挥作用过多等问题，使得金融服务供给不平衡、不充分，无法有效满足实体经济和人民群众的需求。

在巨大的金融服务市场需求未能得到充分满足的情况下，中国的金融服务消费者对新型金融服务模式的接受程度远高于发达经济体，这一现象反映了传统金融模式的不足和新型金融服务的巨大潜力。发达经济体的第三方支付等数字金融业态早期发展迟缓，也与其传统金融服务供给较为充分有很大的关系。安永发布的《2019年全球金融科技采纳率指数》报告显示，中国的消费者金融科技采纳率为87%，远高于全球平均水平（64%）；中小企业金融科技采纳率为61%，居全球首位。根据罗杰斯的创新扩散理论，创新的属性和用户对它的认知决定了创新被采用的速度[①]，无疑，中国消费者对新兴服务业态的包容和开放有利于数字金融市场规模的拓展，为新一代数字技术在金融服务领域的大规模应用提供了巨大的市场机会，从根本上推动了金融科技企业的快速成长。在这一背景下，区

---

① 罗杰斯.创新的扩散：第五版［M］.唐兴通，郑常青，张延臣，译.北京：电子工业出版社，2016.

块链、大数据和人工智能等新兴数字技术被广泛应用于数字金融创新活动，为市场提供更高效、更具普惠性的金融服务，从而有效满足了市场需求。在满足消费者需求的过程中，技术的应用推动着金融服务的触角不断延伸，业务不断下沉，市场规模不断扩展。这是中国的数字金融发展模式被称为需求拉动型的原因所在。

二是"树干"层面：企业家利用数字技术成功实施流程创新

从"树干"层面看，迄今为止，中国的数字技术领域还缺少从0到1的重大原始创新，关键核心技术的原创和研发能力相比美国等发达经济体还有明显的差距。中国的成功之处在于，紧密围绕市场需求，有效激发企业家精神，利用数字技术开展从1到N的流程创新。

从理论上说，数字技术的迅猛发展为数字金融的创新奠定了坚实的技术基础。凭借数字技术与互联网平台经济特性在信息收集、传输、存储、使用等方面的显著优势，企业家得以推动各类机构（从初期的金融科技企业到后期的传统金融机构）迅速采用新技术进行流程创新。这一趋势使得数字金融在经济系统中的应用逐渐成为一种重要的经济现象。其本质是金融企业家利用新兴的数字技术进入金融市场，通过实现新的资源组合和流程优化，进而获取利润的过程。

众多实证研究进一步证实了企业家在推动数字金融发展和金融体系重构中发挥的关键作用。例如，菲利蓬（Philippon）的研究表明，金融企业家通过扩展新兴市场和开发新用户群体，为金融科技公司创造了增长机遇。他们善于利用市场趋势和政策变化，调整业务策略，以满足不同地区的需求，并在全球范围内推广金融科技产品和服务。[①] 这种策略使金融科技公司能够在国际市场上迅速扩张，形成了强大的市场竞争力。与此同时，维克多·黄（Hwang）和霍洛维茨（Horowitt）的研究认为，金融企业家通过敏锐识别市场需求和技术潜力，开发出了具有颠覆性的金融科技解决方案，如区块链技术和人工智能算法。这些创新技术不仅改变了传统金融产品和服务的运作方式，也大大提升了金融产品的个性化和服务效率。金融企业家通过创建新的商业模式和服务，进一步推动了金融行业的整体创新和发展。[②] 贡贝尔（Gomber）等进一步指出，金融企业家通过引入新的技术和业务模式，打破了传统金融行业的固有模式，促使行业竞争格局发生了深刻变化。他们的创新不仅带来了新型金融产品和服务，还促使传统金融机构进行数字化转型，以应对新兴金融科技企业带来的竞争压力。这种转型不仅提升了传统金融机构的运营效率，也推动了整个金融行业的现代化进程。[③] 日本学者从反面同样论证了这一观点，针对日本的案例研究发现，人口老龄化和以大型企业为主的经济结构导致日本社会缺乏足够的企业家精神，这直接限制了日本金融科技的发展。这种缺乏企业家精神的现

---

① PHILIPPON T. The FinTech Opportunity[D]. NBER Working Paper, 2016.

② HWANG V W, HOROWITT G.The Rainforest: The Secret to Building the Next Silicon Valley[M]. New York: Regenwald, 2012.

③ GOMBER P, KOCH J A, SIERING M.Digital Finance and FinTech: Current Research and Future Research Directions[J]. Journal of Business Economics, 2017, 87(5): 537-580.

象表明，金融科技的发展不仅依赖于技术的进步，也高度依赖于具有创新精神的企业家。[①]

近十余年来，分布于各类金融机构和科技企业当中的各类企业家通过不断将大数据、人工智能、互联技术、分布式技术及安全技术等前沿科技应用于金融领域，构建了一个涵盖政务、医疗、交通、旅游等多方面的移动金融服务生态系统。中国逐步形成了包括移动支付、信用、理财、消费金融、互联网保险等在内的多样化数字金融服务体系。市场需求的强力拉动与供给侧的流程创新、场景创新相结合，形成了全新的产业生态，构筑起中国数字金融的重要竞争优势。这些金融服务业态的核心在于以人力资本投资为主，注重利用新一代信息技术对金融服务流程进行创新。这些创新不需要依赖重大技术变革，研发周期相对较短，极大地促进了中国数字金融的快速发展，实现了"弯道超车"。这种发展模式不仅满足了中国实体经济和人民群众的多层次金融服务需求，也为全球金融科技的发展提供了一个独特的范例。

综上所述，数字技术的进步和企业家的创新精神是从供给侧推动数字金融发展的两大核心驱动力。通过灵活运用新技术和创新的商业模式，金融企业家得以推动金融体系的转型和重构。而中国在这方面的成功经验，进一步表明了在快速发展的数字时代，成功实施金融创新的关键在于新技术、人力资本和应用场景的有效结合。

---

① FUKUHARA M, KAJI S. Blockchain Basics [M]//KAJI S, NAKATSUMA T, FUKUHARA M. The Economics of Fintech, Singapore: Springer, 2021.

　　　　　　　　　　　　　　　中国特色金融文化

三是"树根"层面：包容性监管助力数字金融高速发展

在监管强度较高的金融领域，市场拓展、资源投入能否促进创新实现和规模化扩张，很大程度上取决于监管的包容度。对于数字金融这样一类新生事物，监管者需要一个逐步深化认识的过程，在其能够对数字金融创新特性及后果有较为准确的把握之前，很难出台较为周密的规制规则，也很难将规则落实到具体的监督执行中。特别是由于监管机构在制定政策时必须平衡促进发展和控制风险之间的矛盾，加之金融监管的发展通常滞后于金融创新的步伐，这使得中国的金融监管政策在数字金融发展的早期阶段展现出一种相对包容的特征。

这种包容性还与中国独特的经济竞争环境有关。中国各地经济发展呈现出一种"GDP 锦标赛"的竞争态势，各省区市通过不同的政策和手段追求经济增长最大化。在这一背景下，金融监管部门也形成了类似的"监管锦标赛"，不同部门或地方政府为吸引金融机构和资本资源，往往采用以邻为壑的优惠政策和相对宽松的监管措施。通过放宽对特定金融创新的监管力度，这些地方政府和监管机构希望能够在金融市场中占据有利地位，从而推动本地区的经济增长。

基于数字金融在推动经济增长和提高金融普惠性方面的重要贡献，监管当局一度采取了差异化的监管策略。具体而言，传统金融机构继续受到严格的监管约束，以确保其稳定性和安全性，而新兴的数字金融领域则有相对宽松的监管环境。这种差异化的监管模式不仅反映了监管者对金融创新的鼓励，也体现了他们对新兴金融形式潜在风险的审慎态度。斯图兹（Stulz）的研究揭示了这一现象的内在逻辑：尽管金融科技企业难以获得传统金融机构的牌照，但在无需牌照的领域，它们展现出了更强的竞争力。这种竞争力的背后，是相对较少的监管约束，这为金融科技企业在市场中迅速崛起提供了契机。[①] 许多奇等人进一步指出，中国的数字金融起初以"互联网金融"的形式出现，并在短时间内迅速发展。这种快速的发展给中国的金融监管机构带来了巨大的挑战。面对互联网金融这一新兴的金融创新形式，通常保守的中国金融监管机构在初期采取了相对宽松的态度，它们选择了一种"观望"的策略，鼓励这种创新，同时避免过早实施过于严厉的监管措施。[②] 正如马永哲（Martin Chorzempa）所观察到的，对某些新型借贷形式（如众筹）的宽松监管，进一步促进了金融创新的发展。这种宽松的监管环境不仅允许了对新金融形式的追捧，还推动了金融包容性的提升，为那些传统金融体系难以覆盖的人群提供了新的金融服务渠道。[③] 此外，金融科技企业展现出的强大竞争力也对传统金融机构产生了持久影响。为了应对来自金融科技企业的竞争压力，传统银行等金融机构不得不加速拥抱数字技术，在现有的监管框架内，通过降低金融服

[①] STULZ R. FinTech, BigTech, and the Future of Banks[J]. Journal of Applied Corporate Finance, 2022, 34(1): 106-117.

[②] XU D, JOHN T C, REN Y.Wait-and-See or Whack-a-Mole: What Is the Best Way to Regulate Fintech in China?[J]. Asian Journal of Law and Society, 2023, 10(3): 433-462.

[③] CHORZEMPA M. The Cashless Revolution: China's Reinvention of Money and the End of America's Domination of Finance and Technology[M]. New York: Public Affairs, 2022.

务成本、提高服务效率等手段，提升其市场竞争力。这一趋势表明，数字金融的兴起不仅在促进金融市场的创新和发展方面起到了积极作用，也推动了传统金融体系的改革和转型。

综上所述，中国的金融监管在面对数字金融创新时展现出了一种相对包容且灵活的态度。在"监管锦标赛"的竞争环境下，各地政府和监管机构通过差异化的政策手段推动金融市场的发展，同时在鼓励创新和防范风险之间寻求平衡。这种策略助推了数字金融的快速成长。

3. 中国数字金融创新发展的新阶段与新变化

随着国内外经济金融形势的深刻变化，中国数字金融发展也正在从高速成长阶段迈向高质量发展阶段，原有的需求拉动型发展模式亟待重构。下面我们从需求侧、供给侧和监管端三个层面对我国数字金融发展面临的阶段性、趋势性变化及其带来的挑战进行分析。

需求侧：需求拉动型发展模式难以持续

从需求侧看，经过多年改革发展，国内金融压抑得到一定程度的缓解。特别是随着利率市场化等一系列市场取向改革的推进，传统金融机构适应市场形势变化的能力和意愿显著提升，金融机构的数字化转型快速推进，这使得金融服务的供给能力和效率得到提升，由金融压抑导致的巨大市场供求缺口正在缩小。

此外，随着数字化金融服务的普及程度不断提高，市场也逐渐趋于饱和，用户对数字化金融服务的需求增长趋于稳定，新用户的获取变得更加困难。总之，受制于市场需求增速的放缓，需求拉动型的数字金融发展模式也面临着新挑战。

供给侧：亟待突破卡点瓶颈

从供给侧看，发达经济体正在学习我国数字金融发展中的流程创新模式，而我国在关键核心技术以及金融人才供给方面的短板仍未补齐。

一是尽管疫情的暴发造成了很多难以估量的负面影响，但也确实为全球各国的金融数字化转型按下了"快进键"，推动着世界各国政府和科技企业朝着支持数字优先和发展无接触金融服务方向前进。中国的数字金融模式正在被快速学习模仿，海外大科技公司均以较大力度通过数字支付切入金融服务领域，全球业务布局取得新进展。例如，亚马逊推进生物特征识别技术的研发与应用，推出掌纹支付功能，力图实现"回收即付"。谷歌、苹果也相继推出"语音助手＋支付"功能，满足用户小额、高频、标准化的交易需求。这些新变化对我国移动支付产业在流程创新方面的竞争优势已构成挑战。

二是我国的底层核心技术研发能力尚存在明显短板，金融科技树的树干存在受制于人的风险。例如，区块链技术中最重要的哈希加密算法（SHA256）是由美国国家安全局开发的，并于2001年由美国国家标准与技术研究院发布。云计算最早是由谷歌的CEO（首席执行官）埃里克·施密特在 2006 年 8 月 9 日的搜索引擎大会上提出的。人工智能最早是由美国计算机专家约翰·麦卡锡于 1956 年提出的。美国在人工智能芯片技术上拥有世界领先优势，并涌现出一批科技巨头。我国数字金融的发展并非完全依靠自研的核心技术，而是凭借着无可比拟的市场规模使数字技术在应用层面落地开花。如前所述，数字金融在经济系统中的应用本质上是金融企业家利用新的数字技术发明，进入金融市场，实现新组合，获取利润的经济过程。"巧妇难为无米之炊"，如果不掌握新的核心技术，那么再广阔的市场都无法孕育出有生命力的数字金融。近些年，随着中美战略博弈的不断加剧，我国在数字技术方面也受到很大的打压：美国政府对中国高科技企业实施了技术限制，尤其是在核心技术和设备方面。例如，限制华为、中兴等公司从美国获取高端半导体和其他关键技术组件。这些限制不仅影响了中国企业的技术研发能力，还可能对涉及数字金融的相关技术产品（如安全芯片和数据处理设备）造成影响，从而对中国数字金融的技术创新和发展形成制约。

三是金融科技人才供给亦难以满足需要，制约数字金融供给能力提升。从高校的金融学课程设置层面来看，除了头部院校，多数高校并没有提供金融科技方面的技能培训或是没有落到实处，这导致许多毕业生在面对现实职场需求时存在较大的技能缺口，无法迅速适应和应对金融科技领域的复杂挑战。米高蒲志 2018 年的一份调查报告显示，92% 的受访金融科技企业认为中国目前正面临严重的金融科技专业人才短缺；85% 的受访雇主表示他们遇到招聘困难；45% 的受访雇主表示他们面临的最大招聘困难是难以找到符合特定职位需求的人才。许多金融从业人员习惯于传统的金融业务模式，缺乏对新技术的敏锐嗅觉和应用能力。这在一定程度上限制了金融创新的发展。例如，在区块链、大数据分析等新兴技术的应用方面，国内金融机构的创新能力和应用水平仍有待提高。

监管端：强监管成为主基调

从监管端看，国际国内形势都发生了深刻变化。从全球监管态势看，欧美国家近期推出了一系列新的金融科技监管规定，尤其是在数据采集、集中、交易和应用等方面。这些规定提出更加严格的数据保护标准和技术合规要求，这可能导致我国数字金融发展面临严峻的挑战。特别是在涉及人脸识别等敏感数据处理技术时，不符合这些新规的企业或金融机构将面临巨大的合规压力。这种压力可能将削弱我国大科技公司的竞争优势，使它们在国际市场上难以维持原有地位，甚至可能导致它们从全球市场撤退。中国的数字金融发展可能因此被局限于本土市场，无法充分发挥其在国际市场上的潜力，从而影响其全球竞争力和市场份额。

从国内监管角度看，在经历早期的数字金融野蛮生长和监管真空状态之后，监管者对数字金融的认识趋于深入和全面，并通过健全监管规则和补齐制度短板来推动大型支付和金融科技平台企业回归本源，服务实体经济。早先相对宽松的金融监管政策虽然推动了数字金融的快速发展，但也显著加剧了整个金融体系的脆弱性。在数字金融发展的初期阶段，监管机构较为支持大型平台公司的金融科技子公司，因为它们的进入有助于增强市场活力和推动业务创新。然而，这种监管模式也暴露出了许多问题。例如，2016 年，超过 1 000 家小型金融科技平台公司被认定存在问题，其中超过 900 家在同一年被关闭。① 这表明，宽松的监管环境带来了风险的集聚，导致市场上存在大量不规范的金融科技平台，最终对金融体系产生了负面影响。究其原因，传统金融监管框架主要针对银行、保险、证券等传统金融机构，而金融科技公司的业务模式和风险特征与传统金融机构大相径庭。面对这类新兴企业，监管机构需要解决如何在促进创新与控制风险之间取得平衡的问题。特别是金融科技的快速发展超出了现有监管框架的适应范围，导致监管政策未能有效覆盖新兴业务模式，从而无法有效管理和控制相关风险。

近年来，我国的数字金融监管态度从相对宽松转向更为严格和审慎。这一转变反映了中国政府在鼓励创新与防范系统性风险之间寻求平衡的努力。一方面，数字金融被视为推动普惠金融和提升金融服务效率的重要工具，监管者不愿过度干预，以免抑制创新的动力。另一方面，数字金融的规模和市场影响力巨大，如果不进行有效监管，其潜在风险可能对整个金融系统构成威胁。在数字金融高速增长阶段，鼓励创新是主基调；而进入高质量发展阶段之后，防风险和强监管则是主旋律。中央金融工作会议明确要求，金融监管要"长牙带刺"，切实提高有效性。其中的一个关键就是依法将所有金融活动全部纳入监管，扭转重发展、弱监管的积弊，消除监管

---

① 数据来源：What's Happening with China's Fintech Industry? | Brookings。

空白和盲区。如何在监管全覆盖的新环境中做好数字金融大文章，是我国金融系统面临的一个新课题。

4. 面向未来的中国数字金融创新发展

迈上新征程，我们要把握机遇，迎接挑战，统筹发展和安全，以提高金融服务便利性和竞争力为根本，稳步扩大市场需求，深入推进供给侧结构性改革，持续优化监管制度，多措并举做好数字金融这篇大文章。这是在金融工作中践行"守正创新，不脱实向虚"文化的必然要求。

第一，以金融生态建设为抓手，探索中国特色数字金融发展新路径。如前文国际清算银行学者所说，金融科技的发展就像是一棵树的成长。培育大树是一个系统工程，不仅需要肥沃的土壤，也需要适宜的阳光雨露。推进金融生态建设，就是要在"以义取利，不唯利是图"的金融文化之下，探索兼顾政策目标、科技伦理、社会责任和商业可持续性的中国特色数字金融发展新路径。具体地说，要通过合理的激励与监督机制设计，推动金融机构、科技企业、监管部门、中介机构、消费者、金融基础设施和司法机关等各类数字金融参与主体协同配合，合作共赢，推动金融与数字技术、产业发展更加紧密地融合，使得中国数字金融这棵大树百年长青。政府在其中要发挥纽带作用，要完善开放合作生态与创新链条，促使各类金融机构、技术企业、科研机构更好地互补融合，引导跨部门、跨区域、全链条的新技术健康发展与迭代。

第二，多措并举，稳步扩大市场需求。首先，随着发展新质生产力成为国家战略，我国数字金融发展也正从最初依托消费互联网展开的创新，逐步转向以产业互联网和物联网为核心的新阶段。数字金融创新不再仅仅集中于消费者端的支付和信贷服务，而是向产业互联网和物联网领域扩展。这一转变反映了数字金融在推动产业升级和优化传统行业运作中的重要作用。通过在产业链上下游的深度融合，金融机构能够为各类行业提供更加精准和高效的金融服务，推动产业的数字化转型和智能化升级。其次，可以考虑以数字人民币为抓手完善普惠金融领域基础设施建设，推动数字人民币在普惠金融领域的应用，引导农民、小微企业主等普惠群体开立数字人民币账户，缩小与其他群体在物理网点等金融基础设施方面的差距，扩大金融服务覆盖范围，从而有效激发普惠群体的金融服务需求。最后，可以通过政策支持、鼓励我国数字金融业态积极拓展国际市场。通过国际化发展，开辟新的市场需求空间，巩固和加强与各国货币当局、监管机构的双边或多边合作关系，进一步扩大我国数字金融产业"走出去"的范围，提升中国数字金融产业的国际影响力、竞争力。

第三，调动一切积极因素，在事关数字金融长远发展的关键核心技术供给上取得实质性突破。我们应当客观分析全球数字金融竞争力演变趋势，梳理我国在数字金融领域的"卡脖子"环节。相应地，我们要把核心和关键技术创新置于现代化数字金融体系建设的支柱地位。现阶段中国面临着国际技术封锁和市场竞争的压力，亟须通过政策支持和战略规划强化自主创新能力，推动科技进步和经济转型。用好科技创新领域的"揭榜挂帅"等新机制，统筹金融发展与金融安全的关系，致力于实现数字金融发展的自立自强，通过提升科技硬实力来增强我国在金融基础设施和数字金融领域的国际话语权。进一步地，政府应显著增加对基础研究和应用研究的财政投入。设立国家级科研基金，支持重点领域的技术研发，如人工智能、量子计算、生物科技等前沿技术。同时，鼓励地方政府和企业增加研发投入，形成多元化的资金支持体系。对创新型企业给予税收减免、研发补贴等财政激励。特别是对那些在关键技术领域取得突破的企业，应给予奖励和资助，以促进技术的快速转化和应用。建立和完善科技创新生态系统，包括创新孵化器、加速器和创投基金等。通过优化资源配置，提供技术支持、市场推广和管理咨询等服务，帮助初创企业和科研机构快速成长。

第四，推动科技企业与金融机构分工协作，以场景金融来突破金融科技应用"最后一公里"，巩固我国数字金融发展在场景创新上的优势地位。伴随数字化、智能化的发展，几乎所有与实体经济相关的金融活动都将体现更突出的场景特色。要在合规前提下不断深化参与各方的共享共赢、生态共进。大型金融机构应发挥带动作用，加强金融科技共性技术、资源和服务的开放合作；不断完善金融机构与科技公司合作共同体，努力提升风险可控下的协同创新绩效。科技企业的研发活动要注重推动技术与多元化场景的深度融合，产生更大的规模效应、协同效应、网络效应。

第五，加大跨学科交叉培养力度，锻造强大的数字金融人才队伍。在新技术浪潮的推动下，我国亟须一大批既精通数字技术，又熟悉金融知识的复合型、交叉型金融人才来引领金融数字化转型，推动金融竞争力提升。要在党中央集中统一领导下，加快人才培养、选拔、使用和退出制度改革，优化金融人才建设体系，使金融管理部门、金融机构、科技型企业、高等院校等协同发力，打造一支由金融机构、高校和企业联合培养、产学研用协同攻关的复合型金融人才队伍，助力构建实体经济、科技创新、现代金融和人力资源协同发展的现代化产业体系。

第六，以防风险、强监管、促发展为主基调，健全数字金融监管制度，完善治理体系。其一，从监管理念看，要坚持严的主基调，同时在把握技术变革大势和听取各方意见的前提下动态完善市场准入制度、公平竞争审查机制、数字经济公平竞争监管制度等规则，建立起政府监管、企业自律和社会监督的"三位一体"监管体系，探索建立大型科技企业的监管长效机制，为企业家精神的涌流和"创造性破坏"的实现提供制度保障。在坚持法治原则的前提下，也应适度允许由新科技、新理念催生的新生事物在市场中先进行局部试点试验，相关制度法规也应具有更多的前瞻性和灵活性，从而实现促进数字科技创新和维护数据安全的有机平衡。其二，从监管方式看，监管部门要加强对技术前沿动向的监测、分析和研判，在此基础上强化监管科技运用，把新技术的优势用于更好地识别和应对系统性金融风险，同时还要持续监测原有监管框架的有效性，并视情况进行有弹性的调整。在这一过程中，金融科技引发的风险点会更充分地暴露，新技术对提升监管效能的实际效果也将得到进一步检验。其三，从国内市场格局看，要明确竞争是创新发展的原动力，公平有效的市场竞争是我国数字金融健康发展的基本动力，在此前提下要不断加强科技企业、金融机构、清算组织等市场主体之间的合作与配合，构建良性的产业生态格局，在各类市场主体之间形成更为均衡的利益分配机制，在市场化法治化轨道上推进金融创新发展。其四，从对外开放和国际规则看，要加强与数字金融相关国际组织的密切沟通协调，积极参与全球数字金融行业治理，不断提升中国的话语权和规则制定权。

六、结语：金融创新的根本目的是满足实体经济和人民群众的金融服务需要

从革命战争年代的货币金融创新，到改革开放时期的金融变革，再到新时代的数字金融发展，本章讲述的中国共产党人推动金融创新的这些案例都围绕一个关键问题展开，那就是金融为谁服务、为什么创新。

经过百余年的探索，答案已经非常清楚：金融植根于实体经济，服务于人民群众，必须紧紧围绕更好服务实体经济、便利人民群众推动金融创新。革命年代发行光华商店代价券、在苏区货币上加入防伪技术和长征途中发行红军票是为了在维护根据地人民群众利益的前提下夺取革命斗争胜利；改革开放年代恢复和发展金融机构体系、金融市场体系是为了有效动员储蓄资源、配置储蓄资源，进而推动经济快速发展；新时代数字金融的创新发展是为了满足人民群众和实体经济日益多样化的金融服务需要。一言以蔽之，金融创新的根本目的就是满足实体经济和人民群众的金融服务需要。

立足当下、面向未来，站在新的历史起点上，金融工作中的守正创新又有了新的内涵，那就是加快建设金融强国，以推动我国金融高质量发展，为以中国式现代化全面推进强国建设、民族复兴伟业提供有力支撑。

　　当前，我国已经进入新发展阶段，我国社会主要矛盾已经转化为人民日益增长的美好生活需要和不平衡不充分的发展之间的矛盾。不平衡不充分，说到底就是发展质量不高。面对新形势，我们必须把高质量发展作为新时代的硬道理，更加注重解决好质的问题，加快形成新质生产力，在质的有效提升中实现量的合理增长。这样才能实现更高质量、更有效率、更加公平、更可持续、更加安全的发展，从而能够很好满足人民日益增长的美好生活需要。可见，高质量发展是解决我国社会主要矛盾、继续推进中国式现代化建设事业的必然要求。

　　金融始终是中国式现代化的关键支撑力量，致力于为破解现代化道路上的关键难题提供有效手段。因此，必须加快推进金融强国建设，以高质量的金融服务供给推动实体经济实现质的有效提升和量的合理增长，以稳固有效的金融制度助力国家治理体系和治理能力的现代化，以高水平的金融安全为国民经济和社会发展保驾护航。其中的道理也十分清晰：金融真正强起来了，就能确保国家发展的血脉畅通，就能为经济高质量发展提供稳定的、可持续的资金支持和信用保障。因此，肩负起时代赋予的使命，奋力推进金融强国建设，以金融高质量发展助力强国建设、民族复兴伟业，就一定能够谱写中国金融"守正创新"的华彩新乐章。

第七章

依法合规，不胡作非为

一、不以规矩，不能成方圆

中华优秀传统文化当中一直有依法合规的理念。先秦诸子百家就有大量相关言论。譬如，孟子说："不以规矩，不能成方圆。"管子说："以规矩为方圆则成，以尺寸量长短则得。""虽有巧目利手，不如拙规矩之正方圆也。"韩非子说："万物莫不有规矩。"这里的"规矩"，有标准、礼法、法度和成规之意，与今天所说的规则和制度比较接近。

在一国的制度体系当中，中央政府颁布的法律是最具强制力的正式制度，在严格遵守法律的基础上形成的社会秩序是国家安定的基石。先秦思想家强调的"不别亲疏，不殊贵贱，一断于法"包含了法律面前人人平等的朴素思想。《淮南子》里讲的"法者，天下之度量，而人主之准绳也。县法者，法不法也；设赏者，赏当赏也"则强调法律是判断是非的标准，也是治理国家的准则。制定法律的目的，就是惩罚那些违法乱纪的人；制定奖赏条例，也是为了赏赐那些应该给予奖励的人。

在孕育这些依法合规思想观念的同时，古人在货币金融实践中也不断探索，建立了相关法律制度。例如，秦国在战国后期颁布的《金布律》就是我国现存最早的一部货币法规。"金"是指黄金或铜，"布"是指刀布或布币，"金布"就是钱币的通称；顾名思义，《金布律》就是有关货币的法律规定。这部法律规定了秦国货币的制造、流通、交易、兑换等环节的行为准则和管理办法，确立了"秦半两"和特定形制布匹的法定货币地位，促进了不同区域之间的货币流通和商品流通，为秦统一六国奠定了经济基础。

关于纸币的立法，则最早出现在明代的法典当中。《大明律》《明会典》当中有大量明文规定。例如，对伪造大明宝钞的行为，一经发现，"不分首及从窝主，若知情行使者，皆斩，财产并入官，告捕者给赏银二百五十两，仍给犯人财产。……若将宝钞挑剜补辏改描，以真作伪者，杖一百，流三千里"[①]。又如，为了确保大明宝钞的法定地位，增强其信用，"禁民间不得以金银物货交易，违者治罪，告发者以其物给赏；若有以金银易钞者听"[②]。

再把目光从古代中国转向近代以来的西方世界。在欧美国家的现代市场经济发育过程中，法治发挥了至关重要的作用。经过长期实践，人们逐渐认识到，市场经济就是法治经济。马克思在刻画市场经济特征时高度关注市场交易与法治的关系。他在 1879 年撰写的《评阿·瓦格纳的〈政治经济学教科书〉》一义中指出："先有交

---

① 《大明律·刑律》之"伪造宝钞条"。
② 《明会典》卷三十一。

易，后来才由交易发展为法制……这种通过交换和在交换中才产生的实际关系，后来获得了契约这样的法的形式。"这一重要而鲜明的论断揭示了市场交易、契约和法制之间休戚与共的紧密联系，是经济基础决定上层建筑这一重要原理的具体表现。在现代化进程中发展市场经济，需要产权制度、交易制度、竞争制度、信用制度等一系列制度作为支撑。没有法治，就不可能建立和巩固市场经济健康发展所必需的各项制度。

金融是国民经济的血脉，现代金融体系是现代市场经济体系的重要组成部分。金融交易涉及复杂多样的权利与义务关系，需要建立完善的金融法律体系加以保障，因此现代货币金融体系的发展演进同样离不开法治的支撑。希克斯认为，货币和法律是西方古代世界留存至今的两大遗产。在文艺复兴时期，货币开始与信用、金融结合起来，而法律制度也随着金融的发展而发展起来。现代金融已经是一种没有法律制裁就不能运转的制度结构，金融制度通过法律形式来运转，金融制度本身就包含在法律规定的各种制度框架之内。[①]

金融法律和制度极为重要，而违反金融法律和制度带来的危害也极为严重。在现代金融活动中，由金融机构或个人突破法律法规底线的"胡作非为"造成系统性风险的事件屡见不鲜。一个名叫查尔斯·庞兹的意大利裔投机商人"发明"的"庞氏骗局"就是一个典型的例子。

[①] 希克斯.经济史理论［M］.张成思，阎泓瑾，徐硕，等译.北京：中国人民大学出版社，2023.

庞兹于 1919 年在美国波士顿策划了一场阴谋，玩儿起了空手套白狼的游戏。他先是向民众编制了一个完全是子虚乌有的投资项目，宣称拿着钱去购买欧洲的某种邮政票据，再卖到美国，便可以赚钱。他承诺在 3 个月之后支付 40% 的利息。在吸收了一笔又一笔资金之后，庞兹随即拆东墙补西墙，把新进入者的投资款支付给早期的投资者，从而诱导更多的人上钩。由于前期投资者的回报丰厚，这就给更多的人以错觉，使得后续投资者大规模跟进。就这样，庞兹在击穿法律和道德底线的情况下成功地在 7 个月内吸引了大约 3 万名波士顿市民成为投资者。虽然海量的资金为庞兹带来了短暂的富足生活，但空手套白狼的把戏终究会露馅，一年以后他还是破产了，并且在身无分文的窘境中走完了不光彩的一生。

此后，"庞氏骗局"成为一个专门的术语，特指用后来进入的"投资者"投入的资金来支付早期进入的"投资者"的本金和利息的违法违规金融活动。此类骗局的制造者通常都会设计出远高于市场平均回报的投资路径，而绝不揭示或强调投资的风险因素。他们精于利用人脉资源，通过各种方式诱惑越来越多的投资者参与投资，从而形成"金字塔"式的投资者结构。这种胡作非为涉及面广，资金数额大，隐蔽性强，危及金融稳定，削弱民众信心。

例如，美国纳斯达克股票交易所前主席麦道夫声称自己能够通过复杂的对冲基金策略保证投资者获得每年 10% 以上的回报率，并大量利用朋友、家人和生意伙伴发展"下线"，前后历时数十年，诈骗所得金额共 500 亿美元，受骗者不计其数。只是由于 2008 年全球金融危机的爆发使得麦道夫无法支撑下去，他的阴谋诡计这才

　　　　　　　　　　中国特色金融文化

最终暴露。又如，20 世纪 80 年代，英国的巴洛·克洛斯公司先后吸收了 1.8 万名私人投资者的资金，这些受骗者都认为自己投资的是没有风险的政府债券。实际上，大笔资金进入了公司创始人彼得·克洛斯的私人账户，他把这笔钱用来购买私人飞机、豪华汽车、豪宅和豪华游艇，直到被揭发出来，他才锒铛入狱。

这些臭名昭著的案例表明，贪婪无度导致的胡作非为会对金融的持续健康发展造成致命的打击。要想制止胡作非为，就必须把规矩挺在前面，用法律的形式将规则固定化，并严格执法，严惩违法犯罪者。同时，要以道德滋养法治精神，强化道德对法治文化的支撑作用，把法律转化为人们的内心自觉。如果没有道德的滋养，法律的实施就缺乏坚实的社会基础。

二、从山西票号的兴衰看合规的重要性

山西人自古就有经商的风俗，并且在长期的商业实践中形成了独特的商业文化。儒家文化在晋商这个企业家群体中得到了充分的彰显，塑造出淳朴、敬业、团结、诚信、进取的品质。这些优秀的企业家精神在商业活动中转化为以乡土为依托，以同乡为主要社会关系网络的一系列商业创新活动，形成了在全国范围内的商业网络，造就了山西人善于经商理财、注重维护信誉的美名。

山西票号就是其中最具标志性的一类金融组织。票号，又称汇兑庄或票庄，是一种金融信用机构。自清朝中后期兴起，到民国时

期衰落，"山西票庄执中国金融界之牛耳，约百余年"[①]。

早期的票号主要承揽汇兑业务，客户委托票号作为付款人代为开展资金支付活动，而票号则通过汇票进行现金的远距离周转流通，经营范围遍布全国，有"汇通天下"之美誉。后来，票号也开展存放款等业务。由于经营业绩和口碑上佳，山西票号被人赞誉为"山右巨商，所立票号，法至精密，人尤敦朴，信用最著"[②]。

我们需要着重看一看，为世人称道的票号之"法至精密"有哪些方面的具体表现。下面从资本募集机制、产权制度、人事管理制度等方面分别做简要论述。

首先，山西票号的资本募集和利益分配模式是以家族为本位的股份制。除了家族成员，票号也允许来自各分号的资深掌柜投资入股，但并不面向社会公众募资。票号实行无限责任制，一旦资金短缺或负债高企，股东必须以个人全部资产进行偿付。需要注意，票号的股份分为两种：出资者拿银股，出力者拿身股，二者共同构成票号的股本。身股有点像现代社会当中的职工持股，根据票号员工的资历、表现、业绩和贡献给予其一定额度的股份。

这种封闭式的、审慎的募资方式固然导致资本金规模有限，但也带来了便利，某一家票号在遭遇危机时可以通过票号之间的汇兑和借贷活动度过资金短缺困境。在山西，每一个宗族堂号都可以作为一个投资于票号的股东开展各种商业活动。同姓家族的某一个堂号常常同时投资于多家票号，或与其他堂号交叉持股，开设多家

---

① 曲殿元.中国之金融与汇兑［M］.上海：上海大东书局，1930.
② 刘锦藻.清朝续文献通考［M］.成都：巴蜀书社，2024.

"联号"。每个联号既是独立运营的票号，彼此之间又有频繁的金融业务往来。一旦市场上资金紧张，票号可以求助这一非正式商业联盟之中的其他成员，实现风险规避。[①]

在讲述山西票号故事的著名小说《乔家大院》的第二部当中，就有专门内容展示山西票号股份制的优势。乔致庸的孙子，也就是乔家大院的少东家乔映霁对三掌柜王宗禹说道："当年票号创立，我爷爷他们那一代人的理念和为票号立的规矩，至今还被人称道。譬如股份制，和今天的外国银行好像没有很大差别。从时间上说，恐怕比有的西方国家银行实行股份制还早。"[②]

其次，委托代理和两权分离是票号制度的重要特点。其基本内涵是，东家委托大掌柜对票号进行经营管理，东家仍拥有对票号的所有权，但只有建议权，没有决策权，对日常经营活动不加干预。经营权完全在大掌柜手中，他们在票号中拥有无上的权力。这与美国学者伯利和米恩斯在经典著作《现代公司与私有财产》中刻画的西方现代公司制企业"两权分离"的图景十分相似。这部著作的主题是分析现代公司所有权和控制权分离所导致的各种后果，凸显了委托代理问题和激励问题的重要性。[③]山西票号需要破解的难题也正在于此。在票号的所有权和经营权分离之后，东家承担无限责任却不掌握实际控制权，大掌柜握有经营管理实际权力，但不承担经

---

① 王路曼.中国内陆资本主义与山西票号：1720—1910 年间的银行、国家与家庭［M］.北京：商务印书馆，2022.
② 朱秀海.乔家大院：第二部［M］.北京：中国青年出版社，2017.
③ 伯利，米恩斯.现代公司与私有财产［M］.甘华鸣，罗锐韧，蔡如海，译.北京：商务印书馆，2005.

营风险,这就使得票号极有可能出现信息不对称和权责利不匹配带来的经营风险。防范化解此类风险,必须以有效的内部管理制度为基本前提。

最后,山西票号之所以能稳健经营,严格的内部人事管理制度功不可没。票号的掌柜和伙计之间相互监督,东家和股东也会定期督查,以防出现内部纰漏。一是充分激励经理(掌柜),除了根据业绩调节薪金,也会相应地增减其股份,并在公开场合奖优罚劣,给业绩堪忧的经理制造心理压力。二是建立品行与技能并重的学徒培训体制,把规矩意识和诚信意识融入日常培训,对学徒进行严格的约束和考核,只有那些循规蹈矩、勤勉工作、诚实守信的人才能留下来,并被委以重任。三是建立严明的内部管理制度,要求员工严格自律,注重操守。票号业内流行"十不准",即不准携带家属,不准嫖妓宿娼,不准参与赌博,不准吸食鸦片,不准营私舞弊,不准假公济私,不准私营放贷,不准贪污盗窃,不准懈怠号事,不准打架斗殴。还有不少票号实行"阅边"制度,由掌柜亲自到各分号进行突击检查。一旦有人违反"十不准"规矩,不管是掌柜还是伙计,下场都一样,就是"卷铺盖"走人,永不续用,其他连庄分号也不得录用。也就是说,员工一旦违规,后果极为严重,将在业内难有立锥之地。总之,山西票号所实行的是一种没有外部约束、完全由票号自主实施的制度,旨在保证经营管理符合行业规则,维护机构的声誉。

山西票号的这些制度和规矩是其走向成功的重要基础。直至今日,山西票号的员工管理和培训、风险管理等方面的许多经验做法仍有重要的启示和借鉴作用。但也要注意到，随着时间的推移，票号的一些制度安排已不能适应时代的要求了。还是来看小说《乔家大院》第二部里的一个片段：

熟读《罗斯柴尔德家族银行史》的票号学徒王宗禹通过比较西方银行与中国票号，给他那位熟悉国外银行的东家乔映霁分析了票号制度在制度规则设计上的三条局限性："头一条，外国银行的资本来源是公开募股。中国的票号到了今天，仍然是东家与掌柜、伙计合股，不对外开放，这就造成它的小和散是必然的，制度上的；第二条，外国银行实行的是责任有限制，中国票号责任无限，赔多少都是票号的，就这一条，让许多本可以参与金融业投资的人不敢进来，这是造成中国票号实力弱小，无法和外人竞争的原因之一；第三条，外国银行对客户实行的是抵押放款，中国票号实行的是信用放款。前者投资风险低，几乎没有风险，后者一遇到坏账就没法收拾，只能磕头了账。"[1]

王宗禹讲的这一大段话想阐明的无非是这么一个道理：合规固然重要，但规矩本身也要与时俱进。如果这个规矩不适应时代发展的要求，那么首先需要变革和调整的就是制度规则了。不砸碎一些坛坛罐罐，就不能保证中国金融的竞争力，就没有金融体系的独立和发展可言。首先，封闭的资金募集方式需要变革，必须向社会公

---

[1] 朱秀海.乔家大院：第二部［M］.北京：中国青年出版社，2017.

开募股，显著扩大资金来源，这样才能扩大金融机构规模，为工业化时代的资金密集型生产方式提供有效的金融服务。其次，无限责任制必须转变为有限责任制，让有潜在入股意愿的人意识到，即便生意做赔了，也不会导致倾家荡产的糟糕结局，这就能在很大程度上提高票号的抵御风险能力，并扩充资本金，做大机构规模。最后，必须实行抵押贷款制度，通过引入抵押品制度来降低信贷违约风险，实现机构的可持续发展。

在清末民初，持有这种观点的人不在少数。1912 年，梁启超在山西票商欢迎会上发表演说。他首先对包括票号在内的山西商业大大地夸赞了一番："在海外十余年，对于外人批评吾国商业能力，常无辞以对，独至有历史、有基础、能继续发达之山西商业，鄙人常以自夸于世界人之前。"随后，梁先生话锋一转，批评山西票号在向现代银行的转型过程中太过保守，导致其再不能与伦敦和纽约的金融机构相提并论。[1] 其潜台词是，转向英美那样的现代西式银行是票号的最终出路。无独有偶，曾在通商口岸的票号担任多年经理的一个叫李宏龄的人在其自传《山西票商成败记》中也把中西制度之间的对立和冲突视为票号未能成功转型为现代西式银行的关键，而这一转型的失败导致了票号的最终衰落。[2]

在历史上，票号也的确有过几次转型成为现代银行的机遇。李宏龄就是亲历者之一。根据他本人的回忆，1908 年至 1909 年，包

---

① 梁启超的这篇演说收录于：黄鉴晖 . 山西票号史料［M］. 增订本 . 太原：山西经济出版社，2002。

② 李燧，李宏龄 . 晋游日记·同舟忠告·山西票商成败记［M］. 太原：山西经济出版社，2003.

　　　　　　　　　　　　　　　中国特色金融文化

括李宏龄在内的一批票号经理发起了合组银行的倡议，提出一系列改制主张，包括建立股份制有限公司以解决资本募集问题，修改不做抵押等不合现代银行制度之处，等等。这些主张得到了大多数票号分号经理的赞成，但并未得到总号经理的肯定。最终，这场改革胎死腹中，票号也遗憾地错失了一次转型机遇。[①]

三、中华苏维埃共和国国家银行的货币金融法治建设

中国共产党自成立起就强调严明的纪律，而规章制度建设就是纪律建设的基础性工程。中国共产党领导的货币金融工作建立在坚实的法规制度基础之上。本节着重谈谈 1932 年建立的中华苏维埃共和国国家银行以及红军到达陕北后成立的中华苏维埃共和国国家银行西北分行、陕甘宁边区银行在法规制度建设方面的探索历程与经验。

1929—1931 年，中国共产党领导的工农革命武装割据星星之火已呈现燎原之势，特别是赣南与闽西两大革命根据地已经连成一片，形成了面积约 5 万平方千米、人口 200 余万的中央苏区。发展苏区经济，为革命斗争提供坚实的物质基础，需要统一的货币金融政策。在这样的背景之下，1931 年 11 月，中华苏维埃第一次全国代表大会在江西瑞金召开。会议在决定成立临时中央政府的同时，

[①] 学术界对于李宏龄的观点也有争论。王路曼在《中国内陆资本主义与山西票号：1720—1910 年间的银行、国家与家庭》一书中就指出，山西票号在 20 世纪无法重现辉煌，与票号究竟是家族企业还是现代股份制银行没有直接关系，真正起决定性作用的是一个稳定的国家政治、经济、金融政策和制度。

还通过了《关于经济政策的决议案》，决定成立国家银行，规定国家银行发行的货币"应实行兑换货币"，保证兑现。1932 年 2 月，中华苏维埃共和国国家银行正式开业，毛泽民任行长。

中华苏维埃共和国国家银行的一个中心任务是，持续扩大货币流通范围，疏通货币流通渠道，建立根据地货币的统一市场，为苏区经济的发展和革命斗争的推进提供可靠的货币支撑。"不以规矩，不能成方圆"，完成好货币流通管理工作离不开法律法规制度的支持。建章立制便成为中央苏区政府和国家银行需要尽快完成的一项重要任务。

于是，在国家银行成立之初，临时中央政府人民委员会便颁布了《中华苏维埃共和国国家银行暂行章程》等一系列法令、法规、命令和训令，对国家银行的职能定位、业务范围、组织机构等各方面做了明确规定，并赋予国家银行发行货币的权力。根据这些法规的规定，国家银行纸币为苏维埃国家银行货币，以银元为本位币，按照 1∶1 的比价随时自由兑换，也允许光洋、大洋、杂洋等各种银元在根据地区域内流通。中央苏区各单位的一切账簿、单据、合同都必须以国家银行纸币为记账单位，居民和生产主体的一切税赋必须以国家银行纸币或银元缴纳，任何人不得阻碍国家银行发行的货币在市场上的自由流通，亦不得破坏国家银行货币信用。

为了把上述法律法规的要求贯彻落实到实际工作中，国家银行开展了统一市场上的各类货币的工作。首先，对国民党政府发行的各类货币采取禁止流通和折价收兑的办法加以处理。其次，对本地私人钱庄和商铺自行发行的土币和杂币则一律取缔，并严禁私人银

　　　　　　　　　　　　　中国特色金融文化

行和钱庄发行任何货币。再次，对于中国共产党领导下的货币发行机构发行的货币，采取兑回的办法。对江西工农银行[①]发行的铜元票，立即用国家银行纸币等价兑回；而对闽西工农银行[②]发行的银元票，则允许其继续流通一段时间，再逐步收回。最后，国家银行与各级苏维埃政府合作，向人民群众积极宣传使用国家银行纸币的意义，提出了"革命群众用革命的纸币""拥护苏维埃纸币、银毫"等口号，国家银行货币在群众中的影响力得到很大程度的提升。通过采取多管齐下的办法，到 1932 年底，国家银行较为顺利地统一了中央苏区的货币体系，国家银行货币占领了当地的货币流通市场，为党和人民在中央苏区开展经济活动提供了统一、可靠的交易媒介。

此后，中华苏维埃共和国国家银行随红军一道走完了二万五千里长征并抵达陕北。在党中央安家陕北之后，依法合规开展货币金融工作的理念得到了传承和弘扬。1935 年 11 月，中华苏维埃共和国国家银行更名为中华苏维埃共和国国家银行西北分行；1937 年 10 月，改组为陕甘宁边区银行。

为货币发行和金融管理工作定规矩、明方向是西北分行和陕甘宁边区银行在工作中始终坚持的理念。1936 年 7 月，中央西北办事

---

① 1930 年 10 月，毛泽东、朱德率红一方面军攻克吉安，11 月，江西工农银行印刷所在吉安市区的友庆巷成立，并立即开展工作，为革命斗争筹措经费。在中华苏维埃共和国国家银行成立后，江西工农银行撤销。

② 1930 年 11 月，闽西工农银行在龙岩成立，是苏区最早的股份制银行的雏形。在 1932 年中华苏维埃共和国国家银行福建分行成立后，闽西工农银行仍继续独立运营，直到 1935 年红军撤离中央苏区之后才结束营业。

处发布通告，强调"苏币是苏维埃法币，苏区内任何买卖都应以此法币为标准，毫无条件地使之流通"，并禁止一切组织和个人在交易中使用国民党法币和银元。

在1941年发行边币之后，陕甘宁边区政府和边区银行同样注重用政府法令来保证边币流通。边区政府颁布了《破坏金融法令惩罚条例》，严禁在交易中使用法币。最初，由于法令执行不够严格，拒用边币现象普遍存在，边币市场被法币侵占。在国民党政府加大倾销法币和抢购物资力度之后，形势变得更为紧迫。如果不采取有效措施，边区的物资可能会流失殆尽。

边区政府三管齐下，破解这一难题：一是努力稳定物价，二是加大向民众宣传边币的力度，三是加大对违法使用法币行为的惩罚力度。其中，惩处违法行为的要求格外严格。贺龙、林伯渠等于1942年7月联名向陕甘宁边区县团级以上干部发了一封十万火急的密电，强调"坚决不使法币在市面上流通，并随时收集境内法币，抢购友区物资"。具体的办法当中的头一条就是严格执行禁止法币流通的法令，电文采用的表述方式坚定有力、不容置疑："对破坏金融人犯，必须给予逮捕，视其情节轻重，必要时得枪毙一二人示儆。党、政、军首长，首先是军队中首长，务须保证在所辖境内，不许法币公开行使。"①

当各机关和部队带头严格执行法令，并对违法者按照规定从严惩处之后，拒用边币现象得到了有效遏制，人民对边币的信任随之

---

① 《朱理治小丛书》编辑组. 朱理治金融论稿［M］. 北京：中共党史出版社，2017.

提升，边币的流通范围得到有效扩展。

以上的回顾表明，新民主主义革命时期的中国共产党财经工作者已经认识到，政府发行的纸币要想维持信用并推行开来，必须有政府法令的强力支持。货币既是市场当中的交易媒介，又是政府掌握的重要权力。在货币的推行过程中，不但需要强调使用经济手段提高各类主体使用本币的积极性，更需要制定强制的法令，提高不按法令要求使用本币者的违法成本，只有这样才能确保本币在货币斗争中取得最终胜利。这正是"依法合规，不胡作非为"理念在革命战争年代的货币金融工作中的生动体现。

四、改革开放以来的金融法治建设

市场经济是法治经济，社会主义市场经济当然也是法治经济。习近平总书记指出，"经济秩序混乱多源于有法不依、违法不究，因此必须坚持法治思维、增强法治观念，依法调控和治理经济"[①]。在社会主义市场经济体制的总体框架中，金融制度具有基础性、支撑性作用。金融体制改革的基本取向是市场化、法治化。

市场化，就是要发挥市场在金融资源配置中的决定性作用，完善市场约束机制，尊重市场规律，提高金融资源配置效率，实现效益最大化。法治化，就是要建立符合我国国情的金融法治，健全市场规则，强化纪律性，创造更加公平、更有活力的市场环境。市场

---

① 习近平.论坚持全面依法治国［M］.北京：中央文献出版社，2020.

化与法治化相互支撑，相互促进，共同构筑起推动金融高质量法治的整体合力。

中国自古以来就有较为系统的法律制度，强调法律制度在国家治理中的权威地位，有"奉法者强则国强"的可贵意识，这为当代中国法治建设提供了宝贵的思想文化资源。但同时也要看到，数千年的封建统治使得人治传统的影响较为持久，社会公众的法治意识和法治思维相对薄弱。特别是一些地方和部门的官员受"刑不上大夫"等旧思维的影响，只是把法律看作贯彻自己的意志的一种手段和工具，不把自己放在受"法"所"治"的地位上，不能严格地依法行政，以至于有的人不顾国家法律的规定来施策理政，甚至用这种工具来谋取私利。这种现象在金融领域也时有发生。

正因为如此，在金融改革发展进程中增强法治思维，强调依法行政，依法开展金融活动就显得格外重要了。回顾20世纪90年代以来的中国金融改革进程，金融法治建设是与金融体制改革协同推进的，金融法治建设是市场化取向的金融体制改革的根本保障。首先，金融体制改革的成果需要以法律的形式固定下来，从而转化为国家的正式制度，确保改革成果得到巩固和落实。其次，在金融体制改革的进程中需要解决各种各样的难题，面临形形色色的分歧，法律法规的出台有利于减少改革阻力，凝聚改革共识，推动制度创新。

1993年是中国改革进程中的重要年份。当年11月，党的十四届三中全会审议通过了《中共中央关于建立社会主义市场经济体制若干问题的决定》，强调建立社会主义市场经济体制就是要使市场

在国家宏观调控下对资源配置起基础性作用，这是我国在 20 世纪
90 年代进行经济体制改革的行动纲领。同年 12 月颁布的《国务院
关于金融体制改革的决定》明确要求健全金融法规，强化金融监督
管理。此后，为了配合经济和金融体制改革的推进，我国开始了大
规模的金融法治建设。

1995 年被认为是我国金融法治史上具有里程碑意义的年份，是
"金融立法年"。[①] 这一年，全国人民代表大会及其常务委员会先后
颁布了"五法一决定"，即《中华人民共和国中国人民银行法》《中
华人民共和国商业银行法》《中华人民共和国票据法》《中华人民共
和国担保法》《中华人民共和国保险法》《全国人民代表大会常务委
员会关于惩治破坏金融秩序犯罪的决定》。此后，我国立法机关又
陆续颁布了《中华人民共和国银行业监督管理法》《中华人民共和
国证券投资基金法》《中华人民共和国证券法》《中华人民共和国期
货和衍生品法》《中华人民共和国反洗钱法》。这些法律法规的出台
有力地弥补了我国金融领域基本法律规范相对欠缺的短板，初步搭
建起我国金融法律规范的制度框架。

20 世纪 90 年代是我国金融法治体系初步建立的时期，人们的
法治观念还不够强。虽然金融立法工作有了很大进展，但有法不
依、执法不严的情况时有发生。特别是一些党政干部法治意识、规
矩意识淡薄，违法干预当地金融机构的业务经营，造成损失，这也
构成当时我国金融风险不断积累的重要成因。

---

① 中国人民银行.中国共产党领导下的金融发展简史［M］.北京：中国金融出版社，
2013.

广东省恩平市时任党政领导违法干预金融活动的例子很有代表性。根据时任中国人民银行行长戴相龙的回忆，恩平市领导直接指挥金融机构高息揽储、账外经营、兴建水泥厂，使贷款遭受巨大损失，导致有关银行、农村信用社发生两次支付危机，迫使有关银行总行调度大量资金保支付，造成的损失约 100 亿元。特别令人震惊的是，发生第一次支付危机时，中央已派人调查处理，但有关责任人并未受到处理，又导致第二次支付危机的发生。①

此外，这一时期因违法违规而造成风险事件的情况在国外也经常发生，特别是俄罗斯、阿尔巴尼亚等东欧国家因社会乱集资造成"挤兑"，进而引发社会政治事件。

以 1997 年首次全国金融工作会议的召开为标志，党中央采取了一系列措施加强制度建设，为金融发展"立规"。一是加强党对金融工作的领导，成立中共中央金融工作委员会，领导金融系统的党建工作。二是严格规范各类金融机构的经营范围，严格实行银行、证券、保险业的分业经营原则，中国人民银行和所有商业银行一律要与下属的信托、证券和保险机构在人、财、物等方面彻底脱钩。三是建设现代金融监管体系，查处各类违法违规经营事件，坚决关闭那些无法救助的资不抵债的金融机构，取缔非法金融机构和非法金融业务活动。同时，根据国情完善银行信贷资产质量分类和考核办法，通过增加资本金和减少不良资产提高国有银行资本充足率。四是加快推进国有银行的市场化改革步伐，强化统一法人制

---

① 戴相龙. 回顾 1997 年中央金融工作会议［M］//欧阳淞，高永中. 改革开放口述史. 北京：中国人民大学出版社，2014.

　　　　　　　　　中国特色金融文化

度，把国有商业银行办成真正的商业银行，从 2005 年到 2010 年，中国银行、中国工商银行、交通银行、中国建设银行和中国农业银行先后上市。

金融既十分重要，又极易产生风险，"胡作非为"带来的违法犯罪风险便是其中之一。党的十八大以来，以习近平同志为核心的党中央高度重视此类风险。习近平总书记在 2017 年召开的全国金融工作会议上对违法犯罪风险有深入且细致的分析："金融机构违法案件高发，有的人大搞利益输送、内幕交易、内外勾结，有的作案时间很长而未被发现，暴露出金融监管偏软偏宽、金融机构法人治理缺失。各类网上网下非法集资、非法交易场所、无照乱办金融、地下钱庄、庞氏骗局等金融欺诈混杂其中，严重扰乱金融秩序。"①

新时代以来，我们坚持标本兼治，采取了从加强监管到夯实法治根基的一系列举措治理金融乱象。从强化反垄断、防止资本无序扩张、依法将各类金融活动全部纳入监管，到建立金融领域定期修法协调机制、推进金融领域修法工作进程，从夯实债券市场法律基础、持续加大对违法违规行为打击力度，到严厉打击非法集资、加强金融监管执法等，我国金融法治建设扎实推进。

金融法院的设立和运行是新时代我国金融法治建设步伐加快的一个缩影，是我国政法系统在创设互联网法院、知识产权法院之后的又一大制度创新。设立金融法院是服务保障国家金融战略实施、营造良好金融法治环境、促进经济健康发展的重要举措。经党

---

① 中共中央党史和文献研究院．习近平关于金融工作论述摘编 [M]．北京：中央文献出版社，2024．

中央批准，我国已经设立了上海金融法院、北京金融法院、成渝金融法院三家金融法院，有利于统一辖区内金融纠纷的裁判标准，提高司法效率和质量。据最高人民法院提供的信息，截至 2022 年底，北京金融法院和上海金融法院已审结各类金融案件超过 3 万件，结案标的超过 1 万亿元，被誉为全球金融法治的最佳实践。目前，我国已形成以金融法院为龙头、专门法庭和审判厅为骨干的专业化金融审判组织体系，金融审判体系和审判能力现代化水平大幅提升。

面向未来，新时代新征程加强金融法治建设将从以下几方面着力。一是加强重点领域立法。根据金融领域改革与发展要求，推动重要法律法规制定和修订，织密金融法网，补齐制度短板。尤其要完善关于金融稳定和安全的法规，明确金融风险处置的触发标准、程序机制、资金来源和法律责任，健全权责一致的风险处置责任机制。二是丰富执法手段。在市场准入、审慎监管、行为监管等各个环节严格执法，实现金融监管横向到边、纵向到底。加强金融管理部门与宏观调控部门、行业主管部门、司法机关、纪检监察机关等监管协同，完善行政、民事、刑事立体追责体系，严厉打击非法金融活动，整治各种金融乱象。三是完善金融监管体制机制。实现金融监管全覆盖，依法将所有金融活动全部纳入监管。持续加强机构监管、行为监管、功能监管、穿透式监管、持续监管，不断提升监管专业性、权威性和透明度。

党的二十届三中全会在部署金融体制改革时对加强法治建设和金融监管体制改革着墨很多，旨在扎牢制度的笼子，以法治化和强

　　　　　　　　中国特色金融文化

监管为金融强国建设保驾护航。

一是制定金融法。经过长期以来的持续努力，我国金融法律体系的基本框架业已建立，但尚无以金融法命名的单独法律，对于各类金融关系的调整规定散见于各具体部门法中。金融法的制定，将为金融领域提供一部基本法，与其他金融法律法规一道，构成比较完备的金融法律体系，有利于依法将所有金融活动纳入监管。面向未来，我们还要根据经济、金融以及科技等领域的现实变化，及时推进金融重点领域和新兴领域立法，建立定期修法制度。

二是完善金融监管体系。党的二十届三中全会重申，依法将所有金融活动纳入监管，强化监管责任和问责制度，加强中央和地方监管协同。建设安全高效的金融基础设施，统一金融市场登记托管、结算清算规则制度，建立风险早期纠正硬约束制度，筑牢有效防控系统性风险的金融稳定保障体系。健全金融消费者保护和打击非法金融活动机制，构建产业资本和金融资本"防火墙"。上述战略部署旨在消除金融监管的空白和盲区，加大金融监管力度，强化金融风险预警、纠正和处置机制，使监管"长牙带刺"、有棱有角，构筑起适应金融强国建设所需要的强大金融监管体系。这些举措的实施，将起到有效防控金融风险和有力保障国家金融安全的作用，为经济高质量发展提供稳定、安全、可预期的货币金融环境。

五、结语：夯实金融强国的法治根基

金融是国之重器，而强大的金融离不开良好的法治，金融强国必须建立在法治基础之上。古今中外的金融实践已经证明，金融的安全靠制度，活力在市场，秩序靠法治。金融的创新发展不但需要激发金融机构和金融从业者的创造力和积极性，也要建立健全完善的金融法律和市场规则体系。

当前，中国的金融强国建设已进入关键时期。在迈向金融强国的征程上，只有做到有法可依，有禁必止，违法必究，才能从根上确保金融创新和发展不偏离服务实体经济和人民群众的轨道，不偏离稳健审慎的总基调，避免脱实向虚，以金融体系的健康平稳运行助力强国建设、民族复兴伟业。

第八章

夯实中国特色社会主义金融理论的文化根基

一、金融文化与金融理论创新紧密关联

通过前面各章对"五要五不"的分析和讲述，我们已经能够较为充分地体会到文化基因和文化力量在中国特色金融发展之路的开拓形成过程中发挥的关键作用。在全书的最后，我们想更进一步地揭示，一个国家的金融文化不但深刻影响其金融实践的路径选择，也为该国的金融理论发展提供丰厚的滋养。

从习近平总书记在 2023 年中央金融工作会议上的一段重要讲话中，我们可以真切体会到金融文化与金融理论之间的血肉联系："要在金融系统大力弘扬中华优秀传统文化，坚持诚实守信、以义取利、稳健审慎、守正创新、依法合规，守好中国特色现代金融体系的根和魂。要加强金融智库建设，构建中国特色社会主义金融理论体系。"[①] 在这段重要讲话中，习近平总书记不仅对金融系统弘扬

---

① 中共中央党史和文献研究院.习近平关于金融工作论述摘编［M］.北京：中央文献出版社，2024.

中华优秀传统文化方面的工作进行了重点部署，而且同时提出了加快构建中国特色社会主义金融理论体系的战略任务。金融学理论是人们认识金融本质和规律、推动金融发展的重要工具，其发展水平反映了一个民族的金融思维能力、金融文化素养和金融伦理状态，是一国金融领域核心价值系统的学理化呈现，与金融文化紧密相关。习近平总书记在中央金融工作会议上的讲话当中采用的将金融文化与金融理论体系建设并列表述的方式表明，弘扬中华优秀传统文化与推进中国特色金融理论创新是紧密关联、相互影响的两个系统，均是广义的金融文化建设工作中不可或缺的重要组成部分。

首先，我们从习近平总书记擘画的中国金融理论创新目标——"构建中国特色社会主义金融理论体系"谈起。关于理论对实践的重要作用，恩格斯曾深刻指出："一个民族要想站在科学的最高峰，就一刻也不能没有理论思维。"① 对中国特色金融发展之路进行系统深入的理论总结，是推动我国金融高质量发展的现实要求，其目标就是在阐明中国金融发展机理、讲好中国金融故事的基础上，形成一套科学完备的中国特色社会主义金融理论体系。在这套理论体系中，"中国特色"和"社会主义"这两个方面的规定性决定了理论的基本品格。

一方面，"社会主义"这一制度属性要求我们秉持马克思主义的基本立场、观点和方法，对中国共产党领导金融工作的伟大实践及其经验进行系统概括，从而体现金融工作的政治性和人民性。另

---

① 马克思，恩格斯.马克思恩格斯选集：第三卷［M］.中央编译局，译.北京：人民出版社，2012：875.

中国特色金融文化

一方面，"中国特色"这一国别属性则意味着我们必须对数千年来中华文明中的金融观、金融哲学、金融思维和金融文化进行全面梳理。只有浸润在几千年来形成的世界观、价值观、道德观和方法论之中，才能找到中国特色金融发展之路的思想源泉，也才能将我们总结出来的理论理直气壮地称作具有"中国特色"的金融理论。

由此可见，深厚的文化底蕴为当代中国的金融理论创新提供了独特而丰富的理论资源，而理论创新的成功，也必然要以汲取中华优秀传统文化的精华为前提。

随后，我们再从新时代的一套重要话语体系——"四个自信"着手，进一步分析金融文化与金融理论之间的关系。

所谓"四个自信"，即"道路自信、理论自信、制度自信、文化自信"，这一提法凸显了中国特色社会主义的文化根基、文化本质和文化理想。

2002年11月召开的党的十六大，首次凝练地总结了中国共产党领导全国人民建设中国特色社会主义的十条基本经验，指出"十一届三中全会以来，我们党找到建设中国特色社会主义的正确道路，赋予民族复兴新的强大生机"，并强调我们党对这条道路"充满信心"。这是党的重要文件中对"道路自信"的早期表述，这条道路无疑就是中国特色社会主义道路。

2007年10月召开的党的十七大，富有开创性地把改革开放以来我们取得一切成绩和进步的根本原因，归结为"开辟了中国特色社会主义道路，形成了中国特色社会主义理论体系"，同时要求"全党同志要倍加珍惜、长期坚持和不断发展党历经艰辛开创的中国特色社会主义道路和中国特色社会主义理论体系"，保持对完成党的各项目标任务"充满信心"。这是我们党的重要文件首次将道路自信与理论自信并列起来进行的系统表述。

2012 年 11 月召开的党的十八大，进一步将党和人民 90 多年奋斗、创造、积累的根本成就概括为"中国特色社会主义道路，中国特色社会主义理论体系，中国特色社会主义制度"，并强调"全党要坚定这样的道路自信、理论自信、制度自信"。这是我们党的重要文件首次将中国特色社会主义道路自信、理论自信、制度自信并列起来进行的明确表述。

2016 年 7 月 1 日，习近平总书记在庆祝中国共产党成立 95 周年大会上的重要讲话中强调"坚持不忘初心、继续前进，就要坚持中国特色社会主义道路自信、理论自信、制度自信、文化自信"，"全党要坚定道路自信、理论自信、制度自信、文化自信"。这是我们党首次将文化自信吸纳进来，向全党提出"四个自信"的要求。

在这"四个自信"当中，道路自信是经验总结，理论自信是内在驱动，制度自信是根本支撑，文化自信是底蕴和基石。社会主义中国发展取得的巨大成就给我们以坚定的道路自信和制度自信。中国特色社会主义道路之所以行得通，一个重要的前提是有科学理论的指引和推动。而文化是民族精神的根基和血脉，文化自信是民族自信之源，是道路自信、理论自信和制度自信的深层次支撑力量。

仅就金融领域而言，"四个自信"与四个重要范畴相关联。

第一，道路自信——中国特色金融发展之路。中国金融发展助力实现"两大奇迹"这一基本事实表明，中国特色金融发展之路是一条符合我国国情的正确道路，是中国特色社会主义道路的有机组成部分，必须坚定不移走下去。

第二，理论自信——中国特色社会主义金融理论体系。必须立足中国金融发展的伟大实践，探究中国特色金融发展之路的历史逻辑、理论逻辑和现实逻辑，讲清道路背后蕴含的道理、机理、学理，在此基础上加快构建中国特色社会主义金融理论体系。这将为金融强国建设提供理论先导，也更加坚定我们的理论自信。

第三，制度自信——作为高水平社会主义市场经济体制组成部分的金融制度体系。诺贝尔经济学奖得主科斯曾在与他的助手王宁合著的《变革中国》一书中感叹，"过去30多年中国的市场转型只是具有中国特色的市场经济的起步，远不是其尾声……中国的市场经济将继续在自己的道路上不断向前发展，在此过程中，中国丰富的传统会和多样化的现代世界结合起来，市场社会毕竟不是什么终极状态，而是一个开放的自我改造的演化过程"。从这些话语中可以感受到，科斯这位从未踏上过中国土地的西方经济学家对中国的市场经济制度有着极强的信心，对中华优秀传统文化与现代文明相结合而形成的富有中国特色的市场经济体制怀有浓厚的研究兴趣。一位外国学者尚且如此，作为中国人的我们，就更没有妄自菲薄的理由了。虽然我国的社会主义市场经济体制还在发育过程当中，金融体制还存在一些短板，我国距离金融强国也还有不小的差距，但中国共产党和中国政府对建设高水平社会主义市场经济体制和深化金融体制改革的决心十分坚定。中央金融工作会议和党的二十届三中全会已经制定了新的金融改革战略，致力于创造更加公平、更有活力的市场环境，激发全社会内生动力和创新活力。随着改革的深化，中国的金融体制将不断趋于成熟，将为金融强国建设提供强劲动力，对此我们应高度自信。

第四，文化自信——中国特色金融文化。文化自信，是更基础、更广泛、更深厚的自信。在五千多年的文明发展中孕育的中华优秀传统文化，在党和人民伟大斗争中孕育的革命文化和社会主义先进文化，积淀着中华民族最深层的精神追求，代表着中华民族独特的精神标识。中国特色金融文化是中国特色现代金融体系的根和魂，代表着当代中国人的金融观，决定着中国金融理论与实践双重探索的前进方向和价值旨归。

根据上述分析，中国特色金融文化是道路根基，是制度底座，也是理论创新的依托；中国特色社会主义金融理论体系是经验的总结，是实践的先导，也是弘扬金融文化的重要载体。

下面我们就构建中国特色社会主义金融理论体系面临的国际环境、国内机遇与挑战，以及未来发展路径做一些初步探究。

二、西方主流经济金融理论发展面临瓶颈制约

所谓西方主流经济学，大体上是指遵循新古典经济学范式，以最大化行为、偏好稳定和市场均衡为理论内核的经济学科体系。二战结束以来，西方主流经济学虽饱受诟病，但依然在全球范围内占据强势地位，拥有主导性话语权。2008 年全球金融危机的爆发使更多的人意识到，这场危机不但是一场经济危机，也是一场西方主流

经济学危机。过去被奉为金科玉律的那些西方主流经济学的假说、范畴、原理和体系，受到了来自学界内外的普遍质疑。

顾名思义，经济学应当是经世济民的一门社会科学，经济学研究者应当关注现实中的重大问题，并基于现实提出合乎逻辑的理论解释和切实有效的解决方案。然而，西方主流经济学却不是问题导向的，而是方法导向、技术导向的，它切断了自身与历史、与其他社会科学的联系，关注那些小的、易于用数学处理的问题。其主要研究流程是先构建数理模型，再对模型进行计量检验。正如英国著名演化经济学家霍奇逊所说："经济系已经成了应用数学家的天堂，而非研究现实世界经济的学生的乐园。令人遗憾的是，经济系滋养了符号而非实质，成就了公式而非事实。"

正因为如此，西方主流经济学在2008年金融危机及其引发的全球经济长期停滞的严峻事实面前，可谓威严扫地、皇冠落地。经济学家没有预测到金融危机的爆发，在主流宏观经济学的模型中甚至都没有金融的位置。事实上，当面对如金融危机、企业家精神与创新、经济长期发展、不确定性等各种各样无法精确刻画的重大现实问题时，西方主流经济学从来都是束手无策的。其根源在于主流经济学家的精力大多放在了数学模型和计量分析上，他们无暇去洞悉人类行为的动机，无暇从长期的历史视角考察现象的来龙去脉，甚至无暇阅读前辈经济学大师的经典著作。这样的研究成果难有历史的穿透力和现实的洞察力，自然也无法回答那些根本性的重大问题了。《凯恩斯传》的作者斯基德尔斯基说："我深信当前这场危机的根源就是经济学的思想误区……目前占据主导地位的新古典主义经济学所带来的祸害简直难以描述，有那么多聪明的头脑会致力于如此奇怪的思想，历史上也很少见。"

在理论危机面前，尽管还有很多主流经济学家持有"改良派"观点，但主张对主流经济学进行彻底变革的"革命派"已越来越多了。除了奥地利学派、后凯恩斯主义等非主流经济学等是坚定的"革命派"，斯蒂格利茨、阿克洛夫、克鲁格曼、保罗·罗默等诺贝尔经济学奖得主都提出了对主流经济学进行根本性改造的主张。事实上，数十年以来，已有很多诺贝尔经济学奖得主，如列昂惕夫、缪达尔、哈耶克、科斯、诺斯等，在走上职业生涯顶峰之后，均对主流经济学的研究范式提出了强烈的批评，如研究范式越来越走向远离现实的"黑板经济学"，量化分析重于理论阐释，数学形式大于实践意义，等等。只不过在 2008 年之后，这样的批评声越来越多。

其中，阿克洛夫 2020 年底在著名的《经济学文献》杂志上发表的《疏忽之罪与经济学的现状》一文极具代表性。[①] 如阿克洛夫所言，经济学期刊越来越偏执，普遍强调研究的"硬度"（数学化程度），给学者留下的选择极为有限。为了发表和晋升，学者只能提前揣测编辑与审稿人的偏好，必须顺从编辑与审稿人的反馈意见，这导致研究"硬度"越来越强，重要、复杂但难以用"硬方法"加以分析的重要研究议题被搁浅，从而导致"疏忽之罪"。在今天的西方主流经济学界，如果你过多关注这些无法模型化的问题，那就

---

① 阿克洛夫 . 疏忽之罪与经济学的现状［M］//. 比较第 109 辑，中信出版社，2020.

很可能被边缘化。

三、中国经济金融发展的伟大实践为金融理论创新提供沃土

如果谈及中国经济学和金融学理论创新的机遇，那么当代中国发生的沧桑巨变就是最大的机遇。历史表明，社会大变革的时代，一定是哲学社会科学大发展的时代。当代中国正经历着我国历史上最为广泛而深刻的社会变革，也正进行着人类历史上最为宏大而独特的实践创新。经济快速发展和社会长期稳定两大奇迹便是当代中国经济金融实践创新的辉煌成就。

需要特别注意，在改革开放和中国式现代化实践中出现了大量西方主流经济理论难以解释的新现象、新问题，其中蕴含着极为丰富的理论宝藏。植根于中国大地这片沃土，用好这些"宝藏"，发挥"近水楼台先得月"的优势，总结"两大奇迹"的形成机理，用中国视角、中国话语讲好中国经济金融伟大变革的故事，是中国学者责无旁贷的使命。

通过以下两个案例的分析，我们将会看到，中国自主的经济学金融学知识体系明显具有不同于在西方占主流地位的新古典经济学，而更适合解释中国经验、讲述中国故事，并为发展中国家所借鉴的特征。

第一个案例是中国特色宏观调控。包括金融调控在内的社会主义宏观调控是中国特色社会主义市场经济的一个重要特征。

由于市场机制本身存在局限性，完全依靠市场自发地调节经济运行可能导致信息不对称、垄断、外部性、宏观经济不稳定、收入分配不公等一系列严重问题。即使在市场经济已经运行数百年的西方发达资本主义国家，政府也需要根据经济形势制定相应的宏观经济政策，以保持宏观经济的稳定。

从字面上解读，"宏观调控"本身就是一个富有中国特色的经济学术语，西方国家并无此提法。"宏观调控"是林重庚、吴敬琏等几位经济学家在 1985 年的巴山轮会议上首次提出的概念，其初衷是把"调节"和"控制"两个词合并起来，刻画"macro-management"的中文含义。最终之所以选定了"宏观调控"提法，是因为它既与现代宏观管理的理念相符，强调通过间接手段进行经济管理，又突出了中国特色，强调政府要对整个国民经济体系进行有效的管理。① 此后，"宏观调控"逐渐成为经济学界刻画中国政府宏观经济管理活动的特定术语。

进一步分析，由于发展阶段、体制基础、调控理念等方面存在根本差异，中国的宏观调控呈现出与西方发达经济体的宏观经济政策迥然不同的若干鲜明特征，并包含着丰富的理论含义。

首先，政策目标更为多元化。西方发达经济体的产业升级、城市化等剧烈的结构性变迁已经完成，市场机制的发育也较为成熟，宏观经济政策主要解决的就是短期的总量波动问题。转型与发展过程中的中国则完全不同，产业结构、发展方式、企业创新、国家竞

---

① 林重庚.中国改革开放过程中的对外思想开放［M］//.比较第 38 辑，中信出版社，2008.

　　　　　　　　　　　　　　　　　中国特色金融文化

争力、社会公正等结构性、长期性、战略性问题与宏观稳定一样，都是当下的工业化与城市化进程中面临的关键问题，而这些问题又不是仅凭市场的自发调节机制就能够解决的，必须依靠国家的宏观调控政策加以调节。因此，中国的宏观调控不可能仅仅局限于从总需求角度解决短期失衡和总量波动问题，而必须着眼于解决各种具有结构性、长期性和战略性的重大经济问题，将熨平周期性波动与加快结构调整、转变发展方式、推进体制改革、改善民生等政策目标紧密结合在一起，这比西方资本主义国家宏观经济政策的目标要丰富得多。

其次，政策工具更为多样化。政策工具是政府为了使宏观调控有效达到调控目标而使用的政策手段和调节方式。西方发达经济体采用的工具主要是调节总需求的货币政策和财政政策。一般而言，一种政策工具只能实现一个特定的政策目标；中国宏观调控目标的多样化决定了政策工具也必须是多样化的。

2020年召开的党的十九届五中全会提出："健全以国家发展规划为战略导向，以财政政策和货币政策为主要手段，就业、产业、投资、消费、环保、区域等政策紧密配合，目标优化、分工合理、高效协同的宏观经济治理体系。"2024年党的二十届三中全会通过的《中共中央关于进一步深化改革 推进中国式现代化的决定》再次强调"围绕实施国家发展规划、重大战略促进财政、货币、产业、价格、就业等政策协同发力"。除财政与货币政策之外的这些结构性的、带有行政调控色彩的非常规政策工具在西方发达国家的宏观政策工具箱中是少有的。即便仅就货币政策而言，中国的结构性货币政策以助力实体经济的结构转型升级为目标，也与西方的货币政策有显著区别。

具体地说，中国在宏观调控实践中采取了结构性工具与总量工具并重、行政性调控手段与市场化调控手段并用的办法。一方面，随着市场化改革的逐步推进，宏观调控体系的构建和发展一直坚持市场化导向，强调以经济和法律手段进行间接调控；但另一方面，具有结构性调控色彩的行政计划和产业政策从来都没有被完全抛弃，而是以某种形式融入宏观调控，最终形成了以发展规划、财政和货币金融为主体、一系列结构性调控政策为辅助的宏观调控体系。其中，国有企业、地方政府与发展改革委在宏观调控中所发挥的作用，以及由此所体现出的市场化调控与行政性调控的结合，恰恰形成中国宏观调控的独特之处。①

2008 年全球金融危机之后，西方主流经济学家发现，对发达经济体来说，如果完全遵循主流宏观经济学的教义，采用单一的总量调控手段是远远不够的。美国在危机前的所谓大稳定时期，无论是通胀还是产出缺口都非常平稳，但是，一些结构性问题却很突出，收入差距拉大、居民消费率畸高、住房投资过度等问题都与当局对结构性调控工具的忽略有关。② 本次危机的爆发让西方主流宏观经济学的高度自信遭遇到前所未有的打击，主流经济学家逐渐意识到，单纯关注总量波动的宏观调控是不够的，还需要特别关注经济

---

① 中国经济增长与宏观稳定课题组.后危机时代的中国宏观调控 [J].经济研究，2010，45（11）：3-20.

② BLANCHARD O, DELL' ARICCIA G, MAURO P. Rethinking Macroeconomic Policy [J]. Journal of Money, Credit and Banking, 2010, 42(S1): 199–215.

中国特色金融文化

中的结构性变量，并采取相应的结构性调控措施。而关注结构正是中国宏观调控实践的一大特色。从这个意义上说，中国经验可以对西方经济理论和经济政策提供许多有益的启示。

最后，需要着重指出的是，即便在狭义的针对短期波动的总量调控领域内，中国的宏观调控仍有着不同于西方发达经济体的鲜明特色，繁荣期调控就是其中的一个突出亮点。

西方发达资本主义国家政府牢记凯恩斯的教诲，在危机爆发后都会实施反周期的扩张性宏观政策，以弥补市场失灵；在经济繁荣期却采取自由放任政策，特别是不针对资产价格泡沫进行任何的系统性政策介入，至多是采取一些微调的办法。最具代表性的例子是格林斯潘时代的美联储。美联储认为资产价格泡沫是无法确认的，其内在逻辑是：中央银行官员不会比市场参与者更精明，因而中央银行不可能在市场参与者尚未发现泡沫的存在时率先做到这一点；而如果市场参与者发现了资产价格脱离基本面的情况，他们就会采取理性的行动恢复市场均衡，泡沫也就不存在了。在这样的理念指导下，宏观调控当局在繁荣时期放弃了稳定经济、逆风向调节的职责，忽视了对经济的调控和监管，从而导致泡沫越鼓越大，直至爆发自 20 世纪 30 年代大萧条以来最严重的经济危机。

反观中国，却采取了一系列治理繁荣的宏观政策。由于在繁荣时期实施了卓有成效的宏观调控，防止了经济泡沫的扩张，中国经济增长的稳定性得到极大增强。中国在 20 世纪 90 年代中期之前反复出现的较高的通货膨胀率提醒着中央政府重视过快增长导致的宏观经济风险，而 1990 年之后日本经济泡沫的破灭和随后爆发的亚洲金融危机则使中国政府注意到了泡沫的不可持续性和破坏性。另外，政府也意识到，中国在20世纪90年代后期已经进入工业化与城市化加速推进的时期，经济增长点较多，增长动力较强，极容易进入繁荣时期，也极容易引发经济过热。

基于以上判断，21世纪初的中国宏观调控没有沿袭西方市场经济体的旧路径，而是走出了一条独具特色的繁荣期调控之路：在经济出现过热苗头时，中央政府总是未雨绸缪，及时采取反周期的宏观政策，将泡沫扼杀在萌芽阶段。在繁荣期调控的过程中，中央政府从需求和供给两个方面入手，注重发挥货币政策、财政政策、土地政策、产业政策等多种政策的组合效应。政策当局还努力做到适时适度、有节奏地多次小步微调，给每次调控以一定的消化、吸收过程。繁荣期的适度调控扼杀了大泡沫的出现，从而避免了中国经济的剧烈波动。

第二个案例是经济发展中的政府及国有银行作用。

在传统的西方经济学体系中，政府应该是越小越好，其功能最好也仅限于"守夜"，只有在市场失灵时，才需要政府拾遗补阙。与之相对照，中国的经济发展，自古以来就离不开政府的积极作用。在现代语境下，积极发挥政府的作用也包括发挥国有企业和国有金融机构的作用。

在中国，经济持续健康发展所需要的不是小政府，而是有为政府。各级政府发挥积极作用，充分运用蕴藏于政府官员之中的"企业家才能"来促进市场发育，推动经济发展，正是中国经济奇迹的"密钥"。全面总结中国五千年治国理政和改革开放40多年的独特经验，认真从体制机制角度分析中国政府推动经济发展的内在机理，是极富理论意义的。

中国地方政府的企业家精神是改革开放时期出现的独特经济现象，也是理解中国企业家精神与经济增长的关键。转轨时期分权化改革和官员考核机制改革赋予了地方政府发展经济的权力，使得地方政府的"企业家才能"从非生产性的政治领域转移到生产性领域与私人部门，先后推动了非国有经济的发展、民营化的实施、招商引资的兴起和城市化的加速，一方面提高了经济增长速度，另一方面为体制转轨增添了动力。

地方政府就如同企业一般在市场上展开 GDP 竞赛，设法吸引更多的资本、技术和企业家资源流向自己的辖区，从而产生更多的创新、更多的 GDP 和更多的税收。各地政府发展本地经济的各种思路和操作方法也被地方政府的"企业家"放在台面上竞争。为了在竞争中获胜，官员们设法动员改变各种现有的规则、实施制度创新。这种制度创新上的竞争使得中国成为一个巨大的试验场，各种类型的经济发展方式试验在各地展开。激烈的竞争让地方政府和其辖区内企业的试错和学习时间大大缩短，技术进步和工业化加速扩散，进而提高了经济增长速度。政府官员亦有企业家的创新精神，而这种特殊的企业家精神又构成一个国家经济发展的重要动力，这个在中国发生的真实故事在西方主流经济学家看来是不可思议的。①

---

① 董昀.体制转轨视角下的企业家精神及其对经济增长的影响：基于中国典型事实的经济分析［M］.北京：经济管理出版社，2012.

除了地方政府，国有银行在经济改革与发展中发挥的作用同样不容低估。改革开放年代，国有银行凭借其背后的国家信用，为广大居民提供了安全、稳定的分配家庭储蓄资源的渠道。于是，海量的居民储蓄资源进入了各大国有银行的账户。在低成本资金供给的支持下，国有银行承担起了将居民储蓄转化为企业与政府投资的重任。原本财政状况捉襟见肘的政府由此获得充裕的低成本储蓄资源，缓解了发展建设的资金瓶颈；而居民则获得了稳定可靠的还本付息承诺，可谓各取所需，各得其所。

　　于是我们看到，自1994年以来，虽然中国的投资率持续居高不下，但其背后有着更高的储蓄率作为支撑，无须中央银行发行货币来支持投资。这样一来，高投资一方面拉动了经济的高速增长，另一方面也不会引起通货膨胀，形成了"高增长、低通胀"的黄金组合。可见，在改革开放时期国家财政收入增长乏力的情况下，国有银行通过动员储蓄资源，并且将储蓄资源快速地配置到生产建设领域，实现了经济快速发展和社会长期稳定两大奇迹。而这两大奇迹背后蕴藏的金融密码值得中国学术界深入探究。[①]

四、中国经济金融理论发展面临新挑战

　　同中国经济实践取得的辉煌成就相比，中国经济学理论研究相对滞后。我们需要从百余年来"西学东渐"大潮中的中国经济学发

---

① 张杰. 从经济增长的金融密码看建设金融强国之道［J］. 经济研究，2023（11）：4-23.

展的得与失角度进一步评价这一现象。

近代以来，中国经济学的发展经历了三次西学东渐大潮。从晚清到民国时期的第一次西学东渐带来了经济学知识的启蒙教育，计划经济年代的第二次西学东渐取向是全面学习苏联政治经济学理论体系。改革开放以来的第三次西学东渐大潮则带来了西方主流经济学的强势进入和全面普及，"与国际接轨"成为主基调。

为什么要"西学东渐"？我们先不论西方人的心态，仅从中国人的角度看，主要是因为我们懂得了"落后就要挨打"这个道理，在一次次的失利后逐渐认为"西方的月亮比中国的圆"，必须尽快地"去西天取经"，然后把取回来的经书念好、念准，才能够实现救亡图强的梦想。于是，虚心向西方学习，先引进、模仿，再吸收、转化、应用，就成为百年西学东渐大潮中一代代中国经济学人反复经历的基本流程。

这种理念的一个假设前提是，西方的"真经"是好的，是放之四海而皆准的，必须全面完整地移植到中国来；如果这本经在中国的推广应用效果不佳，那只能说明我们没学好，没能掌握要义精髓。在社会科学领域，这样的判断是有很大偏颇的。中西文化存在明显的差异，不同的文化塑造出不同的世界观、价值观，造就了东西方人民不同的偏好、行为目标和行事风格，在西方适用的理论放到中国来未必就管用。西方经济金融理论是根据工业革命以来本国经济金融发展经验总结而形成的，国外的经济学和金融学教科书讲述的是欧美故事。直接将欧美故事背后的机理和道理进行复制粘贴，很可能导致"橘生淮南则为橘，生于淮北则为枳"的局面，以至于出现各种"水土不服"的症状。

秉持上述理念,在与国际接轨的过程中,中国经济学研究的范式发生了深刻变化,对主流方法、知识和范式的模仿学习已经在大学本科阶段逐渐普及开来,越来越多的青年经济学子被训练成为数学建模和计量分析的行家里手。与此同时,长期以来的"西天取经"心态也使得中国经济学研究的问题越来越多地"与国际接轨"了。

一是研究风格上出现了片面追求形式化的"黑板经济学"倾向,而忽略理论内容本身,特别是对中国转型和发展中的重大现实问题缺乏深入的理论分析,研究主题越来越细碎。

二是在课堂教学和教材编写过程中过多讲述由欧美国家的经验总结出来的欧美故事,对西方主流经济学的崇拜并未减弱,对于中国现实与西方主流经济学迥异的现象,更多视为差距,而非特色。

三是重要学术期刊对西方主流经济学范式的推崇和倡导过度,对研究范式和论证方法的"硬度"要求越来越高,偏好和导向越来越固化于西方主流模式,不鼓励新理论新假说,不重视对重大复杂问题的系统分析。

四是基础理论研究滞后,马克思主义政治经济学、经济思想史、经济史等基础学科长期被忽视。懂工具和技术的人多,懂历史和思想的人少,熟悉传统文化和哲学基础的人更少,这是构建中国自主的经济学知识体系面临的一大瓶颈。

从以上四点进一步拓展开来谈,中国特色金融发展之路是理论与实践的双重探索。百余年来,我们党的实践探索取得了巨大成就，有力推进了中国式现代化。然而，现有理论还不能很好解释实践，表现为对这条金融发展之路的"中国特色"还缺乏系统、深刻的认识。没有五千年文明，何来中国特色？现有理论对马克思主义基本原理同中华优秀传统文化如何在实践探索中相互激荡、相互影响，直至有机结合的过程及机理尚缺乏系统而深入的分析。说到底，就是在面对丰富多彩、急速变化的历史进程时，还没有做好认识论、方法论的准备，在"理论基础的基础"，即哲学与文化层面缺乏支撑。

进一步分析，富有本国特色的金融发展之路背后，蕴含着丰富的金融理论要素，而自主的金融知识体系背后，则必然有哲学基础的支撑、传统文化的浸润。如果把中国特色金融发展之路上极为丰富的经济金融现象比作一棵大树的枝叶，那么中国特色社会主义金融理论体系应当成为滋养枝叶的树干。而支撑树干的树根，则应当是马克思主义基本原理同中华优秀传统文化相结合形成的哲学观和金融文化。

回首我国的金融实践创新和理论创新历程，中国共产党带领全国人民业已走出一条中国特色金融发展之路，金融发展有力地推动了经济快速发展和社会长期稳定两大奇迹的实现，在实践层面取得了辉煌成就。然而，学术界在理论上的探索远远滞后于实践，现有的经济金融理论尚不能深刻揭示中国特色金融发展之路的形成机理、基本特色和运行规律，其主要原因在于未能真正将外来学说同中华优秀传统文化有机结合起来，在底层逻辑上尚未能建立其坚实的哲学基础和文化根基。

在理论和实践两个层面，我们都要以习近平经济思想金融篇为指导，沿着"两个结合"这一根本途径，为中国金融理论创新夯实文化基础，尽快补齐这块短板。

这里再举两个之前讨论过的例子做进一步讨论。第一个例子是经济金融共生共荣。这一重大理论范畴不但是马克思主义辩证唯物主义基本原理的应用，同时也体现了中国传统的有机主义哲学观，强调金融与经济社会系统的其他部分是一个有机整体，相互制约。这与晁错《论贵粟疏》当中珠玉金银"饥不可食，寒不可衣"的表述，以及《管子》当中货币的作用是"先王以守财物，以御民事，而平天下也"的表述有许多契合之处，它们共同指向的目标是，努力摆正货币金融与实体经济的位置，运用金融工具实现经济治理目标。从"两个结合"角度研究阐释经济金融共生共荣，将能够为我们理解金融发展道路的中国特色提供学理支撑。

第二个例子是中国的数字金融创新。中国的数字金融之所以能够守正创新，实现大发展，一方面是因为尊重人民的主体地位，充分满足人民的金融服务需求；另一方面则是因为激发企业家、金融机构和科技研发人员的创造力，努力推动技术创新和场景创新。无论谈哪个方面，都离不开"人"这个关键因素。马克思主义与中华优秀传统文化的契合之处，见物更要见人，将货币金融问题的焦点指向活生生的"人"，强调经济金融活动中个人、家庭与政府等现实利益主体之间错综复杂的关系，强调人在经济金融活动中的主观能动性和创造力。从这个角度深入下去，为理解中国数字金融发展提供一个自洽的理论框架，将会是一项既有趣又深刻的研究。

五、夯实文化根基，加快建构中国自主的金融学知识体系

在新的形势下，中国经济学界必须尽快摆脱长期以来弥漫其间的"西天取经"心态，破除对发达经济体经济金融模式以及在市场原教旨主义基础上构建起来的西方主流经济金融理论的盲从。与此同时，必须立足中国经济改革发展的伟大实践，总结中国经济快速发展和社会长期稳定两大奇迹背后的道理和学理，加快建构中国自主的经济学知识体系。就中国金融学而言，从"第二个结合"着眼，从中华优秀传统文化中汲取养分，把握中国特色金融发展之路的大逻辑，为金融理论研究开辟了广阔的创新空间。

1960年，毛泽东同志在读完苏联《政治经济学教科书》（修订第三版）后曾指出："现在就要写出一本成熟的社会主义共产主义政治经济学教科书，还受到社会实践的一定限制。"[①] 如果说20世纪中叶的中国，在社会主义经济建设方面积累的经验还很有限，那么时至今日，中国的改革开放和经济建设已经取得了举世瞩目的伟大成就，为构建中国自主的经济学和金融学知识体系提供了丰沃的实践土壤。

在探索过程中，我们要善于从五千年中华传统文化中汲取优秀的东西，坚持中华民族的文化主体性，同时也不摒弃西方文明成果，而要以开放的姿态、包容的胸怀更加积极主动地学习借鉴人类

---

① 中共中央文献研究室. 毛泽东文集：第8卷［M］. 北京：人民出版社，1999：137.

创造的一切优秀文明成果，在理论创新过程中熔铸古今、汇通中西。归根到底，加快建构中国自主的金融学知识体系，就是要立足中国金融的历史实践和当代实践，用中国道理总结好中国金融发展的基本经验，把中国经验提升为中国特色金融理论，在理论创新过程中既不盲从各种教条，也不照搬外国理论，始终做到独立自主。正如陈寅恪先生所言："其真能于思想上自成系统，有所创获者，必须一方面吸收输入外来之学说，一方面不忘本来民族之地位。"

从这个意义上讲，"第二个结合"为从理论上阐释中国特色金融发展之路的内在机理、构建中国自主的金融学知识体系打开了广阔的创新空间。牢牢把握马克思主义这个魂脉，坚守中华优秀传统文化这个根脉，系统总结中国特色金融发展之路伟大进程中的"中国特色"，并从"第二个结合"视角入手深入探究其中蕴含的哲学智慧，当可从底层逻辑层面为中国特色金融学理论的构建夯实哲学基础，提供方法论支撑。

总结中国特色金融发展之路的基本经验、演进机理，进而构建基于中国道路、中国事实的中国特色金融学理论体系，关键之处有二：一是摆脱西方既有金融学理论，即"旧学说"的哲学基础；二是从马克思主义基本原理同中华优秀传统文化相结合的新维度着眼，立足中国特色金融发展之路的伟大实践，强调整体主义和有机关联，将金融发展与经济发展熔于一炉来构建"新学说"。如此，经济与金融体系便成为有血有肉的有机体，其活力和生命力来自肌体内部的血液流动、血脉畅通。

尽快着手做好以下四个方面的事情便是落实上述想法的具体

抓手。

一是秉持直面现象的方法论,将研究视野真正着眼于那些真正对中国未来发展最重要的问题,而不是那些当前欧美金融学界所碰巧关注的热点问题。特别是不能再走西方主流金融学"黑板经济学"的老路子,而要坚持一切从实际出发。我们要做的,绝不是用中国的数据来证明某个西方金融学理论的普适性,也不是模仿西方学者发表过的某篇经典论文的范式做一个某某理论的中国版,而是要梳理、总结和提炼中国改革开放中陆续涌现的众多具有鲜明自身特色的金融改革发展故事。沿着这个方向前进,中国的金融学研究才能反映经济生活和金融运行的真实面貌,进而为金融学发展贡献具有原创性的理论与思考。

二是坚持以马克思主义政治经济学为指导,同时借鉴西方经济学的有益成分。马克思主义政治经济学是深刻、宽广、辩证、开放的理论体系。它具有以狭窄、封闭、细致、精密为主要特征的西方新古典经济学说所无法比拟的巨大优势。它既从立场和方法论上给我们以指导,也揭示了市场经济的一般性原理及内在发展规律。特别是马克思主义政治经济学力图透过经济现象,着力分析基本经济因素,探究人与人之间的关系。研究经济问题,最终要"见物也见人",要探究人与人之间的关系,以马克思主义政治经济学为指导是必然选择。就中国自主的金融学知识体系建构而言,则必须坚持以马克思主义金融理论中国化时代化形成的最新成果——习近平经济思想金融篇为指导,把中国共产党对金融工作本质规律和发展道路的科学认识不断系统化学理化大众化。同时,我们要始终注意分析、研究并借鉴西方经济学和金融学理论体系中那些有益的成分，但决不能离开中国具体实际而照搬或滥用。

三是在研究风格上倡导百花齐放、百家争鸣。特别是经济学和金融学期刊以及学术成果评价体系要鼓励研究方法和范式的多元化，不拘泥于表现形式，注重研究的思想性、理论性和深刻性。除了继续用好数理和计量方法，历史研究、案例研究、思想史研究、文字描述等方法都可以用。

四是构建中国金融学的方法论和哲学基础。中国金融学界要加强对中华优秀传统文化（重点是金融史、金融思想史、金融哲学）的学习和研究。在此基础上，把中国传统的思维方法、哲学思考和金融思想与当代中国金融改革发展实践，与人类一切金融学知识的精华紧密联系起来，形成系统完备的世界观、价值观和方法论，逐步建构起植根于中华五千年文明、直接来源于改革开放伟大实践、充分借鉴国外经济金融学理论资源的中国金融学自主知识体系。这一点事关理论体系的文化根基，尤为重要，极为关键。

后　记

　　从古到今，著书立言一直是读书人的梦想。自幼沉浸于书海的我，发自内心地敬仰那些造福人类社会的思想家、理论家，也极大受益于从各类经典著作中汲取的精神食粮。至今我仍记得2000年前后在大学校园里埋头研读那些大部头经济学论著的情景。每当读到书中的精彩篇章，在击节叫好之余不免憧憬，未来的自己也能写出一本给人以启发和思考的书。

　　十分幸运的是，自2005年进入中国社会科学院研究生院读研究生起，梦想开始照进现实。20年来，我在中国社会科学院这座巍峨的学术殿堂中不断成长，学术道路逐步形成，研究领域不断拓展，著作、论文、研究报告等各类成果也日渐丰富。

　　我是一名怀有深厚中国问题情结的研究者。细细想来，我读书做学问的初心并非进入美轮美奂的理论象牙塔，而是用科学的思维和缜密的框架认识中国、理解中国。回望来路，虽然我涉猎的领域不少，但这些看似分属不同学科分支的研究成果却呈现出一个共同的鲜明特点，那就是聚焦中国问题，提炼中国事实，总结中国特色，探索中国理论。从系统探究企业家精神与中国经济增长关系的首部个人学术专著到对构建中国特色支付经济学的构想，再到对中国金融科技发展模式的研究；从中国特色宏观调控系列论文到中国特色金融发展之路系列专题研究，再到中国特色金融强国专著，我的绝大多数论著均打下了深刻的"中国特色"烙印。

摆在读者面前的这部《中国特色金融文化》算得上一次稳中求进的新尝试。所谓"稳"，是指本书的着眼点依然是"中国特色"，关注焦点依然是中国金融发展道路上的重大问题，延续了本人一以贯之的研究风格，这一点无须赘言。关于"进"，则需要多说几句。顾名思义，"进"就是不断积极进取、力图取得进展。对本书而言，"进"有两重含义。

一是跳出就文化论文化、就金融论金融的窠臼，转而以"第二个结合"为根本途径，从文化视角看金融，从中华优秀传统文化的创造性转化维度来理解金融发展的中国特色，从文化和哲学层面来思考构建中国特色社会主义金融理论的有效途径。这样做的目的，是力图把金融置于文明发展和现代化建设的洪流中加以考察，从世界观、价值观、伦理观和方法论等更加根本的层面把握中国金融发展的动力机制、演进脉络和发展方向，从而拓宽金融研究的视野，找到金融研究的文化根基。

二是秉持"一个好故事胜过一堆统计表格"的写作理念，尝试转变叙事方式，不再像以往那样主要依靠理论分析展开论述，而是把机理阐释、学理探究和道理讲述寓于从古到今的一个个有代表性的真实故事之中，努力讲清这些金融故事的来龙去脉，揭示推动中国金融发展的核心价值观，向读者展现中国金融发展的历史底蕴和时代风貌，彰显中国金融文化的独特魅力。

本书得以面世，首先要感谢这个伟大的时代。2023年中央金融工作会议召开以来，特别是习近平总书记提出积极培育中国特色金融文化这一重大战略任务以来，我国金融文化理论与实践探索迎来了崭新的机遇和广阔的空间。本书便是时代大潮中的一朵小小的浪花。

感谢中信集团诚邀我围绕"中国特色金融文化"主题撰写本书，使我有机会直面这个恢宏的时代课题，把自己的所见、所感、所思系统地呈现在读者面前。感谢中信出版集团领导和编辑团队的大力支持和悉心帮助，他们的专业与敬业是本书问世的关键支撑。

感谢中央电视台《百家讲坛》邀请我作为主讲人参与录制特别节目《金融之道》，为广大观众解读中国特色金融文化。这无疑加速推动了我的金融文化研究进程，并让我从电视台老师和同行专家那里获得了许多新知和启迪。

感谢中国社会科学院各位领导、老师和同事的指导和帮助。我的硕士生导师张晓晶研究员以深厚的学术积淀和敏锐的现实洞察力引领我走上学术研究之路，并始终给予悉心的指导和极大的支持，在此要特别感谢张老师在百忙之中欣然应允为本书作序；我的博士生导师王诚研究员以严谨的学风和严格的要求夯实了我的学术根基；我的博士后导师李扬研究员以宽广的学术视野和高远的学术站位指引我的研究方向。中国社会科学院金融研究所三任党委书记胡滨研究员、龚云研究员和王利民研究员对我从事的中国特色金融理论研究工作给予了充分的肯定和大力的支持；张明研究员、杨涛研究员等所内领导和老师在研究、教学等各项工作中，特别是在本书写作过程中给予了宝贵的指导和帮助。同时，衷心感谢中国社会科学院哲学研究所所长张志强研究员从文化视角为本书提供的中肯意见和精彩点评。

感谢人生各个阶段给予我真诚帮助的师长、亲友、同学和同事。

感谢家人的爱、理解和包容。正直坦荡、淡泊名利的双亲数十年如一日地全力支持我的学业和事业。秀外慧中、知书达理的爱人延缘博士不但持久地给予我爱和温暖，还为我的金融文化研究注入了文学层面的想象力和批判力。可爱的儿子书延是我灵感的重要源泉，纯真烂漫的他总能给紧张写作中的我带来宁静和愉悦。

道阻且长，行而不辍。随着金融强国建设的深入推进，中国特色金融发展之路必将越走越宽广。在这一伟大征程上，中国金融改革发展稳定的新现象、新故事和新问题必然不断涌现。我将继续以"把马克思主义金融理论同当代中国具体实际相结合、同中华优秀传统文化相结合"为研究主线，持续探究中国特色金融发展之路的历史逻辑、理论逻辑和现实逻辑，力争写出更高质量的论著。

董昀

2025 年 3 月 5 日

于王府井大街 27 号中国社会科学院金融研究所